Moses Wolff

Der Wildbach Toni

GOLDMANN
Lesen erleben

Moses Wolff

Der Wildbach Toni

Ein Bergroman

GOLDMANN

Originalausgabe
Die Figur des Wildbach Toni entstammt einer Idee
von Moses Wolff und Richard Westermaier.
Moses Wolff wird ausgestattet
von Trachten Angermaier, München.

MIX
Papier aus verantwortungsvollen Quellen
FSC® C014496
www.fsc.org

Verlagsgruppe Random House FSC-DEU-0100
Das für dieses Buch verwendete
FSC®-zertifizierte Papier *Super Snowbright*
liefert Hellefoss AS, Hokksund, Norwegen.

1. Auflage

Satz: Uhl + Massopust, Aalen
Druck und Bindung: GGP Media GmbH, Pößneck
Printed in Germany
ISBN 978-3-442-31269-6

www.goldmann-verlag.de

Für meine Eltern

Inhalt

Griaßeich, herzlich willkommen auf dem Berg! Ich weiß nicht, wer von euch schon amal[1] auf einem Berg war, aber für die, die es noch nie waren: Es gibt Regeln – und wenn man sich an die hält, kann einem nichts passieren. Wir heroben haben das freilich längst verinnerlicht, die Stadtmenschen allerdings verstehen es meistens nicht, weil sie verlernt haben, auf ihren Instinkt zu hören.

Kürzlich war einmal eine Gruppe von Touristen bei uns, die wollten einen Nervenkitzel und eine Herausforderung erleben. Drum habe ich ihnen ein bisschen etwas geboten und ihnen Situationen vorgeführt, in die man sich ohne einen erfahrenen Bergmenschen lieber nicht begeben sollte: Wir sind durch einen reißenden Wasserfall marschiert, wo man die eiskalten Wassermassen wie Peitschenhiebe auf der Haut spürt und wegen des großen Lärms kein anderes Geräusch mehr wahrnimmt. Später haben wir an einem leicht abschüssigen Hang mit faustgroßen Steinen das Herunterkommen einer Lawine simuliert, und zwischendurch erntete ich beim Ausschank eines Selbstgebrannten großen Zuspruch.

[1] einmal

Unter den Gästen befand sich auch eine Familie aus einem Vorort von Hannover. Der Vater war ein hagerer Kerl mit einer für sein junges Alter sehr vorzeitig erreichten Halbglatze. Seine Frau war eine stämmige Blondine, die schon nach zehn Minuten arg erschöpft aussah, und die Kinder waren sehr brav, zu brav, fast schon stinklangweilig. Mir sind freche Kinder ja lieber. Jedenfalls waren die vier allesamt das erste Mal in ihrem Leben oberhalb der Baumgrenze und dementsprechend ängstlich. Zu ihrer Aufmunterung habe ich immer wieder ein paar heitere Sprüche eingestreut, zum Beispiel: »Gebts halt den Kindern eure Rucksäcke, dann habts nicht so schwer zum schleppen.« Aber sie blieben skeptisch und haben mir die ganze Zeit über nur Fragen gestellt: »Sind Sie ein echter Bergmensch? Wird es nachts kalt auf dem Berg? Wie weit ist es denn noch bis zum Gipfel?« Natürlich hatte ich immer die richtige Antwort parat: »Des werdets dann schon sehen.«

Als ich meine Touristen später an einer Steilwand sicherte und nach und nach abseilte, wurde es dem Familienvater doch etwas mulmig. Er hing waagerecht am Seil, und unter ihm ging es 100 Meter steil nach unten. Doch anstatt sich Schritt für Schritt hinunterzuarbeiten, hat er sich mit zittrigen Händen ans Seil geklammert und einen großen Fehler begangen: Er hat seinen Kopf gewendet und nach unten geblickt. Mit verzweifeltem, flehendem Blick starrte er danach zu mir herauf. Da dachte ich mir, stellst ihm halt auch amal zwei Fragen: »Was isch los mit dir? Hascht Angscht vorm Tod?«

Da herrschte großes Gelächter, außer bei ihm. Er hat sich nicht getraut zuzugeben, dass ich den Nagel auf den Kopf getroffen hatte, und weil er bestimmt nicht als Hasenfuß vor seiner Familie dastehen wollte, hat er seinen ganzen Mut zusammengenommen und sich relativ ungeschickt abgeseilt, seine Kinder und die Frau kletterten dann ängstlich hinterdrein.

Abends auf der Hütte haben wir zur Feier des Tages ein Schlückchen getrunken, und dort konnte er über meinen Scherz dann auch lachen. Seine Frau hat zur Gitarrenmusi vom Herrn Bergdoktor einen Ausdruckstanz aufgeführt, und wir waren alle recht harmonisch miteinander. Weil sie sich und ihre Ängste im Berg überwunden hatten, fühlten sich alle im Nachhinein innerlich gestärkt, und ein bisserl stolz waren sie wohl auch.

Ein paar Monate später bekam ich eine Postkarte von der Ehefrau mit dem Inhalt, dass ihr Mann seit dem Ausflug in die Berge viel attraktiver auf sie wirke und dass sie bereits wieder schwanger von ihm sei. Die Kinder seien auch mutiger geworden, hätten zu ihrem Bedauern jetzt aber ADHS, was auch immer das sein mag. Ich schrieb ihr zurück, dass ein erneuter Besuch in den Bergen sicherlich hilfreich sein könnte, auch gegen diesen ADHS-Schmarrn.

Aber die Familie aus Hannover ist ja nur die Spitze des Eisberges. Ich habe hier heroben oft Leute aus der Stadt zu Besuch, die schauen sich daheim den ganzen Tag Casting-Shows mit verhaltensgestörten Jugendlichen an, trinken Bio-Getränke und haben verweichlichte Kinder, die immer nur plärren. Dadurch bekommen sie dann selber Probleme wie Burn-out-Syndrome, Depressionen, Panikattacken oder Magersucht. Diese Leute kapieren einfach nicht, dass man ohne diese Dinge viel besser zurechtkommt. Und so habe ich irgendwann beschlossen, den Menschen aus den Städten zu helfen, indem ich Erlebnistouren inklusive Motivationsübungen, Therapieansätzen und theoretischem Wissen mit mir als Bergführer und Seminarleiter anbiete.

Dazu muss man wissen: Ich bin in den Bergen aufgewachsen und im Lauf der Zeit in den Beruf eines Bergführers mit speziellen Kenntnissen in allen möglichen Bereichen quasi hineingewachsen. Weil wenn mich wer was fragt, dann gebe ich ihm oder ihr halt einfach eine Antwort, und gerade die Sommerfrischler haben immer besonders viele Fragen. Auf meinen Bergwanderungen bekommen sie dann auch besonders viele Antworten, und darüber freuen sich immer recht.

Wir haben hier heroben jährlich tausende Besucher, und jede Tour ist anders, so wie auch jeder Mensch anders ist, und jeder hat ja auch andere Fragen und bekommt andere Antworten. Aber einige sehr wichtige Grundsätze aus unserer Region sind für jede Form des menschlichen Daseins wertvoll, und man kann unsere Lehren auf jeden Ort der Welt übertragen und dadurch ein glückliches Leben führen. Ob man nun als Eskimo im ewigen Eis wohnt oder im Pazifik auf einer Insel oder in der Wüste oder in Bottrop – die Regeln der Berge sind für jede Lebensform ein Gewinn und helfen garantiert, viele Situationen zu erleichtern und zu meistern.

Woher ich weiß, was es zum Glücklichwerden braucht? Nun, teilweise habe ich dieses Wissen von meinen Vorfahren und anderen weisen älteren Menschen zugetragen bekommen, größtenteils basiert es allerdings auf Erlebnissen, die ich am eigenen Leib erfahren habe und in denen es vielfach um Harmonie und Erfüllung, beizeiten aber auch schlicht um Leben und Tod ging. In den Bergen kann halt alles passieren, auch schreckliche Dinge, und da sollte man schon gewappnet sein.

Drum merkts euch besser gleich des Allerwichtigste: Nur wenn man sich an die Regeln hält, ist der Berg euer Freund!

Unsere schöne Bergwelt

Ich bin halber Österreicher und halber Bayer – also ein kompletter Bergmensch. Meine Mutter stammt aus Oberbayern, und mein Vater ist ureingesessener Ötztaler. Wie schon seine Vorfahren ist auch er von Beruf Schwarzkitteljäger, also ein Spezialist im Aufspüren und Erlegen von Wildschweinen. Er besitzt eine stattliche Anzahl an Büchsen und Stutzen, die er aber nur selten benutzt, weil er die Tiere lieber mit einer bestimmten Winkeltechnik seines rechten Arms tötet. Das hat den Vorteil, dass sich bei der Jagd die Lärmbelästigung für empfindsamere Gemüter in Grenzen hält. Mein Vater ist halt von Natur aus ein umgänglicher und gutmütiger Mensch. Geschimpft hat er niemals mit mir, egal, welchen Unfug ich auch angestellt habe. Als kleiner Bub habe ich beispielsweise einmal versehentlich ein Reh erwürgt, das – als ich gerade aus einem Bach etwas frisches Wasser trinken wollte – leise von hinten angeschlichen kam und mir einen Riesenschrecken eingejagt hat. Aus reinem Reflex habe ich dann eben zugepackt, weil ich in der Dämmerung nicht genau sehen konnte, was für ein Wesen mich da möglicherweise angreifen will. Ein bisserl schuldig habe ich mich danach allerdings doch gefühlt, und ich bin zu meinem Vater und habe ihm mein Erlebnis erzählt. Er hat mich getröstet und gesagt, das sei schon in Ordnung. So etwas passiere halt.

Wie jeder echte Bergmensch habe ich mich immer gut mit meinen Eltern vertragen. Am schönsten ist es jedes Jahr im Spätsommer, wenn ich mit meinem Vater gemeinsam Holz hacke. Das ist eine sehr entspannende Tätigkeit, und man kommt auf manch erbaulichen Gedanken. Meine Mutter bringt an diesen Tagen alle Stund für jeden einen großen Krug gekühltes Quellwasser hinaus. Manchmal bringt sie auch ein Schnapserl, das den Geist belebt und die Sinne erfreut.

Meine Vorfahren mütterlicherseits waren sämtlich Weber aus dem oberbayrischen Raum. Meine Mutter geht diesem Beruf bis zum heutigen Tag nach, und zwar von zu Hause aus. Sie webt Dirndl, schöne Kostüme, edlen Zwirn und gute Hemden. Ich selbst trage oft Kleidungsstücke, die aus der Hand meiner Mutter stammen. Einmal, als ich als etwa fünfzehnjähriger Bub mit Freunden unterwegs war und wir uns ordentlich mit Obstler niedergewaschelt[2] haben und ich viel länger als vereinbart aushäusig war, hat meine Mutter sich große Sorgen gemacht und angefangen zu weben. Als ich dann endlich heimgekehrt bin, hatte sie bereits ein Taschentuch in der Größe des Parkplatzes vor dem Schlemmerwirt gewebt. Da habe ich gewusst, wie groß ihre Liebe zu mir ist, und ihr einen derartigen Kummer nie wieder bereitet.

Was viele Leute nicht wissen: Bei uns in den Bergen reift man mit Ruhe und Zeit und kann sich daher auch sämtliche Erlebnisse seines Daseins einwandfrei ins Gedächtnis rufen. Man-

2 mit Obstbrand enorm betrunken

che Neuzeit-Menschen behaupten zwar, man könne sich an seine ersten fünf Lebensjahre kaum erinnern, aber ich sage dann immer: »Das kommt davon, wenn man nur in Hektik und Stress aufwächst, da verliert man leicht den Überblick.« Weil ich weiß noch alles, sogar wie ich geboren wurde.

Meine Mutter – schon damals eine bildschöne Frau und vor allem ein rechtes Gaudiwipferl[3], das in jeder größeren Gesellschaft sofort eine Hetz[4] verbreitete – hat am Tage meiner Geburt sofort gemerkt, dass ich unterwegs nach draußen war.

»Auweh, gleich kommt er, der Toni!«, hat sie gerufen.

»Geh nüber zum Bach, ned dass du hier an rechten Dreck machst in der Stuben«, hat mein Vater gesagt, der wie ich, mein Großvater, Urgroßvater und Ururgroßvater ebenfalls »Toni« heißt. (Das ist so, weil bei meinen Urahnen einst ein Streit zwischen Mann und Frau ausgebrochen ist. Der Mann hatte seinen männlichen Nachkommen unbedingt »To« nennen wollen, worauf sein Weib geharnischt mit dem Wort »Niemals!« protestiert hat, weshalb der weise Dorfrichter Adam um Rat gefragt wurde, der schließlich auf eine beiden Seiten gleichermaßen gerecht werdende Lösung gekommen ist: Man könne das Kind doch einfach »Toniemals!« nennen. Da wir aber schon in früheren Zeiten sparsam sein mussten und es mein männlicher Urahn zudem nicht vertrug, dass ein Weib das letzte Wort haben sollte, einigte man sich schließlich auf »Toni«.)

Meine Mutter ist am Tag meiner Geburt jedenfalls die paar Meter in den Wildbach gegangen, hat sich die Röcke hoch-

[3] lustiger Mensch

[4] super Stimmung

getan und mich im kalten Wasser auf die Welt gebracht. Das erste Lebewesen, das ich erblickt habe, war eine große Alpenforelle. Im strudelnden Nass habe ich gleich darauf die Nabelschnur gesehen, sie mit beiden Händen gepackt und in einem Ruck durchgerissen. In dem Moment habe ich gewusst, dass ich einmal ein Bergmensch werde.

Zur Schule gegangen bin ich in einem kleinen Schuppen auf einer saftigen Wiese, der in einem früheren Krieg einmal strategische Bedeutung gehabt haben soll. Darin lag immer Heu herum, und uns standen neben einer großen Tafel auch ein Biertisch und zwei Bierbänke zur Verfügung. Hier saßen wir und folgten von Montag bis Freitag dem Unterricht, immer von acht bis zwölf. Im Winter hatten wir frei, weil man unsere Schule nicht beheizen konnte. Andere Ferien hatten wir eigentlich nie, aber wir brauchten auch keine, weil sowieso keiner verreist ist. Zeugnisse gab es auch nicht, dafür aber ein anerkennendes Schulterklopfen für eine gute Hausaufgabe bzw. eine Ohrfeige bei Frechsein oder falschen Antworten.

Manche Touristen erzählen mir von angeblich modernen pädagogischen Methoden, wo die Lehrer sich von den Kindern erziehen lassen und die Schüler im Unterricht Kopfhörer aufhaben und Musik hören. Nun, davon halt ich nix. Denen gehören die Ohren langgezogen, diesen Bleampin[5]! Und den Lehrern gleich dazu. Die sind doch total verweichlicht und dürfen den depperten Kindern nicht einmal eine runterhauen, weil der Gesetzgeber meint, sich sogar hier einmischen zu müssen.

Unser Lehrer, der Herr Willumeit, war da anders. Wir haben uns lieber schnell geduckt, wenn er wütend wurde – was zum

[5] Idioten

Glück nicht allzu oft vorkam, meistens wenn wir ihn nachäfften (und er es mitbekam), manchmal aber auch, wenn wir heimlich Zigaretten rauchten oder erfolgreich Vaterschaftsklagen abzuwenden wussten. In diesen seltenen Fällen nahm er sich dann den Erstbesten zur Brust, hielt ihn sich vor die Nase und sagte sein Sprüchlein auf: »Rüttel nicht am Watschenbaum, es reift die Frucht, man merkt es kaum!« Wenn man dann immer noch frech war, ist der Watschenbaum halt auch umgefallen, sprich, es hat gedonnert. Da war er konsequent, der Herr Lehrer.

Eine ebenso schmerzhafte wie wirksame Lehrmethode war bei uns das Zwirbeln. Wenn einer im Unterricht einmal nicht aufgepasst hat und deshalb auf eine Frage vom Herrn Willumeit keine Antwort wusste, zwirbelte der die Haare des Befragten an der Schläfe zwischen Daumen und Zeigefinger (was höllisch weh tat) und hörte erst wieder auf, wenn der Gezwirbelte vor Schmerzen in die Knie ging und eine Antwort herausrief, die überraschenderweise immer richtig war. Mit einem zufriedenen Lächeln sagte der Herr Willumeit dann gerne: »Der Gezwirbelte spricht wahr.«

So war das damals bei uns. Wir hatten jedenfalls keine idiotischen Plastikkopfhörer auf, und wir wurden von den Lehrern auch nicht bis zur totalen Verblödung verhätschelt. Die Bestrafungen waren hart, aber gerecht, die Fronten waren klar, wir hatten einen eindeutigen Gegner und allerlei Schabernack im Kopf. Da kamen uns die vielen schrulligen Angewohnheiten des Herrn Lehrers beim Streichespielen sehr gelegen. So schlenderte er beispielsweise bei Probeaufgaben aus aufsichtstechnischen Gründen regelmäßig um uns Rabauken herum, schaute am Ende jeder Runde auf seine Taschenuhr und legte dabei die linke Hand kurz auf den hölzernen Biertisch, direkt beim Sitzplatz vom Zirngiebl Thomas, der ganz außen auf der Bierbank saß. Immer eine Hundertstelsekunde, bevor die Hand des Herrn Willumeit die Tischplatte erreichte, platzierte der Thomas seine Hand geschickt auf derselben Stelle. Unser Herr Lehrer erschrak grundsätzlich ob der plötzlichen zarten Berührung mit der fremden Hand und zuckte zurück, um dann schnell mit seinen Rundwanderungen fortzufahren. Er durchschaute unser Schelmenstück zum Glück nie, weil das Echo des dann zweifellos umfallenden Watschenbaumes wäre sicherlich noch im Nachbartal zu hören gewesen.

Einmal ist der Herr Willumeit grantig geworden, weil ich in der großen Pause Fangsti gespielt hatte und daher erst während des Unterrichts dazu kam, mein Pausenbrot zu verzehren. Als er das sah, forderte er mich auf, das Brot unverzüglich wegzupacken und bis zur nächsten Pause auszuharren. Doch mein Hunger war zu groß, und ich aß einfach weiter. Als er meinen Ungehorsam bemerkte, erntete ich gleich eine saftige Ohrfeige mit der Begründung, dass man seine Pause in der Pause und nicht während des Unterrichts esse und dass ich in der Pause genug Zeit gehabt hätte, meine Pause zu essen. Als ich nassforsch[6] nachfragte, ob »Pause« jetzt eigentlich ein Zeitraum oder eine Mahlzeit sei, und ihn darauf hinwies, dass er das nicht klar genug herausgearbeitet habe und dies das nächste Mal sicherlich besser könne, hatte ich den Eindruck, dass er leicht schmunzelte – bevor er mir sicherheitshalber gleich noch eine zweite Watschen runterhaute.

Ich war bis zu meinem sechzehnten Lebensjahr in der

[6] unverschämt, frech, vorlaut

Schule und empfand diese Zeit als schön und unbeschwert. Doch dann entdeckte ich die Freuden der Liebe und hatte kein Interesse mehr am Unterricht. Meine Eltern fanden auch, es sei jetzt so langsam Zeit, einen vernünftigen Beruf zu erlernen.

Erst wollte ich eine kleine Skihütte auf der anderen Seite von unserem Berg eröffnen, aber dann kam mir die Idee, als Bergführer zu arbeiten, weil ich mein Können und Wissen schon immer gern mit Menschen und am liebsten mit Frauen geteilt habe. Und Besucher hatten wir heroben eh immer genug. Drum sprach ich eines Tages einfach zwei fesche[7] Touristinnen an und fragte sie, ob sie nicht ein wenig herumgeführt werden wollten. Sie fanden die Idee großartig, und so habe ich ihnen die Lokalitäten gezeigt und auf all ihre Fragen eine Antwort gewusst. Am Schluss haben sie mir ein nettes Lächeln geschenkt und ein anständiges Trinkgeld gegeben, und ich wusste, dass ich mich für den richtigen Beruf entschieden hatte.

Von diesem Tag an habe ich mich dann gründlich fortgebildet und meine Touren mit vielen wissenswerten Fakten und philosophischen Reflexionen angereichert, neuerdings lasse ich auch Weisheiten aus dem Gebiet fernöstlicher Religionen und der Lehre des Feng-Shui einfließen. Dazu biete ich noch Kletterunterricht, Kurse zum richtigen Umgang mit feministischem Gedankengut, sowie Tanz- und Sexualtherapien an. Ich habe immer einen flotten Spruch auf den Lippen, erkläre die wichtigsten Zusammenhänge und weise auf mögliche Risiken und Gefahren hin. Wenn ich einmal auf die Fragen der

[7] ansprechende, attraktive

Touristen keine Antwort weiß, was in Einzelfällen vorkommen kann, gebe ich das freilich nicht zu, sondern erzähle irgendeinen lustigen Schmonzes.

Mit dem Geld von den Touristen begann ich damals gleich gemeinsam mit meinem Vater die Errichtung einer eigenen Behausung: einer kleinen schönen Hütte auf einer reizenden Lichtung ein Stückerl oberhalb unseres Dorfes. Nach drei Jahren waren wir fertig, und ich bin endgültig aus meinem elterlichen Quartier ausgezogen. Vor der Hütte befinden sich noch heute ein fest in den Boden eingelassener Holztisch und eine schöne Bank, ebenfalls hölzern. Die Bank ist allerdings nicht fest verankert, weil man möchte sie ja je nach Sonneneinstrahlung drehen können, und einen schönen Ausblick hat man bei mir eh nach allen Seiten raus. Dreihundert Meter links von meiner Hütte ist eine kleine Bergkapelle mit großen bunten Fenstern, danach kommt erst einmal eine Zeit lang nichts.

In dieser Welt bin ich groß geworden, dort lebe ich, und dort bleib ich auch. Mehr braucht es nämlich nicht. Es ist das reinste Paradies.

Einmal jedoch ist unsere schöne Bergwelt ins Wanken geraten, und unser kleines Dorf drohte ins Chaos zu stürzen. Diese ausgesprochen lehrreiche und turbulente Geschichte werde ich jetzt erzählen.

Alles begann mit einem verschwundenen Zacherl …

Heimsuchungen

Am besten fange ich mittendrin an: Es war an einem schönen Oktobertag kurz vor dem großen Kirchweih-Fest. Wir erfreuten uns eines relativ milden Wetters, und ich hatte den ganzen Tag versonnen am Rande eines kleinen Baches verbracht, der ob des zu dieser Jahreszeit unerwarteten Schmelzwasers stark anschwoll. (Wie ich später erfuhr, hatte es ein kleines Malheur mit den Schneekanonen gegeben. Der Schipfer Päda[8], unser Bürgermeister, hatte dieses Jahr aus Kostengründen einen ortsunkundigen Schneekanonen-Betreiber beauftragt und beim Aufbau der Kanonen etwas ungalant gefragt, ob die auf den ersten Blick doch recht kleinen Schneekanonen denn überhaupt geeignet seien für eine so große Piste wie die unsere. Der Schneekanonier nahm ihm das übel und machte eine Probe aufs Exempel. Es stellte sich heraus, dass die Kanonen groß genug waren.)

Als sich dann langsam der Abend über die Alpen legte und die Luft recht frisch wurde, machte ich mich auf den Rückweg ins Dorf. Zufrieden beobachtete ich, wie der Boden-

[8] Peter

nebel sanft über die Wiesen zog und es um mich herum immer dunkler wurde. Der Mond ging über dem steilen Felsmassiv auf und beleuchtete sehr schön unsere kleine Kirche, deren Fassade einen neuen Anstrich gut hätte gebrauchen können. Die Menschen waren schon in ihren Häusern, und ich bin direkt zum Schlemmerwirt gegangen, wo ein paar Touristen auf mich warteten, die eine Bergtour bei mir gebucht hatten.

Diese Stadtmenschen waren aus verschiedenen Regionen (freilich auf eigene Kosten) angereist, und wir hatten uns alle um 18:00 Uhr im kleinen Schankraum verabredet. Normalerweise nahmen an meinen Führungen mit integriertem Seminar mindestens fünfzehn, zwanzig Leute teil, diesmal waren es aber gerade mal vier. Es hatten sich zwar ursprünglich mehr Gäste angemeldet, aber die hatten kurzfristig wieder abgesagt. Und ich konnte es ihnen nicht einmal verübeln.

Der Schlemmerwirt ist das Herz unseres Dorfes, ein großes Gasthaus mit geräumigem Biergarten, großem Festsaal und drei schönen Wirtsstuben im unteren Bereich: Da gibt es zum einen das Restaurant, das eher etwas für Bürger und feine Herrschaften ist. Da zieht man sich ein schönes Gewand an, wenn man hineingeht, und da wird beim Essen eher leise gesprochen und gepflegt kommuniziert. Nebendran ist der kleine Schankraum, der mir bei meinen Touren immer als Besprechungszimmer dient. Hier befindet sich ein uralter Tresen mit einer kleinen Zapfanlage, die an die großen Fässer im Keller angeschlossen ist und somit stets ein unfassbar frisches Schankbier garantiert. (Die in den letzten Jahren eingeführte Unsitte von alkoholfreiem Bier hatte zwar zur Folge, dass die Brauereien aus rechtlichen Gründen nicht mehr »Bier« auf die

Etiketten schreiben durften und das Gesöff daher, um Missverständnisse zu vermeiden, kurzerhand »Schankbier« nannten, aber das ist natürlich ein kompletter Blödsinn, weil ein echtes Schankbier ist und bleibt ein Helles vom Fass, und da ist reichlich Alkohol drin, sonst wäre es ja kein Bier!) Gleich neben dem Schankraum ist die große Schwemme. Hier gehen die einfachen Kreaturen rein, und hier geht es ehrlich zu. Laut. Geradeheraus. Stimmungsvoll. Da wird eine klare Meinung an den Tag gelegt, da wird gelacht und schwer gesoffen. An den Wänden hängen lauter Fotos alter und neuer Stars, die sich mit den Mitgliedern der Wirtsfamilie haben fotografieren lassen und die noch dazu so lieb waren, diese Fotografien später auch zu signieren. Im oberen Bereich des Schlemmerwirts befinden sich die Gästezimmer: allesamt sehr gepflegt, gutbürgerlich-alpenländisch eingerichtet und mit wunderbarem Blick auf die umliegenden Berge.

Der Schlemmerwirt unterhält zudem eine ausgezeichnete Küche zu anständigen Preisen. Es gibt einen exquisiten Schnaps, ein ordentliches Bier vom Fass und eine wunderbare Auswahl an Weinen. Es liegt mir fern, Hand aufs Herz (einer gegenüberstehenden Dame), hier eine wie immer geartete Werbung für den Schlemmerwirt machen zu wollen, aber gehts da ruhig einmal hin. Es wird euer Schaden nicht sein!

Die Familie, die den Schlemmerwirt seit Generationen führt, heißt übrigens Zirngiebl. Großartige Menschen. Diese guten Leute behandeln mich gemeinhin wie ihren eigenen Sohn. Ich gehe ein und aus, kann umsonst essen und trinken, so viel ich will, habe ein eigenes kleines Quartier im oberen Stockwerk und darf mich sogar am Selbergebrannten bedienen. Unsere Familien sind seit Ewigkeiten gut befreundet, und noch heute arbeiten wir erfolgreich geschäftlich zusammen. Sie empfehlen meine Bergtouren, und ich schick alle Leute zum Schlemmerwirt. So wäscht eine Hand die andere, ohne dass man sich ein Bein ausreißt.

Als ich nun den kleinen Schankraum durch das Hintertürchen betrat, begrüßte mich wie überall im Schlemmerwirt eine angenehme Duftmischung aus Kastanienholz und Vanille, die wir hier allgemein den »Grundduft« nennen. Im Restaurant gesellt sich zu diesem Grundduft übrigens immer noch ein rescher Wildbratengeruch dazu, im großen Festsaal ist es ein Hauch von Linoleum, in den Toiletten eine Spur Sanitärreiniger mitsamt lieblichem Blütenduft und in der Schwemme eine kleine Nuance vom für Schwemmen typischen Biergeruch. So haben alle Räume im Schlemmerwirt ihren eigenen Charakter, und man würde sich selbst in volltrunkenem Zustand und mit verbundenen Augen mühelos zurechtfinden.

Im kleinen Schankraum schlich sich heute Abend zum Kastanienholz-Vanille-Duft ausnahmsweise noch eine Idee Bienenwachs von den umstehenden Kerzen mit hinzu. Es sollte ja recht schön aussehen für unsere Ehrengäste.

»Griaßeich!«, rief ich gut gelaunt in die Runde.

Ich setzte mich zu den vier Gesellen, die am großen, hölzernen Achtertisch etwas verloren wirkten, und nahm sie erst einmal genauer in Augenschein. So triste Touristen hatte ich selten gesehen. Des konnte ja was werden.

Neben mir saß ein blasser Typ mit rotem Kinnbart, der aussah wie eine männliche Jungfrau. Farblos. Teigig. Trübe Augen. Ausdrucksloses Gesicht. Meiner Einschätzung nach war er so Ende zwanzig. Er trug ausgewaschene Jeans, Plastikturnschuhe und ein hellgraues Sweatshirt. Wenn man nun wirklich überhaupt keinen eigenen Geschmack hat, zieht man so was an. Wahrscheinlich hat Sohnemann es von den Eltern zu Weihnachten bekommen. Weil so was kauft man sich doch nicht selbst! Der Bursche war vermutlich so einer, der vorher noch nie aus seiner beheizten Bude rausgekommen ist und auch kaum was mit Weibern am Hut hat, höchstens ein, zwei Freundinnen, und selbst dann hat er wahrscheinlich eh erst nach einem halben Jahr das erste Mal hinlangen dürfen. Ein fader Zipf[9] halt. Es war auch jetzt nicht eine einzige Gemütsregung von ihm zu bemerken. Die Augen hatte er nur halb geöffnet, den Mund auch.

Mir gegenüber saß eine junge Frau, die mich schüchtern anlächelte. In ihrem Gesicht lag sonst leider wenig Gehalt. Sie hatte ein auffallend langes, spitzes Kinn, war nicht besonders hübsch, aber auch nicht abstoßend, kaum geschminkt, und die dunkelblonden Rosshaare hatte sie mit einem Gummiband nach hinten zum Pferdeschwanz gebunden. Sie trug eine blassrosa Bluse mit hellrosa Blümchen, was ich jetzt ihrem Alter entsprechend ein wenig unmodern fand, aber mei, über Geschmäcker wollen wir bei Damen ja nicht streiten. Wenigstens war die Bluse so eng, dass sie ihre zugegebenermaßen knackigen Brüste fesch unterstrich.

Neben ihr, brav ihr schlaffes Händchen haltend, saß ihr Freund oder Verlobter oder Ehemann, was weiß ich. Ringe hatten sie jedenfalls keine dran, aber das heißt ja heutzutage nix. Er hatte eine glänzende Glatze und schaute aus nur

[9] langweiliger Mensch

halb offenen Augen überheblich zu mir herüber. Die Augenbrauen waren dabei hoch nach oben gezogen, als kämen ihm gerade ununterbrochen weltbewegende Erkenntnisse. Bestimmt einer von diesen Siebengescheiten. Außerdem wippte er dauernd leicht mit dem Kopf, so als würde er zu cooler Musik herumgrooven. Er war eindeutig der am besten und auch am solidesten gekleidete Seminarteilnehmer: dunkle Hose, festes Schuhwerk, Holzfällerhemd. Ehrliche Männerkleidung halt.

Und dann war da noch der alte Kerl. An irgendjemanden erinnerte er mich. Nur an wen? Ich kam nicht drauf. Er trug einen braunen Pullunder, darunter ein kariertes Hemd, darüber ein Strickjäckchen, außerdem Cordhosen und weiße Slipper. So ziehen sich Männer in den besten Jahren an, die es gern haben, dass man hinter ihrem Rücken munkelt, sie seien »Herren von Welt«. Er schaute mit einem prüfenden Blick bedächtig zu mir rüber, nicht unsympathisch. Wenn überhaupt, dachte ich mir, werde ich vermutlich die meiste Zeit mit ihm reden. Sein sich jetzt ausbreitendes Lächeln war gewinnend, aber auch ein bisschen kalt. Wenn jemand nett lächelt, mag ich ihn vom Boa weg[10]. Aber wenn jemand kalt-nett lächelt, bin ich hin- und hergerissen. Was er wohl auf diesem Exkurs wollte? Ich schätzte ihn auf Mitte sechzig und dachte mir, mutig für einen Stadtmenschen, in diesem Alter noch ein Seminar samt Exkursionen anzugehen. Vielleicht war er ja Witwer. Und lebensmüde. Oder schon in Rente. Mit sechzig sind ja heutzutage viele schon seit Jahren in Frührente, was bei uns eher unüblich ist. »Solang das Gestell nicht zusammen-

[10] von Haus aus

gekracht ist, kann man arbeiten«, sagt man in der Bergwelt. Aber: andre Länder, andre Sitten.

Die Bagage[11] hatte bei mir ein zweitägiges Seminar gebucht, das am folgenden Morgen beginnen würde. Inhalt des Seminars war das Erkennen und Überwinden des eigenen Ichs durch die Konfrontation mit dem Berg. Ich hatte sämtliche Inhalte über die Jahre hinweg entwickelt, eine Menge meines Wissens darin einfließen lassen und das Ganze immer weiter verfeinert und optimiert. Es würde von unserem Dorf aus zum Sennwanderhaus (einer bewirtschafteten Hütte mit einem sehr netten Betreiber und durchaus gemütlichen und bezahlbaren Zimmern in 1700 Metern Höhe) raufgehen und dann wieder runter. Zwischendurch hatte ich einige Lektionen und praktische Übungen eingeplant, in denen die Teilnehmer sich im Angesicht ungewohnter Herausforderungen nach dem Erkennen und Überwinden auch gleich neu entdecken konnten.

»So, liebe Leut, herzlich willkommen zu unserer kleinen Erlebnis-Bergtour mit integriertem Seminar«, begann ich wie immer meine kleine Begrüßungsrede. »Das Thema unserer Tour lautet, wie ihr wissts, HERAUSFORDERUNG BERG UND WAS ICH DAVON FÜR MICH MITNEHMEN KANN. Der Broschüre, die ihr vor euch sehts, könnts die Einzelheiten entnehmen, die solltets euch vor dem Zubettgehen noch mal genau durchlesen.«

Die Teilnehmer nahmen die Broschüre, die ich selbst gestaltet und schon am Morgen dort platziert hatte, zur Hand und blätterten darin herum.

[11] Das Pack

»Im Wesentlichen gehts um die ganzheitliche Selbstheilung durch das Erwecken ursprünglicher Lebensgeister. Weil in den Städten wird man zwangsläufig krank, und in den Bergen wird man zwangsläufig gesund – solang man sich an die Grundregeln hält. Ich will euch unterwegs außerdem ein bisserl was von richtiger Lebensführung im Allgemeinen erzählen, damit ihr auch später noch was von dem Ganzen hier habt. Und ihr werdets einige wertvolle Hinweise und Ratschläge von mir mit auf den Weg bekommen, die euch …«

Ich spulte meine Rede weiter ab. Aber ehrlich gesagt, war ich nicht so recht bei der Sache, weil ich plötzlich angespannt und leicht reizbar war. Früher war gerade der erste Kontakt mit den Touristen immer die reinste Freude für mich gewesen, aber seit fast einem Jahr war es anders. Ich merkte, dass ich meine Gäste nicht richtig wahrnahm. Und konzentrieren konnte ich mich auch nicht gescheit. Ich, der diesen ruhelosen Leuten den richtigen Umgang mit Stress beibringen wollte, litt plötzlich selbst an Ruhelosigkeit und hatte eigentlich nur Kraut und Rüben im Schädel.

Ich schloss den ersten Teil meiner kleinen Einführung also lieber schnell ab und entschuldigte mich kurz bei den Herrschaften. So konnten die Touristen erst einmal über meine Worte nachdenken, und ich einen klaren Kopf bekommen. Normalerweise mache ich solche Unterbrechungen ja nicht, aber jetzt brauchte ich dringend eine Pause. Und einen Schnaps! Darum ging ich flink hinüber in den Privatbereich der Familie Zirngiebl.

Als ich die Stube betrat, sah ich den Zirngiebl Thomas und dessen Vater, den Zirngiebl Hubert, in ihrem Eckerl sitzen und ein dunkles Bier trinken, wie es sich schon unsere Väter und Väters Vorväter haben kräftig munden lassen. Der Zirngiebl

Thomas ist der Betreiber vom Schlemmerwirt und mein bester Freund seit Schulzeiten. Er ist, wie meine Viel- oder Wenigkeit, von kräftiger Statur, hat einen rechten Zinken und einen braunen Seehundbart, in den sich in jüngster Zeit auch amal das eine oder andere graue Haar verirrt. Und er kann allein durch Schnuppern in der Luft sagen, wie das Wetter der kommenden Tage werden wird. Da ist er konkurrenzlos, der alte Sauhund. Drum drehe ich den Radio immer schon gleich nach dem Sportteil ab, weil dort der Wetterbericht oft brutal schwer danebenliegt. Der Vater vom Zirngiebl Thomas, der alte Zirngiebl Hubert, ist ein echtes Urgestein und eine grundgute Haut. Er hat einen langen weißen Vollbart, weshalb ihn manche auch den »Vollbarter« nennen, und er trägt grundsätzlich einen uralten grauen Hut mit allen möglichen Anstecknadeln, Plaketten und kleinen Medaillen aus den unterschiedlichsten Regionen der Erde. Dieses Hutmodell, sagt man, soll beim Kauf vor Urzeiten nicht unter fünf Gulden gehandelt worden sein, was seinerzeit etwa dem Monatsverdienst eines Hellebardisten im Leutnants-Rang entsprach. Es geht zudem die Sage, dass der Zirngiebl Hubert vor etwa 65 Jahren einige seiner Anstecknadeln und Plaketten entfernt bzw. ausgetauscht haben soll. Warum, weiß bis heute niemand. Menschen seines Vertrauens dürfen ihn »Hupfi« nennen, was er dann mit grimmiger Genugtuung und plakativer Beiläufigkeit zur Kenntnis zu nehmen geruht, und sein tagtäglich wiederholter Ausspruch »Abrüster miassts zwiefeln, bis dass Bobscherlwasser simmert!«[12] sorgt bei den Gästen im Schlemmerwirt immer wieder für Irritation.

»Gebts mir an Klaren, damit ich wieder an klaren Kopf be-

12 »Rekruten muss man schleifen, bis ihnen das Arschwasser kocht!«

komm!«, sagte ich zur Begrüßung, denn so ein kleiner Kalauer kommt immer gut.

»Du werscht as scho no derwarten chennen, Douni«[13], sagte der Hupfi. »Sch gibt wichtigre Souchn z bsprechen als dein ewigen Schmourrn, du Saukrippl, du varreckta.«[14]

Das hatte ich halbwegs verstanden, aber der Ton war ungewöhnlich, weil wir normalerweise immer recht höflich und sorgsam miteinander umgehen, und wenn wir derbe Scherze reißen, dann sind die auch als solche zu erkennen. Im Moment war es aber kein Scherz, sondern bittere Realität. Ich wollte erst einmal nichts sagen, griff zur Schnapsflasche, schenkte mir wortlos ein Stamperl ein und trank es aus, indem ich den Kopf ruckartig in den Nacken warf und mit den Augen nach oben schielte. Weil: So trinkt ein Mann einen Schnaps. Während es in meiner Kehle angenehm warm wurde, lauschte ich mit einem Ohr dem Gespräch zwischen Vater und Sohn.

»Dr Unfrieden isch ibers Dorf chemmen!«[15], schimpfte der Hupfi.

»Mei, jetzt kommst du mir auch noch mit dem Schmarrn«, antwortete der Thomas unwirsch.

»Schaug di doch amoul um! Jedr mischtraut an jedem. Und d Wirtschaft hat si ourg vrschlechtrt. Sch chemma ja mittlrweil kaum noch Bsucher zu inz in die Berg.«[16]

[13] »Nur die Ruhe, Toni.«

[14] »Wir müssen uns mit wichtigeren Dingen als deinem Unsinn befassen, du schrecklicher Schweinekrüppel, du vermaledeiter.«

[15] »Unser Dorf ist verflucht!«

[16] »Blick dich doch einmal um. Jeder misstraut jedem. Und die wirtschaftliche Lage hat sich auch sehr verschlechtert. Es kommen ja inzwischen kaum mehr Besucher zu uns in die Berge.«

»Da sollten mir halt amal alle zusammen überlegen, warum immer weniger Leut kommen. Den anderen Dörfern gehts auch nicht besser.«

»Oba lang nitt so schlimm wia inz!« [17]

»Ja, vielleicht sollten mir dann halt die Tageskarte doch nicht nur einmal in der Woch ändern, Vattr!«

»Des glaubsch ja woll nitt im Irnscht, dass die Tageskourtn schuld isch an dem Elend! Mir chenna ja scho im derzeytign Zustand mit dr vermaledeiten Frischwar nimmr chalchuliern, da mecht der Herr *Sohn* die Tageskourtn öfters ändern!«[18]

»Vattr! Mir sollten mit der Zeit gehen. Auch amal was Neues zulassen! Da Päda fahrt ja schon immer umananander[19] und rührt die Trommel im Flachland! Es gibt heutzutage wirklich viele Möglichkeiten, um für sich zu werben!«

»Owa des bringt do nixn! D Wurzel miass mer ogreifa, und d Zeichen richtig deythn! Und d Zeichen soung, es isch was Unguats untrwegs. Frag amoul dein oultn Freind, an Douni! Der hat hoafte Problem, weyl kaum no Bergtouren von die Hornochsn boucht wern. In die andere Dörfer hout si wirkli kaum was gändrt, nur bei inz isch diesr varreckte Rückgang z bmercken. Und mir wissen oulle, warum des so isch!« [20]

17 »Aber lange nicht so schlimm wie uns!«

18 »Du glaubst doch wohl nicht im Ernst, dass die Tageskarte schuld ist! Schon jetzt können wir mit der verflixten Frischware nicht mehr kalkulieren, da möchte der Herr *Sohn* die Tageskarte noch öfter ändern.«

19 umher

20 »Aber das hilft doch alles nichts! Die Ursache müssen wir bekämpfen, und die Zeichen richtig deuten. Und die Zeichen sagen, etwas Schreckliches wird geschehen. Frag doch mal deinen alten Freund Toni! Der hat echte Probleme, weil die Idioten kaum noch Bergtouren bei ihm buchen. In den anderen Dörfern ist alles wie immer, nur bei uns ist dieser Rückgang zu bemerken. Und wir wissen alle, woran das liegt!«

»Dummes Gschwätz!«, knurrte der Thomas, der genervt und irgendwie erschöpft wirkte. Jedenfalls hatte er kleine graue Schatten unter den Augen. »Alles Ammenmärchen! Ich will nix mehr hören davon, sonst tauch ich dich in die Dorftränke, bis du nimmer einen solchen Dreck verzapfst. Und Toni, den Schnaps schreibst fei auf, gell!«

»So weit kommts noch! Einen feuchten Dreck schreib ich auf. Serwas[21]!«, sagte ich ungehalten, schnappte mir das Glas samt der Schnapsflasche und ging wieder zu meinen Sommerfrischlern.

Zurück im kleinen Schankraum setzte ich mich auf einen der alten, wunderschönen Holzstühle und atmete tief aus. Auch wenn ich noch ein bisserl wütend war, fühlte ich mich schon viel besser. Der Schnaps hatte mir gutgetan und wenigstens diese seltsamen Gedankenschleifen in meinem Kopf vertrieben. Ich wusste aber, dass ich mich trotzdem erst noch kurz konzentrieren musste, weil ich dazu neige, bei innerer Anspannung zu stark in meinen Heimatdialekt zu verfallen, sodass mich manchmal die Touristen nicht mehr gescheit[22] verstehen. Dazu gibt es eine kleine, sehr einfache, meditative Übung, die mir mein indischer Freund Shanti einmal gezeigt hat. Man schließt die Augen, atmet ruhig ein und stellt sich das Wort »Paradeiser« vor. Das sagen wir bei uns heroben zu Tomaten. Dann stellt man sich die Tomaten selber vor, in schön leuchtendem Rot, und denkt dann beim Ausatmen an das Wort »Tomaten«. Das hilft ungemein. Auch im aktuellen Fall. Jetzt

21 Servus (freundschaftlicher Gruß beim Abschied und zur Begrüßung)
22 richtig, ordentlich

konnte ich mich um meine Touristen kümmern und sie auf unsere Tour einstimmen. Es war an der Zeit für den zweiten Teil meiner Ansprache.

»So. Morgen gehts in aller Früh rauf zum Sennwanderhaus. Da müssts gut in Form sein, weil der Aufstieg wird kein Zuckerschlecken nicht. Was mitnehmen müssts isch: eine warme Jacke, feste Schuh, damit mein ich aber nicht irgendwelche Turnschuhe oder Mokassins, sondern Berg- oder Wanderschuh, die, wenn möglich, über die Knöchel gehen. Des isch aber schon in dem Anschreiben dringstanden, das ihr per Post bekommen habts. Und in der Broschüre könnts es auch noch amal nachlesen. Aber weil es immer wieder irgendwelche Schlaumeier gibt, die denken, sie könnten auch mit Sandalen raufgehen auf einen Berg, sag ichs halt lieber einmal zu oft. Nitt[23], dass ma[24] morgen irgendwelche bösen Überraschungen erleben.«

Der Glatzkopf schaute mich gekränkt an, so als wollte er sagen: *Mir* würde das *nie* passieren, dass ich mit *Sandalen* auf einen Berg ginge!

Aber ich durfte mich nicht schon wieder von solchen gemeinen Gedanken ablenken lassen. Die Sommerfrischler konnten ja nichts dafür.

»Außerdem solltets ihr die schöne Natur genießen und euch vornehmen, während unseres kleinen Ausflugs bei jedem Einatmen die unendliche Freiheit und tiefe Gelassenheit der Berge in euch aufzunehmen und bei jedem Ausatmen euren schädlichen Ballast und eure bedrückenden Sorgen rauszustoßen.«

[23] Nicht
[24] wir

Ich hatte sie eigentlich nicht besonders gern, diese müslimäßigen Formulierungen, aber die Leute mögen sie, und wer zahlt, schafft an. Die Freundin vom Glatzkopf begann schon jetzt, tief einzuatmen. Der Kinnbart allerdings hatte offenbar nicht recht verstanden, was ich gesagt hatte.

»Was meinen Sie jetzt mit Ballast? Also Körpergewicht, oder - ?«

»Naa, innerlichen Ballast natürlich!«, unterbrach ich ihn schroff. »Ihr habts nur euren modernen Quatsch im Kopf, und aufs Logischste kommts ihr nicht, ihr Stadtmenschen!«

Scheints war ich doch noch etwas zu angespannt. Paradeiser. Tomaten. Aaaah! Schon wieder besser.

»Was ich damit mein, liebe Leut, isch: Die wenigsten Besucher haben den Kopf frei. Meist tragen sie überflüssige Bürden mit sich herum. Zum Beispiel Selbsthass oder Komplexe. Nitt amal öffentlich baden trauens sich, weil sie sich nicht für ansehnlich halten. Da denke ich mir: Was für a Wahnsinn! Der eigentliche Knackpunkt isch doch, dass sich diese Damen und Herren laufend selbst missverstehen und nicht auf das Wesentliche achten!«

Der junge Mann mit Kinnbart nickte nachdenklich. Da hatte ich wohl genau so einen Kandidaten vor mir sitzen. Ich sprach weiter, nun überwiegend in seine Richtung, und fuhr mit meiner Einführungsrede fort.

»Die Menschen rennen wie die Gstörten ins Fitness-Studio, machen Yoga und Pilates, Bodybuilding, Stretching und weiß der Henker was noch für einen von der Propaganda vorgeschriebenen Unfug. Dazu denken manche Frauen, sie müssten sich Schönheitsoperationen unterziehen. Und sie kaufen ständig irgendwelche Beauty-Erzeugnisse. Zudem haben sie Angst vor Übergewicht und essen daher oft gar nix mehr, oder sie speiben nach jeder Mahlzeit. So eine will man doch nimmer küssen, oder? Diese ganzen Gschichten kosten Unsummen, während man schon für 250,- ein Wochenende inklusive Halbpension beim Schlemmerwirt bekommt, und danach gehts einem garantiert besser wie nach aner[25] Schönheitsoperation. Wahre Schönheit kommt eh aus dem Herzen, und wenns einem innendrin gut geht, dann schaut man auch gut aus. Darum sollte man gerade in zwischenmenschlichen Beziehungen drauf achten, gut miteinander umzugehen. Dann hat man auch äußerlich länger was voneinander. Mein mürrischer Freund, der Hofägger Schorsch aus Mannheim, sagt immer: Am Tag meiner Hochzeit habe ich nur die erste Hälfte meiner Alten geheiratet! Aber es stimmt scho: Manche Frauen schaun nur bis zum Hochzeitstag gut aus, und wenns Pech ham, kommens dann an einen Grantler[26] wie den Hofägger Schorsch, und dann fangens an zu essen, als gäbs kein Morgen, und gehn auseinander wie ein Krapfen.«

Die Touristen lachten. Das hatte ich auch einkalkuliert, weil, wenn man solchen Herrschaften den Kopf wäscht oder mit der harten Realität konfrontiert, tut man gut daran, seine Worte mit ein paar kleinen Scherzen aufzulockern. Dann stecken die das besser weg.

»Manche Frauen von grantigen[27] Männern entscheiden auch heimlich: Ab dem ersten Kind lasse ich mich gehn! Oder sie werden verhärmt. Oder intrigant. Oder alles auf einmal.

[25] einer

[26] Miesepeter

[27] miesepetrig, mürrisch, übellaunig, zänkisch

Und des liegt *immer* daran, wie der Mann in den Wald hineinruft. Wobei ich mit Wald nicht die Intimbehaarung meine, die es ja eh kaum noch gibt, weil sich alle rasieren, sondern ich mein tatsächlich den Wald, aus dem es dann so herausschallt, wie man hineinplärrt.«

Erneutes Gelächter. Ich hatte die Gruppe auf meiner Seite. Der Glatzkopf schlug sich auf den Schenkel. Seine Freundin strahlte mich an. Der Kinnbart kicherte verlegen, und auch der Alte lachte kräftig mit.

»Mag jemand an Schnaps?«, fragte ich onkelhaft in die Runde.

Alle wollten einen.

Da ging plötzlich die Tür auf, und die Schipfer Trudi kam herein. Die Trudi ist die Frau vom Bürgermeister, dem Schipfer Päda. Sie ist ein aufgewecktes Persönchen und eine grundgute Haut. Die Trudi sieht auffallend gut aus, hat schulterlanges mittelblondes Haar und stets in dezenten Rottönen lackierte Fuß- und Fingernägel. Außerdem hat sie eine für ihr Alter außergewöhnlich gute Figur. Sie fährt regelmäßig in größere Gemeinden, um sich dort von Kosmetikern und Frisören bearbeiten zu lassen, damit sie auch wirklich immer makellos ausschaut. Außerdem ist sie eine sehr gute Tipperin auf der Schreibmaschine. Sie schafft 300 Anschläge in der Minute und beantwortet sämtliche Post an den Bürgermeister. Gleichzeitig leitet sie, wie das Leben so spielt, das örtliche Fremdenverkehrsamt. Sie erwägt deshalb, demnächst einen Computer zu erwerben. Ihr Gemahl ist aber dagegen, weil er vermutet, dass sie dann die ganze Zeit im Internet herumhängt und auf blöde Gedanken kommt. Ein berühmtes Zitat vom Schipfer

Päda ist: »Bei de Weiber musst aufpassen. Denn wenn koa[28] Aufsicht da is, machens nur an Bledsinn!«

Aber jetzt hatte sie etwas anderes auf dem Herzen. Wenn sie aufgebracht ist, sieht man das immer sofort, weil ihre Wangen dann heiß und rosig werden. Ich rechnete mit allem.

«Toni!«, fuhr die Trudi mich giftig an. »Ham mir nicht gesagt, dass du die Dorf-Atlanten innerhalb von zwei Tagen wieder zurückbringst?«

»Ich war der Meinung, ich könnte sie bis zum Saisonende behalten«, antwortete ich ehrlich irritiert, während die Trudi sich wütend zu mir herunterbeugte. Sie hatte, aus der Nähe betrachtet, leichte Schatten unter den Augen. Wie zuvor der Thomas. Konnten die Leute im Dorf jetzt plötzlich nicht mehr ordentlich durchschlafen? Und waren deshalb gleich doppelt grantig? Gut, die leere Gemeindekasse und die fehlenden Touristen waren ein Unding, aber deswegen gleich schlaflose Nächte haben?

»*Zwei Tage* waren ausgemacht, Toni. *Zwei!* Mir brauchen die jetzt! Wo hast sie denn hingelegt, die Scheiß-Atlanten?«

»Da hinten, aber wofür brauchst du sie denn jetzt so dringend?«

»Das geht dich *einen feuchten Dreck* an!«, keifte ziemlich unfreundlich die Trudi, schnappte sich die Atlanten und rauschte davon.

Die Touristen sahen mich verunsichert an. Ich entschloss mich deshalb zu einer spontanen Notlüge.

»Die wenn ihre Monatsregel hat, dann hält sie kein Mensch aus. In drei Tagen ist sie wieder normal.«

[28] keine

Die Freundin des Langweilers mit Glatze sah mich wissend an. Dann zwinkerte sie mir plötzlich zu. Ich ließ mir aber nix anmerken und sprach weiter, in Richtung des Kinnbarts, der immer noch verlegen kicherte.

»Mir waren grad bei den Männern und den Frauen, gell? Also, ihr müssts wissen, dass man Missverständnisse zwischengeschlechtlicher Art auf ganz einfache Weise beheben kann. Ich biete dafür übrigens auch spezielle Kennenlernkurse an, bei denen Partner sich gegenseitig neu und Alleinstehende andere kennenlernen lernen. Dabei spreche ich vorab immer über Tugenden wie Freundlichkeit, über das Äußere – was viele Menschen in meinen Augen schwer vernachlässigen – und vor allem über den Charme. Der ist das Wichtigste.«

»An Freundlichkeit und Charme mangelt es manchen Leuten hier im Dorf allerdings gewaltig, finden Sie nicht?«, fragte unverhohlen der Alte. »Als ich heute Nachmittag–«

»Ja, mei«, unterbrach ich den Alten schnell. »Manche Menschen sind halt etwas ungeschminkter und direkter. Aber es sind die wenigeren, und ich persönlich lege großen Wert auf gute Umgangsformen. Viele denken, das sei selbstverständlich, ist es aber längst nicht mehr. Man muss sich halt einfach ein bisserl Mühe geben, um beim anderen Geschlecht gut anzukommen. Da muss man seinen Charme spielen lassen. Da langt es nicht, sich in der Früh das Gesicht zu waschen und blöd zu grinsen, da sollte man sich schon ein paar Gedanken machen. Oder sehts ihr des anders?«

Beipflichtendes Geraune und gegenseitiges bestätigendes Zunicken. Die Stimmung in der Gruppe löste sich langsam wieder, und ich dachte mir, jetzt ist es an der Zeit nachzulegen.

»Habts noch an Durscht?«

»Ja!«, schallte es mir wie aus einem Munde entgegen.

Ich füllte die Gläser nach und lächelte innerlich, weil es mir gelungen war, ein gemütliches Zusammengehörigkeitsgefühl zu erzeugen.

Da ging die Tür schon wieder auf, und der Zirngiebl Mike, der Sohn vom Zirngiebl Thomas, kam mit finsterer Miene herein, hinter ihm drein die Zirngiebl Heidi, seine Frau. Der Mike arbeitet ebenfalls im Schlemmerwirt und ist ein hochgewachsener, spindeldürrer, aufgeweckter Bursche mit hellblondem Haar. Er schaut ein bisschen aus wie ein frischgeschlüpftes Huhn, weil ihm die dünnen Haare meist kreuz und quer auf dem Kopf herumfliegen. Er hat eine für hiesige Gefilde auffallend schmale und beinahe aristokratisch zu benamende Nase, und als er noch ein Kind war, haben wir immer gewitzelt: »Hat dei Mama da amal an Adligen drüberlassen? Miass ma[29] dich jetzt pfeilgrad[30] mit Prinz Mike ansprechen?« Mit dem Zirngiebl Mike bin ich genauso gut befreundet wie mit seinem Herrn Vater, und in unserem Weltbild gleichen wir uns wie ein Ei dem andern. Nur dass ich halt nicht ausschaue wie ein Huhn.

»Die Kaffeefahrt ist doch wohl kompletter Blödsinn! Und Betrug! Und vollkommen unpassend hier heroben«, schimpfte die Heidi.

Sie ist eigentlich eine liebenswerte Person von eher kleinem Wuchs, mit einer drallen Figur, braunem Haar und ei-

29 Müssen wir

30 ungelogen, tatsächlich

nem sonst immer strahlenden Lächeln auf den Lippen. Sie muss nicht arbeiten gehen, weil der Mike vom Lokal her eine Menge Geld mit nach Hause bringt. Das dankt sie ihm, indem sie zu Hause immer alles herrlich aufräumt und ihm auch im Schlafgemach eine verlässliche Gefährtin ist. Die Tatsache, dass die Heidi das so stark ehegefährdende Krankheitsbild der »Migräne« nicht kennt oder nicht benutzt, verhalf ihr zu einem fast schon auffallend treuen und stets wohlgelaunten Ehemann, der das »Wildern in fremden Revieren« ausschließlich mit den §§ 292, 293 des deutschen Strafgesetzbuches in Verbindung bringt.

»Des is beschlossen! Der Vater hat gesagt, dass die Veranstaltung ein Geld hereinbringt, und das können wir ja wohl mehr als gebrauchen! Oder? Und solang sie hier keine Politik machen …«, verteidigte sich schroff der Mike.

Ich erschrak! Auch er hatte diese sonderbaren Schatten unter den Augen. Was trieben die Leute denn die ganze Nacht? Alle hatten plötzlich dunkle Ringe bis unter die Knie. Ich blickte zur Heidi. Sie hatte keine.

»Geld, Geld, immer nur Geld!«, plärrte die Heidi. »Anstatt dass amal einer eine Idee für irgendwas Sinnvolles hat, wird jeder Strohhalm gepackt, jede schäbige Gelegenheit, nur damit man nicht nachdenken muss! Da darf dann bald jeder sein Graffe[31] hier verkaufen. Des is wirklich des Allerletzte!«

»Lass ma mei Ruah! Red mit dem Vater. Ich kann dazu nix sagen«, konterte der Mike grantig.

»Ja, freilich! Aus der Verantwortung stehlen, *mal wieder*. Immer die anderen entscheiden lassen! Das ist so *billig*!«, zeterte

[31] Gelumpe, wertloser Kram

die Heidi. »Und auf der Kirchweih übermorgen werden *keine* Heizpilze aufgestellt. Damit wir uns ein für alle Mal verstehen!«

»Aber die Händler…«

»Die Händler, die Händler!«, äffte die Heidi ihren Gatten hämisch nach. »Die Händler sollen sich nicht so anstellen, wir haben ja immerhin nicht Mitte Februar! Und wissen die schon von ihrem Glück? Dass es für sie nicht nur wärmer, sondern auch teurer wird?«

»Naa. Aber wir müssen einfach schauen, dass ein bisserl mehr Geld in die Gemeindekasse kommt. Drum werden wir, hat der Päda gesagt, im nächsten Jahr auch einen Stand mit Probeabonnements für Tageszeitungen zulassen. Und da bin ich ganz auf der Seite vom Herrn Bürgermeister«, sagte der Mike provokativ.

»Seits ihr bläd? Was kommt als Nächstes? Wackel-Dackel? Nein, nein, mein Freundchen, diesen Ausverkauf unterstütze ich nicht! Da musst du dir schon eine andere Dumme suchen!«

»Ja sagts amal, könnts ihr eure depperte Unterhaltung nicht draußen weiterführen?«, mischte ich mich ein. »Ich hab immerhin Seminargäste da.«

»Is scho recht. Nicht amal in seiner eigenen Wirtschaft darf man sich unterhalten!«, maulte die Heidi, und ihr Blick fiel auf die Schnapsflasche vor mir. »Und wegen dem Freischnaps müssen wir uns noch amal zamhocken, Toni. Und wegen den kostenlosen Zwischenmahlzeiten auch. Wir sind ja hier schließlich nicht die Heilsarmee!«

Dann rauschten die beiden wieder hinaus. So eine blöde Gans! Ich hatte seit jeher das Essen und die Getränke frei, und jetzt fing sie an, so rumzuspinnen. Und dann hat sie sich noch dazu mit ihrem Ehemann angelegt, obwohl wir Bergbewohner doch nie Schwierigkeiten in der Zwischengeschlechtlichkeit haben.

Aber es waren ja nicht nur die Heidi und der Mike. Oder die Schipfer Trudi. Oder der Thomas und der Hupfi. Das ganze Dorf war grantig und zerstritten. Selbst die harmonischsten Leute zankten sich. Und jeder wusste warum, auch wenn es keiner offen zugeben wollte: Es war wegen des gestohlenen Dorffriedens.

Die ganze Misere hatte vor zwölf Monaten begonnen …

Das Zacherl

Einmal im Jahr im Herbst ist bei uns heroben Kirchweih. Da kommen Menschen aus allen möglichen Gegenden zu uns in die Berge und bieten nach der heiligen Messe ihre Waren feil, oft landwirtschaftliche Produkte. Dazu gibt es was Gutes zu essen und zu trinken. Zum Beispiel wird ein eigens für diesen Zweck gebrautes Märzenbier angeboten und dazu die guten Würschtl mit Senf und ein knuspriges Brot aus Natursauerteig oder auch einmal ein feines Mehlspeiserl. Nicht selten geht es so fidel zu, dass man an die Kirchweih noch ein paar Tage dranhängt und weiterfeiert. Da braucht es keine komplizierten Antragsverfahren, und das entscheidet bei uns auch kein Amt, sondern das Volk. Wenn eine gute Stimmung herrscht, dann gehts halt einfach noch ein bisserl länger.

Die Händler reisen bereits einige Tage vorher an, um ihre Stände aufzubauen, und ich staune immer wieder, was es da nicht alles gibt: Hühner von einem Allgäuer Bauern, Töpfe von einem irischen Kunsthandwerker, Salami von einem sizilianischen Rentner, Muscheln von einem vietnamesischen Taucher, Geheimakten von einem fast unverschuldet in Not geratenen Stasi-Veteran, Ehrlich- und Selbstlosigkeit von Spendenorganisationen und so weiter und so fort. Die Liste ist lang. Außerdem achtet unser Bürgermeister, der Schipfer Päda, genauestens drauf, dass nur Sachen angeboten werden, die zu uns passen. Anatolische Bauern mit Elektroartikeln und windige Gesellen mit Universitätsabschluss-Urkunden mit noch auszufüllenden Namensfeldern werden von Haus aus verjagt, aber auch Wunderdoktoren oder sonstiges Jahrmarktgschwerl[32] sind nicht grad gern gesehen.

Da die Zahl der Verkäufer die der Standplätze oftmals übersteigt, kommt es hin und wieder zu kleinen Meinungsverschiedenheiten unter den Händlern, aber auch zwischen Händlern und Einheimischen. Damit diese Streitigkeiten nicht eskalieren, stellt man seit Urzeiten ein Fahnderl[33] in der Mitte des Marktplatzes auf, das an Friede und Mäßigung gemahnen soll.

Wir nennen es »Zacherl«, benannt nach Zachäus, einem Zollpächter, der vor 2.000 Jahren in Jericho lebte und beim Volke sehr unbeliebt war, weil er allen das Geld abknöpfte. Als der HERR Jesus Christus in die Stadt kam, kletterte Zachäus, klein von Wuchs, auf einen Baum, um den Einzug besser beobachten zu können. Völlig unerwartet grüßte der Sohn GOTTES ihn im Vorbeigehen mit Namen, kehrte in sein Haus ein und aß mit ihm zu Abend. Zutiefst gerührt von Jesu Zuwendung, änderte der Zachäus sein trauriges Leben, spendete fortan den Armen und gab allen Geprellten ihr Geld zurück.

Der Brauch des Fahnenaufstellens selbst sowie die Herkunft unseres Zacherls geht auf eine Situation Mitte des 13. Jahrhunderts zurück, als in einem Bergdorf, nicht weit von

[32] üble Sippschaft, die sich hauptberuflich auf Jahrmärkten herumtreibt
[33] Fahne, Fähnchen

unserer Gemeinde entfernt, ein Ochsenhändler und ein Blumenverkäufer bei der dortigen Kirchweih beide Anspruch auf einen in ihren Augen strategisch günstig gelegenen Standplatz erhoben und sich gegenseitig aufgemischt[34] haben. Da kam ein junger Pfarrer herbeigeeilt, erzählte ihnen die Geschichte vom Zollpächter Zacherl, gab beiden zum Zeichen der Versöhnung je ein kleines Fahnderl in die Hand, und die beiden Händler vertrugen sich auf der Stelle wieder. Wer den Standplatz am Ende bekam, weiß ich nicht.

Das Zacherl unseres Dorfes ist jedenfalls eines dieser beiden Fahnderl und somit ein mehrere hundert Jahre altes Originalstück, das von Generation zu Generation weitergegeben wurde. Alte Schriften sagen nämlich, dass seinerzeit einer jener beiden Händler sein Fahnderl dem schlesischen Wandermönch Vitelio geschenkt hat. Und ebendieser Vitelio hat es im Jahre 1257 unserem Dorf überlassen, das es – alten Erzählungen zufolge – auch bitter nötig gehabt hat. Jedenfalls beginnt unsere Dorfchronik mit dem Eintrag: »1257 Anno DOMINI Nostri Iesu Christi – Seyt m heitigen Dough isch dr Frieden daes Dorphes gewaret, weyl z heylige Zachey zu inz chemmen isch. Es isch a Gschenk vum HERRGOTT.«[35]

Man sagt dem fein bestickten Fahnderl zu Recht besondere Kräfte nach. Es ist ein absolut unersetzbares und einzigartiges Kleinod, und wir sind sehr froh, dass es das Zacherl gibt. Denn immer wenn zwei sich in die Wolle geraten, braucht man ihnen nur zuzurufen: »Schauts, des Zacherl!« Und schon be-

[34] verprügelt

[35] 1257 im Jahre unseres HERRN Jesus Christus – Seit dem heutigen Tag ist der Frieden des Dorfes gewährleistet, weil das heilige Zacherl zu uns gekommen ist. Es ist ein Geschenk GOTTES.«

ruhigen sich die Streithähne – so wie einst der Ochsenhändler und der Blumenverkäufer. Daher steht der Name »Zacherl« in unserem Ort für das Gute und schützt Einheimische und Fremde vor allem Übel. Ein alter Vers lautet:

Stehts Zacherl hold an Kirchweih da,
herrscht Eintracht für ein ganzes Jahr.

Letztes Jahr zur Kirchweih war das Zacherl jedoch auf einmal fort! Die Zirngiebl Heidi entdeckte sein Verschwinden beim Schlendern durchs Dorf als Erste. Sofort machte sie sich auf den Weg zum Schlemmerwirt.

Der Zirngiebl Thomas, der Zirngiebl Mike und ich saßen gerade zusammen im kleinen Schankraum und überlegten, ob wir einer Gruppe von Werbefritzen zu- oder absagen sollten, die im nächsten Jahr eine Werbeverkaufsveranstaltung im großen Festsaal des Schlemmerwirtes abhalten wollte. Es handelte sich um eine sogenannte »Kaffeefahrt«, bei der unseren Informationen zufolge unbedarfte Menschen zum Erwerb minderwertiger Produkte zu völlig überzogenen Preisen genötigt werden sollten. Eigentlich wollten wir so etwas nicht unterstützen, aber die Sache hörte sich schon recht lukrativ an, und ein Mal ist bekanntermaßen ja kein Mal.

»Wenns genug zahlen«, argumentierte der Thomas, »könnens von mir aus auch alte Semmeln oder junge Sklaven verkaufen.«

»Woll![36] Geld stinkt nicht«, musste ich ihm beipflichten.

»Solange die uns nix kaputtmachen und danach wieder ver-

[36] Jawohl!

schwinden«, sagte der Zirngiebl Mike und nickte nachdenklich.

Die Möglichkeit, dass eine solche Veranstaltung stattfinden würde, wollten wir jedenfalls nicht mehr grundsätzlich ausschließen, wie es noch unsere Väter und deren Vorväter getan hätten. Man geht ja mit der Zeit.

In diesem Moment kam ganz aufgeregt die Heidi hereingelaufen.

»Das Zacherl ist furt!«, plärrte sie. »Des tuat koa guad ned!«[37]

Sofort läuteten bei uns alle Alarmglöckchen. Wir erhoben uns von unseren Stühlen und stellten unsere Bierhumpen auf dem Tisch ab.

»Machst uns no drei für nachher, gell?«, riefen wir der Heidi zu, die sich bereits hinter dem Tresen mit einem Glas Merlot beruhigte, und rannten auf den Marktplatz, um nachzusehen, ob das Zacherl wirklich verschwunden war.

Tatsächlich: Der Fahnenmast ragte kahl und unbeflaggt gen Himmel, die Fahnenschnüre baumelten lose im Wind.

Jemand hatte das Zacherl gestohlen!

Zurück beim Schlemmerwirt, hielten wir bei einer frischen Runde Bier, die die Heidi trotz der Aufregung sogleich für uns eingeschenkt hatte, eine Lagebesprechung ab.

»Herrschaftszeiten!«, rief der Zirngiebl Thomas und donnerte mit der Faust auf den Tisch, sodass die frisch gefüllten Bierhumpen wackelten.

»A solche Gemeinheit, und des grad am Tag vor Kerwe[38]!«,

[37] »Dies könnte schlimme Folgen haben!«

[38] Kirchweih

schimpfte der Zirngiebl Mike und band sich den Schnürsenkel seines rechten Haferlschuhes, der beim Laufen offenbar aufgegangen war.

Ich schwieg. Mir war gar nicht wohl bei der Sache.

Der Zirngiebl Hupfi, der es sich inzwischen auf dem Bankerl neben dem Kachelofen bequem gemacht hatte und vor seinem ehemaligen Senfglas mit Henkel saß, aus dem er dunkles Bier trank, strich sich sinnierend durch seinen weißen Bart.

»Des miaschts widr herbeischaffarn, des Zacherl« [39], sprach er.

»Ja, des müss ma«, pflichteten wir ihm bei.

»Darrents euch fei ned dabei!« [40], meinte die Zirngiebl Heidi und gönnte sich einen weiteren Schluck Merlot.

Da ging plötzlich die Tür auf, und die Zirngiebl Zenzi, die Frau vom Thomas, kam herein. Die Zenzi ist von kräftiger Statur, aber doch sehr fraulich, hat immer leicht gerötete Wangen und die Haare in der Regel zu einem Knäuel zusammengebunden. In der Geburtsurkunde steht Kreszentia, aber wenn man das zu ihr sagt, kommt sie einem gleich mit dem Kochlöffel oder einem anderen harten Gegenstand und schlägt einem damit aufs Haupt.

Die Zenzi hielt eine silberne Schüssel in der Hand, in der gerade zwei Teigbatzen schlummerten, und sah uns besorgt an. Offensichtlich spürte die Schlemmerwirtin schon, dass etwas im Argen lag.

»Was machts ihr da? Was isch da los?«, fragte sie in die Runde.

[39] »Ihr müsst das Zacherl zurückholen.«

[40] »Gebt Acht, dass ihr vor lauter Eile nicht hinfallt!«

»Des Zacherl ist furt! Und die Herren beraten noch darüber, wie sie es zurückholen sollen«, rief die Heidi etwas schnippisch und füllte ihr Glas ein weiteres Mal.

Da wurden die Wangen von der Zenzi hochrot und ihre Knöchel ganz weiß.

»Ach so. Ja dann«, sprach sie in unsere Richtung. »Lassts euch nur Zeit. Es geht ja nur um den Frieden im Dorf, sonst nix. Bleibts noch a bisserl sitzen, trinkts euer Bier aus und überlegts recht schön! Ist ja wurscht, wenn dabei alles an Bach runtergeht!«

Die hatte gut reden. Aber leider auch nicht Unrecht. Wir mussten schnell handeln, schließlich drohte Gefahr. Wenn nämlich das Fahnderl nicht da hängt, wo es hingehört, gibt es ein derbes Gefetze[41], und alle verwandeln sich in Hanöffel[42] und Bissgurken[43], sagt die Überlieferung.

Wir bildeten also einen Suchtrupp, bestehend aus dem Zirngiebl Thomas, dem Zirngiebl Mike und mir.

»Wir sollten noch den Action Schorsch auf den Plan holen«, sagte der Mike. »Der findet doch immer alles!«

Wenn es pressiert[44], holen wir nämlich immer den Schorsch auf den Plan. Er heißt eigentlich Steinbichler Georg und ist der Busenfreund vom Mike. Außerdem ist er ein Klettergenie, weshalb er auch auf den Namen »Action Schorsch« hört. Der Schorsch ist 25 Kilometer entfernt von uns aufgewachsen. Sein Vater hat eine Schafherde, und die Schafe sind ein-

[41] Streit

[42] Streithähne

[43] zänkische Weiber

[44] keinen Aufschub duldet, eilt

mal ausgebüxt und zu uns rüber. Da ist der Vater hinterher, und weil es ihm bei uns so gut gefallen hat, hat er sich eine Alm gekauft und seine Familie nachgeholt. Seitdem leben die Steinbichlers hier. Am wohlsten fühlt sich der Action Schorsch beim Kraxeln[45] in der Steilwand. Er verdient sein Geld als Pilot des regionalen Bergwachthubschraubers, macht auf Anfrage Rafting- und Extremklettertouren für gut zahlende Besucher und ist der Erfinder diverser Sicherheitssysteme für Gurte. Er selbst arbeitet jedoch stets ohne Sicherungssystem. Er sagt immer: »Angurten ist etwas für Heulsusen und Finanzbeamte im Ruhestand.« So hat es ihn schon ein paarmal runtergehauen, teilweise zwei-, dreihundert Meter tief. Mit Zwischenstopps natürlich. Aber er hat zum Glück immer sein Flickzeug dabei. Damit kann er sich dann selber wieder zusammenflicken und ist in kürzester Zeit wieder droben bei den Touristen.

»Gute Idee«, antwortete ich dem Mike. »Dann lauf du nüber zum Schorsch und hol ihn auf den Plan. Der Thomas und ich gehen derweil zum Päda und sagen ihm Bescheid!«

»So mach mas[46], und ziehts eure Regenjacken an. Die wer ma hernach noch brauchen«, ergänzte der Zirngiebl Thomas, der ja, wie schon erwähnt, das Wetter vorherzusagen weiß wie kein Zweiter.

Der Thomas und ich machten uns also auf den Weg zum Schipfer Päda, denn als Bürgermeister ist er der Schirmherr einer jeden Veranstaltung, also auch der Kirchweih. Unterwegs

[45] Klettern, Bergsteigen, Erklimmen eines Hanges
[46] So machen wir es.

hielten wir freilich[47] immer wieder Ausschau nach dem Zacherl, leider erfolglos. Mein heimlicher Verdacht war ja, dass der alte Traubeck Bauer das Fahnderl gestohlen hat, um bei uns im Dorf Zwietracht zu säen. Er betreibt etwas außerhalb (620 Meter Luftlinie unterhalb vom Schlemmerwirt) sein eigenes Gasthaus. So zumindest steht es im Telefonbuch. Da geht man aber besser nicht hin, weil der Traubeck Bauer ist ein Betrüger! Außerdem schmeckts halt so gar nicht bei ihm, und es ist viel zu teuer. Zudem besteht die ganze Familie Traubeck nur aus Seifensiedern[48]. Der Traubeck Bauer selbst heißt eigentlich mit Vornamen Fonse[49], ist so alt wie mein Vater und trägt einen noch immer rötlichen, buschigen Bart, damit man sein von Neid und Missgunst zerfressenes Gesicht nicht sehen kann. (Mazedonische Geheimdienstleute sollen zudem berichtet haben, dass sich die Eingeborenen hinterwäldlerischer Seitentäler ungemilderte Nachbildungen seines Gesichtes als Schutz gegen böse Geister über die Hauseingänge hängen.) Außerdem hat er immer einen Hut oder eine Kappe auf dem Kopf und trägt einen Arbeitskittel, den er vorher mit einer Mischung aus Sägespänen, zerriebenen Hirscheutern, Saufutter, vier verschiedenen Ölsorten, acht zerstoßenen Gebirgsenzianen, dreijährigem Gras, das unter einem Galgen gewachsen sein muss, und einer weiteren, allerdings geheimgehaltenen Kräutermixtur benetzt haben soll, um Fleiß und Eifer zu vermitteln. In Wirklichkeit ist er aber ein fauler Strick[50]. Seine Frau ist schon vor Ewigkeiten mit einem Dänen durchge-

[47] natürlich, selbstverständlich
[48] ehrlose Gesellen
[49] Kurzform von Alfons
[50] Faulpelz

brannt. Verständlich bei der depperten Familie. Jedenfalls wird bei uns im Dorfe das Wort »Dänemark« seither grundsätzlich durch »Dämlichmark« ersetzt, weil mit der Traubeck Bäuerin haben die sich auch keinen Gefallen getan.

Und wenn der Traubeck Bauer senior nicht der Zacherl-Dieb ist, dann mit Sicherheit sein Sohn, der Traubeck Bauer junior, der Rudi. Mit dem war ich in der Schule. Der Rudi hat auch rote Haare und trägt seit seiner Kindheit einen fürchterlichen Topfschnitt. Weil sich die Traubecks nie richtig waschen, rochen seine Haare schon damals etwas unangenehm, weshalb wir ihm früher manchmal heimlich Parfüm draufgesprüht haben. Seit er älter ist, lässt er sich einen leichten Flaum über der Oberlippe und am Kinn stehen. Wahrscheinlich möchte er wie sein Vater ausschauen, der Depp. Der Traubeck Rudi war immer der Erste, der unsere Streiche dem Lehrer verraten hat, der Schianganger[l51], und der Zirngiebl Thomas war immer der Erste, der ihn dafür nach der Schule in den Schwitzkasten genommen hat.

Aber ohne Anhaltspunkte oder irgendwelche Beweise behielt ich meine Mutmaßungen über den Traubeck Bauern vorerst für mich. Obwohl ich der Drecksau – egal, wem von beiden – schon gern einen reingewürgt hätte.

Schließlich kamen wir am Haus vom Schipfer Päda an. In der Öffentlichkeit nennen wir ihn natürlich »Herr Bürgermeister«, privat allerdings sagen wir nur »Päda«. Er hat das Herz am rechten Fleck, einen ausgezeichneten Sinn für Humor und sorgt für die Erhaltung unserer schönen Bergidylle. Dank sei-

[51] Petze

ner Initiative werden beispielsweise die öffentlichen Papierkörbe viermal täglich geleert. Diesen Service gibt es sonst weltweit meines Wissens nirgendwo. Und wenn es einmal eine Überschwemmung oder einen Lawinenschaden gibt, hilft der Päda meist mit hochgekrempelten Ärmeln tatkräftig mit. Ganz besonders, wenn Fotografen von der Zeitung in der Nähe gesichtet werden. Wir haben großen Respekt vor ihm und seiner Arbeit, und er wird alle vier Jahre mit 95 % der Stimmen wiedergewählt (was aber gewiss nicht daran liegt, dass sich kein Gegenkandidat mehr findet). Ich vermute stark, dass die Einzigen, die gegen ihn stimmen, die Mitglieder der Familie Traubeck sind.

Der Zirngiebl Thomas und ich hämmerten wie wild gegen die Tür vom Bürgermeister. Erst hat keiner aufgemacht, dann öffnete die Trudi aber doch noch.

»Was machts ihr hier für an Radau, schämts ihr euch ned?«, begrüßte sie uns unwirsch.

Sie war, wie ihre farbigen Finger und die Staffelei im Hintergrund uns verrieten, gerade dabei, ein großes selbstgemaltes Plakat für eine Wohltätigkeitsveranstaltung anzufertigen, für das ihr der Päda in einem Kranz von Edelweißblüten Modell stehen musste. Offensichtlich kamen wir zu einem ungünstigen Moment daher, denn der Päda stand, zwar mit einem Hemd und Krawatte bekleidet, jedoch strumpfsockad[52] und ohne Hosen, in der Stuben, sodass wir trotz der brisanten Lage laut haben lachen müssen.

»Das Zacherl is furt!«, rief da geistesgegenwärtig der Thomas.

[52] in Strümpfen

»Da brauchts ihr meinen Mann nicht, des könnts ihr getrost allein suchen!«, konterte die Trudi.

»Wenn das Zacherl verschwunden ist«, lenkte ihr Mann ein, »handelt es sich um eine böse Angelegenheit von hohem Belang, da muss der Bürgermeister mit von der Partie sein. Ich schaue, dass ich beizeiten wieder zurück bin!«

Glücklicherweise hatte die Trudi ein Einsehen. Der Päda zog sich geschwind etwas an, und gemeinsam rückten wir vor zum Marktplatz, wo die Händler noch immer dabei waren, ihre Stände aufzustellen.

»Wollts ihr frische Krainer[53]?«, rief ein Metzger mit einem mobilen Verkaufsstand.

Da wir in Eile waren, lehnten wir wohlwollend ab, versprachen aber, später auf das Angebot zurückzukommen.

Neben dem Metzger hatte ein orientalischer Händler sein Lager aufgeschlagen. Er war gerade dabei, große Tücher aus Seide und Baumwolle über den mitgebrachten Tapeziertisch zu hängen. Er heißt Shanti, kommt jedes Jahr zur Kirchweih und ist ein guter Freund von mir. Er trägt fast immer wallende Gewänder und einen Turban. Zu festlichen Anlässen habe ich ihn aber auch schon mit Krawatte gesehen. Seine Herkunft verheimlicht er, ich vermute aber, dass er aus Indien stammt. Er trägt meist eine Buddy-Holly-Brille, hat ein gepflegtes Äußeres und federt leicht in den Knien. Shanti ist ein sehr angenehmer Gesprächspartner, vor allem in philosophischen Fragen. Er vertritt die Lehre der Ganzheitlichkeit und sagt, dass man sich durch Lebensfreude und Heiterkeit bis ins hohe Alter Gesundheit und Manneskraft erhalten könne.

[53] Wurstspezialität aus Schweinefleisch, Rindfleisch und Speck.

Wissenschaftlichen Ausführungen, Gentechnik und Psychoforschung steht er eher skeptisch gegenüber. Bei solchen Gesprächen packen wir abends im Schlemmerwirt dann oft die Zither weg, und er spielt uns auf seinem eigentümlichen Zupfinstrument, das nur eine Saite hat, sonderbare Klänge aus seiner Heimat vor. Manchmal singt er auch dazu.

»Habe die Ehre, Shanti!«, begrüßte ich ihn.

»Oh, guten Tag, liebe Toni! Es bereitet große Freude aus meiner Sicht, dich zu treffen schon jetzt!«, grüßte mein Freund zurück und blickte lieb über den Rand seiner Buddy-Holly-Brille.

»Ich habe jetzt leider keine Zeit, lieber Shanti. Wir müssen das Fahnderl finden, du weißt schon, das Fähnchen, das immer an Kirchweih dahängt und dafür sorgt, dass die Leute friedlich bleiben! Und des ist weg, des Fahnderl. Du hast auch nix gesehen, oder?«

»Du meinst die Zacherl!«, sagte der Shanti lächelnd. »Nein, ich es nicht habe gesehen, aber ich wünschen viel Erfolg euch allen! Die chinesische Gelehrte Lao-Tse hat einmal gesagt: Sinn von Himmel ist Segnen ohne Schaden, Sinn von Weise ist Wirken ohne Streiten.«

Ich hätte gern noch ein wenig mit meinem Freund gesprochen und über seine Worte nachgedacht, doch wir mussten weiter, das Zacherl hatte Vorrang.

Wir liefen über den Marktplatz an der Kirche und am Pfarrhaus vorbei. Ich blieb kurz stehen und dachte mir wie so oft: Wir haben schon ein wirklich schönes Pfarrhaus. Am besten gefiel mir die kunstvoll gestaltete Josephs-Statue mit dem Jesuskind und der weißen Lilie über dem Eingang. Die Blume tüncht der Herr Pfarrer höchstpersönlich einmal im Monat mit einem Miniaturfarbtopf weiß nach, damit sie besonders schön zum Vorschein kommt. Bei ihrem Anblick wird man sich seiner Vergänglichkeit bewusst und verspürt Geborgenheit und Liebe.

In dem Augenblick kam der Herr Pfarrer mit seinem Farbtiegelchen, einer kleinen Leiter und einem Pinselchen aus dem Haus. Er war wie immer mit einem schönen schwarzen Talar samt weißem Kragen gekleidet. Ein gutaussehender Mann um die fünfzig Jahre, der schon seit längerem einen deutlichen Bauchansatz aufwies. Der Herr Pfarrer lebt zwar streng katholisch, kann Entscheidungen aber trotzdem aus dem Bauch heraus treffen – vor allem im Wirtshaus oder beim Kraxeln. Während der Messe scheint er immer zu lächeln, außer wenn er in Zorn gerät, dann gibt es eine Predigt, die sich gewaschen hat. Normalerweise hält er aber Predigten voller Weisheit und Güte, bei denen sich eine solch eine gewaltige Spiritualität entwickelt, dass man noch tagelang davon beseelt ist.

»Guten Abend, Hochwürden!«, rief ich ihm zu. »Schauns nur, das Zacherl ist fort!«

»Grüß dich GOTT, Toni! O je, das ist aber ein Unding! Wo könnt das denn sein, das Zacherl?«, fragte der Herr Pfarrer und strich sich mit dem rechten Zeigefinger über seine linke Kotelette.

»Das frage ich Sie!«, antwortete ich schlagfertig.

»Ich kanns nicht sagen. Gestern war es noch da!«, konterte er und lehnte die kleine Leiter an die Pfarrhausfassade.

»Das wissen wir. Falls Sie was hören«, ich blickte kurz nach oben, »sagens Bescheid, gell?«

»Selbstverständlich! Das ist ja wirklich eine Frechheit!«, antwortete er und kletterte zum Joseph hinauf.

»In der Tat!«

»Dann laufts lieber gleich los und suchts des Zacherl!«, schlug er vor und begann, mit dem Pinsel die weiße Lilie nachzumalen.

»Ja, mach ma!«[54]

»Ich wünsch euch viel Glück! Des findets ihr schon, das Zacherl«, verabschiedete er sich milde lächelnd.

»Danke, Hochwürden. Und Wiederschaun!«

Ich bin teilweise schon überrascht vom Optimismus mancher Leute.

Der Schipfer Päda, der Zirngiebl Thomas und ich liefen noch ein bisserl im ganzen Dorf herum, ohne auf eine heiße Spur zu stoßen. Dann sahen wir von weitem den Action Schorsch herbeilaufen, ganz cool mit Sonnenbrille und Baseballkappe. Dahinter tauchte kurz darauf auch der Zirngiebl Mike auf.

»Das ist eine Katastrophe«, sagte der Schorsch etwas außer Atem. »Wir können uns hier keinen Ärger leisten! Was sollen denn die Sommerfrischler von uns denken?«

»Die Sommerfrischler sind jetzt ja wohl wurscht!«, sagte ich ob der allgemeinen Lage allmählich etwas aufgebracht. »Es geht hier um unsere Heimat! Alles andere ist absolut zweitrangig! Scheiß auf die Touristen!«

Daraufhin versetzte mir der Schorsch einen Patscher[55] mit der linken flachen Hand auf die Stirn. Ich schlug ihm als Ant-

[54] »Ja, das machen wir!«

[55] leichter Schlag

wort mit dem Handrücken der Rechten auf die Wange. Danach lachten wir beide schallend. Ein befreiendes Lachen unter Freunden. Wo er Recht hatte, hatte er Recht. Jetzt mussten wir aber weiter nach dem Zacherl suchen.

Inzwischen hatte sich das Fehlen des Fahnderls im ganzen Dorf herumgesprochen. Händler und Einheimische rannten auf der Suche nach dem Zacherl wild durcheinander. Der eine die Wiesen rauf, der andere runter, ein Dritter kreuz und quer durch die Gassen, ein Vierter in den Wald hinein. Zu allem Überfluss fing es plötzlich auch noch an zu regnen. Aber zum Glück hatten wir ja unsere Regenjacken bereits an und verloren somit keine Zeit.

Wir beschlossen, uns neu aufzuteilen. Ich bildete mit dem Action Schorsch zusammen einen Trupp, da wir die besten Bergsteiger waren und die steilen Hänge im Süden absuchen konnten. Wir machten uns sofort auf den Weg und schauten unterwegs an allen Orten vorbei, die uns auf Anhieb einfielen und wo Kinder oder andere Scherzbolde das Zacherl vielleicht hätten verstecken können: beim Lainfelsen, im Bacherl, an der kleinen Lichtung oberhalb des Dorfes – überall nichts. Auch in den steilen Hängen wurden wir nicht fündig. Nach einiger Zeit des erfolglosen Suchens war der Schorsch in tiefes Sinnen versunken, und auch ich wusste nicht mehr, was ich sagen sollte. Wir beide wussten, was uns erwarten würde, wenn das Zacherl fortblieb.

»Schaun wir doch amal beim Traubeck Bauern nach«, sagte der Schorsch plötzlich und machte sich sogleich an den Abstieg. »Wenns einer genommen hat, dann doch am ehesten der.«

Mir fiel ein Stein vom Herzen, dass der Schorsch das auch

so sah. Wir kletterten rasch die Hänge hinab und marschierten los. Auf halber Strecke blieb der Schorsch aber abrupt stehen und fluchte.

»Verreck[56], der Traubeck Bauer kanns ja gar nicht gewesen sein, der ist ja schon seit einer Woche mit seinem Sohn bei irgendwelchen Verwandten in Worms.«

Stimmt, das hatte auch ich vergessen. Oder verdrängt. Oder beides.

Wir waren nun wirklich verzweifelt und wussten keinen Rat mehr. Das Zacherl war und blieb verschwunden, es regnete mittlerweile in Strömen, und wir kehrten mit leeren Händen zurück ins Dorf. Aber wir wussten: Es konnte nur noch schlimmer werden. Und so waren wir alles andere als überrascht, als wir am Marktplatz direkt in eine handfeste Schlägerei stolperten.

Nach Shantis späterer Aussage hatte diese so angefangen: Der Shanti hatte dem zuvor erwähnten mobilen Metzger empfohlen, auch vegetarische Nahrung anzubieten, da diese gesünder sei, woraufhin der Metzger unter wüsten Beschimpfungen eine Schiefertafel, auf der »Frische Wurstwaren« stand, nach dem Shanti geworfen haben soll. Allerdings war wohl der Wind ungünstig, denn die Tafel traf nicht ihr eigentliches Ziel, den Shanti, sondern das Bein einer Kohlrabiverkäuferin aus dem Burgenland, deren Mann sofort auf den Metzger losging und begann, ihn zu ohrfeigen, aber leider den Kürzeren zog und vom Metzger mit einer gekonnten Geraden nach hinten buxiert[57] wurde, wobei er direkt in den Stand eines saarlän-

[56] Ei der Daus

[57] manövriert

dischen Käsehändlers fiel, der dem armen Kohlrabiverkäufer sofort eine zweite Schelln[58] einschenkte und seinem Nachbarn, dem Schnapshändler aus Baden-Württemberg, vorsichtshalber auch gleich eine.

Die Massenfetzerei war schön anzuschauen, und der Schorsch und ich standen da und betrachteten bald wohlwollend, bald zweifelnd das Schauspiel. Auf die zuvor vom Metzger in Aussicht gestellten Krainer mussten wir leider verzichten.

An dem ganzen Unfrieden war selbstverständlich das gestohlene Zacherl schuld. Wenn es nicht da ist, um über den Frieden zu wachen, so besagt die Überlieferung, wird das Dorf dunklen Zeiten entgegensehen.

Und genauso kam es.

[58] Ohrfeige

Hirngespinste

Fast ein Jahr war nun vergangen, und das Zacherl war nicht wieder aufgetaucht. Wir hatten anfangs noch inständig gehofft und gebetet, dass der Verlust keine schlimmeren Auswirkungen haben und die Überlieferung sich nicht bewahrheiten würde. Aber das war natürlich naiv. Die Stimmung wurde von Tag zu Tag schlechter, die Streitlust und Übellaunigkeit der Leute größer und die wirtschaftliche Lage angespannter. Denn welcher Tourist will schon in einem Bergdorf Urlaub machen, in dem die Bewohner sich alle zwei Minuten gegenseitig an die Gurgel gehen? Und wo alle immer durcheinanderplärren? Dieser unschöne Zustand meiner geliebten Heimat schmerzte und beunruhigte mich zutiefst. Wenn mir nämlich etwas heilig ist, dann der dörfliche Frieden. Ohne den kann ich es nicht aushalten. Ich werde schier verrückt, wenn die Leute nicht nett zueinander sind und es ohne Grund Konflikte und Stress gibt. Außerdem fühlte sich keiner mehr zuständig für Anstand und Ordnung. Die Geschäfte öffneten nicht mehr pünktlich, die Männer traten unrasiert und die Frauen mit zerzaustem Haar auf die Straße. Kinder weinten mehr als sonst. Obendrein hatten wir eine sauschlechte Ernte, die Hühner legten weniger Eier, und die Kühe gaben weniger Milch. Überhaupt verhielten sich die Tiere um das Dorf herum höchst sonderbar. Manche waren ganz unruhig, benahmen sich scheu und gewissermaßen unnatürlich. Andere waren wiederum regelrecht bösartig. Selbst liebe Tiere wie Feldmäuse oder Spatzen. Eine sonst recht brave Kuh hatte eine Woche zuvor derart fest nach einer anderen getreten, dass diese ins Wanken geraten und umgefallen war. Der ersten Kuh war das, als ihr bewusst wurde, was sie da gerade getan hatte, natürlich sofort sehr peinlich gewesen, und sie hatte sich schuldbewusst ans andere Ende der Weide gelegt, aber ich war trotzdem fürchterlich erschrocken, als ich dieses widernatürliche Schauspiel verfolgte! Noch schlimmer war, dass ich mit keinem vernünftig drüber sprechen konnte, weil ja jeder spürte, dass etwas Ungutes in der Luft lag und dementsprechend gereizt auf das Thema reagierte. Zu allem Überfluss bemerkte man den Verfall nicht nur an den neuen Verhaltensweisen der Menschen und Tiere, man konnte ihn auch mit bloßem Auge erkennen. Denn die Straßen waren in Unordnung, die Anordnung vom Bürgermeister, täglich viermal die Papierkörbe zu leeren, wurde schon seit Monaten nicht mehr befolgt – und ständig lag irgendetwas herum: Flaschen oder Verpackungen oder sonstiger Müll. Der Action Schorsch und ich hatten täglich damit zu tun, diese Dinge zu entsorgen, bevor wir uns in die unberührte Natur verzupften[59], denn je weiter man vom Dorf wegkam, desto schwächer waren die Auswirkungen vom Zacherl-Fluch zu spüren. In einem einsamen Bergsee oder an einem erhabenen Gipfelkreuz konnte man wieder auftanken und Frieden finden, bevor es wieder ins zerstrittene Dorf ging.

[59] absetzten

Was mich persönlich bei der ganzen Zacherl-Geschichte aber am schlimmsten traf: Die Besucher blieben aus. Und wenn dann doch welche kamen, dann nur so farblose Gestalten wie diese vier Seminarteilnehmer hier vor mir.

Ich erschrak über meine düsteren Gedanken, die ich von mir selbst gar nicht gewohnt war. So sehr man sich auch dagegen wehrte, der Fluch des gestohlenen Zacherls war stärker als hundert Zuchtgäule.

Ich schaute mir mit gemischten Gefühlen meine inzwischen leicht angetrunkenen Touristen an: Die niedrige Teilnehmerzahl betrübte mich am meisten. Genau diese Tour war bis vor einem Jahr immer mein absoluter Verkaufsschlager gewesen. Dazu kam, dass es die erste seit Monaten war. Normalerweise mach ich meine Touren überhaupt erst, wenn ich mindestens zehn Anmeldungen habe, sonst lohnt es sich ja gar nicht. Aber von irgendwas muss ich schließlich auch leben, also hatte ich diese hier zugesagt und einfach ein bisserl mehr Gebühren verlangt. Während ich meine Gruppe so betrachtete, wollte ich gar nicht erst darüber nachdenken, was wohl die geringste Teilnehmerzahl sein würde, die ich in Zukunft akzeptieren würde. Unter der ich es einfach nicht mach. Irgendwo musst du dir eine Grenze setzen, sagte ich mir. Vielleicht könnte man die Leute in Zukunft aber auch einfach mit noch besseren Angeboten oder mit dem ein oder anderen Lügenmärchen herauf auf den Berg holen. Zur Not halt mit Gewalt. Ich war Bergführer. Von Natur aus. Ich wollte und konnte nix anderes sein. Doch wenn die Welt partout meinte, sie brauche mich nicht mehr, dann sollte sie mir den Hut raufsteigen, den Buckel runterrutschen und mich kreuzweis am …

Erneut erschrak ich, diesmal über meine düsteren Hirngespinste. Die langen Wanderungen durch die gesunden Berge gaben mir zwar immer mentale Stärke und innere Ruhe, aber herunten im Dorf war aber auch ich dem bösartigen Einfluss des Zacherl-Fluches vollkommen schutzlos ausgeliefert. Einen kurzen Moment dachte ich mir: Was wär denn so falsch dran, einmal die Welt außerhalb der Berge zu erkunden? Vielleicht eine Familie gründen und eine hübsche Wohnung in der Nähe einer Großstadt anmieten? Was wäre so falsch daran? Doch eine Hundertstelsekunde später dachte ich: Toni, spinnst schon wieder? Und sofort waren diese völlig kranken Gedanken wieder dahin.

Ich erschrak ein drittes Mal – und musste jetzt schnell auf andere Gedanken kommen, denn sonst würden mir die letzten Sommerfrischler auch noch davonlaufen. Es war an der Zeit, zu dem Teil meiner Einführungsrede zu kommen, an der ich erfuhr, welche der von der Schipfer Trudi ausgeklügelten Werbemaßnahmen gefruchtet hatten.

Da erst bemerkte ich, dass die Freundin des Glatzkopfes mich schon wieder (oder immer noch) anstrahlte. Und erneut zwinkerte sie. Ich hielt mich im Zaum, weil in Beziehungen mischt man sich nicht ein, das gehört sich einfach nicht.

»So liebe Leut. Jetzt seids ihr dran: Damit wir uns alle besser kennenlernen, sagt jeder kurz, woher er kommt und wie er von diesem Seminar erfahren hat. Und wie immer in den Bergen: Zuerst die Dame bitte!«

»Ja, haha«, begann die Dame nervös. »Also wir kommen beide ursprünglich aus Niedersachsen, wohnen aber jetzt schon seit einiger Zeit in Berlin.«

»Ku'damm, Zentrum«, ergänzte ihr kahler Begleiter stolz.

»Und wir haben im Reisebüro um die Ecke nach einem interessanten Bergwochenende gefracht«, sprach sie schleppend weiter. »So sind wir auf diese Geschichte hier bei ihnen gestoßen.«

»Guad!«, sagte ich.

Das kostenlose Wellness-Bergwelt-Schnupperwochenende für ausgewählte Reisebürokettenleiter, das die Schipfer Trudi vor zwei Jahren veranstaltet hat, hatte sich inzwischen schon mehr als ausgezahlt.

»So, nun der Nächste! Vielleicht der Herr mit dem interessanten Bart?«

»Ich bin aus Freiburg«, sagte der Kinnbart kraftlos. »Und bei uns an der Uni hing ein Plakat, da wurde für diesen Exkurs hier geworben. Zurück zur Natur oder so.«

»Sehr gut. Dann bischt bei mir genau richtig!«

Das musste der Sohn vom Schipfer Päda gewesen sein. Der ist seit mehr als hundert Jahren der Erste aus unserem Dorf, den es an eine Universität verschlagen hat. Und dann auch noch ins Flachland! »Solare Energiesysteme«, hat er immer gesagt, »solare Energiesysteme brauch ma hier heroben! Glaub ma, Vattr!« Gar nicht mehr aufgehört hat er mit dem Schmarrn, bis ihn sein Vater hat gehen lassen.

»Und ich stamme aus dem schönen Schleswig-Holstein«, unterbrach der Alte mich in meinen Gedanken. »Ich habe mich im Internet ein bisschen schlau gemacht und bin auf dieses Angebot gestoßen.«

»So so. Da schau her«, wunderte ich mich.

Internet? Da haben wir doch gar nix mit zu tun. Die Einzige, die immer wieder damit angefangen hat, ist die Schipfer Trudi, aber sie hat sich bis heute nicht gegen ihren Mann durchsetzen können. Aber vielleicht hat ja da ein Reisebüro etwas ins Internet »reingesetzt«. Oder »reingestellt«. Wie auch immer die einfallslosen Internetleute dazu sagen mögen.

»Wunderbar!«, freute ich mich. »Und jetzt möcht ich jeden einzelnen Teilnehmer bitten, von seinen Problemen und Störungen zu berichten, vielleicht auch von gescheiterten Beziehungen oder vom tristen beruflichen Alltag. Das dient der Bewusstwerdung dieser Thematiken, und man kann sich bei unserer Wanderung mit jedem Schritt ein bisschen mehr von diesen Belastungen befreien. Überlegts euch also, welche Problemzonen ihr bis übermorgen Nachmittag bekämpfen wollt. Bitte fangts eure Sätze immer an mit *Ich möchte bei diesem Seminar Folgendes loswerden.* Wer fängt an?«

Der Kinnbart mit dem Sweatshirt legte los. Offenbar hatte er die Regel »Zunächst die Dame« schon wieder vergessen. Das war wieder einmal typisch für die völlig durcheinandergeratenen Werte in den Städten, dass keiner mehr einer Dame den Vortritt lässt. Aber da habe ich mich schon dran gewöhnt, und da sag ich auch nix mehr. Der Kinnbart würde es jedenfalls nicht leicht haben bei uns auf dem Berg.

»Gut, also ich möchte bei diesem Seminar Folgendes loswerden: meinen Tinnitus, der mich seit drei Jahren quält, und meine Allergien gegen Hülsenfrüchte.«

»Sehr gut. Danke schön!«, lobte ich ihn. »An Tinnitus bekommt man, wenn man sich zu viele Lasten gleichzeitig aufbürdet. Man bekämpft an Tinnitus, indem man sich immer nur auf eine Sache konzentriert. Etwas essen. An Schluck trinken. An Berg naufgehn. An Berg nuntergehn. Und so weiter. Dann verschwind er, der Tinnitus. Dann pfeifts nur, wenns pfeifen soll. Wer als Nächstes?«

Nun meldete sich der Glatzkopf zu Wort. Er riss die Augen auf und verlieh seinen Worten eine immense Wichtigkeit, während er leicht mit dem Kopf wippte.

»Ich möchte in diesem Seminar Folgendes loswerden: Ich habe ein Burn-Out-Syndrom und möchte es überwinden.«

»Wennst ausbrennt bist«, sagte ich ihm, »musst a Einbrennsuppn essn! Naa, war nur a Joke! Des wirst sehn, die Schönheit der Natur wird dich überwältigen, da tankst du automatisch wieder auf!«

»Ja, ich bin gespannt, ob Sie hier was für mich tun könn.«

»Ich werde mein Bestes geben«, versprach ich. »Und die Dame?«

Sie war die Erste, die ins Stocken geriet.

»Das ist... mir schon ein bisschen unangenehm... hier vor allen.«

»Keine Angst. In den Bergen darf man alles sagen!«, ermunterte ich sie.

»Na gut. Äh, also ich möchte bei diesem Seminar Folgendes loswerden:... okay... also... ich möchte meine Laktose-Intoleranz bekämpfen.«

»Und was noch?«, mischte sich ihr idiotischer Begleiter ein.

»Ja, genau, äh«, sagte sie. »Ich möchte bei diesem Seminar auch, äh, meine... also, äh, das is jetz ürgendwie *total* bescheuert, also, äh, ich weiß auch nich, also ich... will im Prinzip... eigentlich irgendwie meine... noch immer bestehenden Schuldgefühle... wegen, äh, meiner... also irgendwie schon längst überwundenen Magersucht bekämpfen.«

»Oh!«, sagte ich. »Des isch aber toll, dass du die Magersucht überwunden hast!«

Der Begriff »Magersucht« findet bei uns hier oben übrigens

nur auf Mannsbilder Verwendung, die ausschließlich auf dünnere Frauen stehen.

»Ja, das waren schreckliche Jahre. Ich war ja nur noch Haut und Knochen!«, jammerte sie.

»Na ja, jetzt bist drüber hinweg, und wennst dich gut konzentrierst morgen und übermorgen, dann wirst dich gleich viel besser fühlen. Des kriang ma scho[60]. So, jetzt fehlt noch einer«, sagte ich und drehte mich zum Alten. Offengestanden war er der Einzige, dessen Geschichte mich halbwegs interessierte.

»Ich möchte bei diesem Seminar Folgendes loswerden: meinen absoluten Perfektionismus, der mich manchmal in ungute Lebenslagen bringt«, sagte er stolz und sah dabei aus wie ein italienischer Oberkellner, der die Tageskarte anpreist.

»Sehr gut! Das schaffen wir, mein Freund«, sagte ich, obwohl er ja überhaupt kein Freund von mir war. Aber »mein Freund« zu sagen schafft eine gute Atmosphäre. Oder »mein Lieber«.

»Ja, haben Sie sonst noch Sorgen?«

»Nein«, sagte der Alte. »Ansonsten bin ich ein Rundum-Sorglos-Paket. Hahaha!«

Außer ihm lachte keiner.

»Jetzt wissts ihr, was ihr am Berg loswerden wollt. Da stellt sich natürlich sofort die Frage: Was bleibt danach noch von euch übrig? Wer seids ihr dann? Ihr müssts euch aufm Berg auch gleich neu suchen und finden«, bemerkte ich. »Viele Menschen sind auf der Suche nach sich selbst. Aber wenn man überhaupt keinen Anhaltspunkt mehr hat, weil man al-

[60] Das bekommen wir schon hin.

les losgeworden ist oder eventuell noch nie gewusst hat, wer man ist, kann man lang suchen. Dann find man nix. Ihr seids Stadtmenschen. Und wenn mit euch etwas nicht stimmt, wenn ihr krank werds und zum Beispiel Grippe habts oder Rückenschmerzen, gehts zum Arzt. Der hilft euch dann. Oder aa[61] ned. Aufm Berg läuft des a bisserl anders. Wenns ihr jetzt euren Ballast loswerdet und übermorgen plötzlich nimmer wissts, wer ihr seids und eich suchts, dann stellt sich natürlich immer gleich die Frage: Wo sollts denn nach euch suchen? Wo seids denn? Das weiß keiner von euch. Ich weiß es auch nicht. Aber die Berge wissen es.«

»Hey, komm ma endlich aufn Punkt, Alter. Das neeeervt allmählich!«, sagte der Glatzkopf plötzlich ungewöhnlich nassforsch. Vielleicht war er mittlerweile auch vom Zacherl-Fluch befallen.

Ich griff seine negative Energie gleich auf.

»Schaugts amal, dieser junge Stadtmensch hier ist innerlich so zerfressen von seiner hektischen Welt, dass er sich nicht amal ein paar Minuten etwas anhören kann. Ihm fehlt dazu die innere Kraft und Ruhe. Deshalb plärrt er hier einfach rum und stört mich in meiner Rede.«

»Ja, tschuldigung, tut mir leid«, sagte er kleinlaut.

»Abgesehen davon, dass man sich gar nicht selbst e n t - s c h u l d i g e n kann«, setzte ich nach, »höchstens um Entschuldigung oder Verzeihung b i t t e n, nehm ichs an. Ich denk, aus allen getanen Fehlern kann man lernen. Man muss aufeinander zugehen, um Streit und Unstimmigkeit zu vermeiden. Des gilt für den allgemeinen Bereich, aber auch für

[61] auch

den zwischenmenschlichen und sogar den partnerschaftlichen. Was wir hier auf dem Seminar machen möchten, isch neben dem ›Loswerden‹ und ›Wiederfinden‹ auch das ›Aus-der-Welt-schaffen von möglichen Unstimmigkeiten zwischen den Menschen‹ und besonders zwischen Männern und Frauen. Gerade das zwischengeschlechtliche Zwischenmenschliche hat viel mit Harmonie, Ordnung und klaren Rollen zu tun. Das haben wir in den Bergen schon immer gewusst.«

»Das sah bei den beiden Herrschaften, die hier vorhin hereingeplatzt sind, aber anders aus«, schaltete sich der Alte ein. »Da schien mir partnerschaftlich nicht sehr viel aus der Welt geschafft zu sein. Die beiden sind doch von hier, oder?«

Der Kerl war nicht ungefährlich. Es war im Prinzip eine Anmaßung, was er da gesagt hatte. Aber ich ließ mir nichts anmerken.

»Ja, und die haben auch ein Seminar gebucht. Es trägt den schönen Titel: WIR MISCHEN UNS NICHT IN FREMDE ANGELEGENHEITEN EIN.«

Es war an der Zeit, den Abend zu beenden und sich zurückzuziehen. Ich war müde, aufgewühlt und wollte ja tags drauf auch ein anständiges Seminar abliefern. Und die Besucher aus der Stadt mussten dringend Kräfte für den Aufstieg am nächsten Morgen sammeln. Die Müdigkeit hatte sich schon tief in ihre faden Gesichter und unter ihre Augen gezeichnet.

»So, genug für heute«, sagte ich. »Wir sollten beizeiten ins Bett gehen, damit wir morgen schön ausgeruht sind. Ihr wissts, wo eure Zimmer sind. Ich wünsche, wohl zu ruhen!«

Ich nickte den leicht angetrunkenen Touristen zum Abschied freundlich zu, ging kurz in mein Privatgemach beim Schlemmerwirt, suchte ein paar Sachen zusammen und machte mich dann auf zu meiner Hütte. Es war inzwischen tiefe Nacht, die Luft war schön kühl, und der Mond schien friedlich auf unser Dorf. Die Gassen lagen ausgestorben da, und aus der Ferne hörte ich den Brunftschrei eines jungen Hirschen, der die Stille der Nacht für seine Zwecke zu nutzen wusste.

Ich hangelte mich eine kurze Steilwand hinauf, eine von mir bevorzugt genommene Abkürzung. Über mir funkelten die Sterne, und wie ich da so mitten am Berg in der Vertikalen hing, war ich wieder einmal sehr ergriffen von meiner schönen Heimat. Ich wollte noch ein wenig in den Nachthimmel schauen und mich dann bald niederlegen. Vermutlich war ich aber etwas zu nah am Horst des unterhalb meiner Hütte wohnenden Bussards dran. Der hat wohl geglaubt, ich wolle ihn und seine Familie in ihrem nächtlichen Idyll stören. Oder vielleicht war der Bussard auch einfach wegen dem verschwundenen Zacherl schon ganz deppert. Ich hörte jedenfalls seinen Flügelschlag und blickte blitzschnell zu ihm hinüber. Er kam von links angeschossen und pickte mir im Vorbeifliegen unsanft in den Nacken. Da ich gerade an einer ungünstigen Stelle hing, wo ich beide Hände zum Festhalten am Fels benötigte, um nicht abzustürzen, konnte ich seinen Angriff nicht gleich abwehren. Als der Bussard erneut auf mich zugestürzt kam, diesmal im Sturzflug von oben, zog ich mich im letzten Moment ruckartig hoch und versetzte dem Tier mit meinem Kopf einen kurzen, aber deutlichen Stoß auf das Hirnkasterl[62]. Das verschaffte mir einen kleinen zeitlichen Vorsprung. Ich kletterte schnell ein paar Meter hinauf und hatte einen kleinen Felsvorsprung erreicht, als mich der Bussard ein weiteres Mal angriff. Diesmal packte ich ihn am Kragen und hielt ihn mir vor meine Nase.

»Schleich dich!«[63], befahl ich ihm von Angesicht zu Angesicht, »Aber ganz schnell, Freundchen, sonst lernst mich kennen! Ich will dir nix Böses, also benimm dich gefälligst anständig, sonst staubt es, aber gewaltig!«

Ich starrte ihm noch ein paar Sekunden tief in die Augen, dann ließ ich ihn davonflattern. Ich denke, er hat seine Lektion gelernt. Zumindest konnte ich hernach in Ruhe hinaufsteigen, ohne dass er mich noch einmal behelligt hätte.

Endlich kam ich in meiner Behausung an, ein gemütliches Häuschen mit vielen Heiligenbildern, Ziertellern und einem schönen HERRGOTT am Kreuze, der über meinem Bett wacht. Ich begrüßte den heiligen Joseph, der direkt neben der Eingangstür steht und der Schutzpatron für unser Wohlergehen, die Familie und den beruflichen Erfolg ist. Ich begrüße ihn täglich und spreche mit ihm. Ich besitze auch einige gefüllte Weihwasserkessel und diverse Marienstatuen. Neben dem Bett ist ein grünes Nachtkasterl, das mein Vater noch vor meiner Geburt mit Rosen und weißen Blütenblättern bemalt hat. Darin befinden sich eine Einheitsübersetzung der heiligen Schrift, außerdem der Katechismus. Weil wir in den Bergen sind durch die Bank recht fromm. Aber nicht fanatisch. Wir

[62] Gehirn, Kopf
[63] »Hau ab!«

sagen: Jeder Glaube hat seine Berechtigung, weil jeder kommt aus einem anderen Kulturkreis, und in der einen Gegend ist halt das eine mehr ausgeprägt, und in der anderen Gegend glaubt man eben an was anderes. Hauptsache man hat was, an das man glauben kann. Bloß mit irgendwelchen gspinnerten Sekten braucht man mir nicht kommen. Und noch gefährlicher sind die Ersatzreligionen wie übertriebener Konsum, Drogen, Ablenkung vom Eigentlichen und was es nicht alles gibt in den Großstädten. Die Leute, die davon befallen sind, tun mir unendlich leid, und ich versuche bei meinen Seminaren unentwegt, solche Menschen auf einen besseren Pfad zu führen. Ich hatte schon Besucher aus allen Erdteilen hier und habe deshalb viele Glaubensformen kennengelernt, und ich muss sagen, auch im Buddhismus steckt viel Wahres, und die Indianer haben ebenfalls ganz wundervolle Glaubenssätze. Ich sag mir immer: Jeder darf glauben, was er will, aber der katholische Glaube ist halt trotzdem das Nonplusultra. Weil warum haben wirs denn in unseren Regionen so gemütlich? Warum sind die überwiegend katholischen Einwohner Kölns stets so gut gelaunt? Denkts einmal drüber nach.

Oben auf meinem Nachtkasterl mit der Heiligen Schrift und dem Katechismus drauf ist jedenfalls immer ein Kerzerl, eine Taschenlampe und manchmal auch ein Groschenroman. Gegenüber von meinem Bett gibt es einen Esstisch mit einer Eckbank und zwei Stühlen, alles aus massivem Holz gezimmert. Kochen kann ich an einem kleinen Gasherd. Ich besitze eine Pfanne und einen Topf. Aber ich ess eh meistens beim Schlemmerwirt oder bei meiner lieben Mutter, daher ist diese Kochgelegenheit selten in Betrieb. Nebenan ist eine kleine, stets sauber gehaltene Toilette. Das braucht es schon, denn eine Toilette ist nicht nur in Hotels ein Aushängeschild, sondern auch in privaten Räumlichkeiten. Neben der Toilette ist eine ebenfalls blitzsaubere Dusche. Da kann man sich allerdings nur kalt duschen, was mir persönlich aber nix macht.

Als ich endlich im Bett lag, konnte ich erst kaum schlafen, denn meine Gedanken drehten sich im Kreis. So wie die vergangenen elfeinhalb Monate. Wer hat das Zacherl gestohlen? Ich weiß es nicht. Aber wer könnte es gestohlen haben? Der Traubeck Bauer? Nein, der war ja in Worms. Aber wer hat … Irgendwann bin ich dann doch eingeschlummert, und im Traum erschien mir der Bursche mit dem Kinnbart.

»Ist man als Tourist verpflichtet, einen Wanderstock mit sich zu führen?«, fragte er.

»Ja«, antwortete ich, »und im Rucksack muss man die Gesamtausgabe vom Brockhaus und Brehms Tierleben dabeihaben.«

»Ist das nicht etwas schwer?«

»Ja, das ist eben der Preis, den man zahlen muss«, sagte ich und lächelte den Kinnbart an, der sich inzwischen in einen Geißbock verwandelt hatte.

Ich bekam Appetit, griff nach dem Geißbock und biss herzhaft in das Lendenstück hinein. Es war köstlich, und der Bock gurrte vor Glück, weil er sich freute, dass mir sein Fleisch so gut schmeckte.

»Guad schmeckst!«, frohlockte ich und ließ ihn wieder los.

»Danke«, sagte der Geißbock und durchwühlte sein Gepäck nach Brockhaus und Brehms Tierleben, wurde aber nicht fündig.

Da tauchte plötzlich aus dem Nichts der Traubeck Bauer auf. Er hatte ein zusammengerolltes Pergament in der Hand und hielt es mir hin.

»Da, unterschreib. Sonst glaubt dir keiner, du Lügner«, flüsterte er mir geheimnisvoll zu.

»Nix unterschreib ich!«, sagte ich, da ich ihm auch im Traum nicht über den Weg traute. »Was is des, was ich unterschreiben soll?«

»Dein Wort«, kicherte der Traubeck Bauer und überreichte mir den Vertrag. »Dein Wort, dass du nicht mehr nach dem Zacherl suchst!«

»Nix da!«, plärrte ich und warf das Pergament vor mir auf den Boden. »Hab ichs doch gewusst, dass du dahintersteckst, du Blattler[64], du verreckter!«

Nun mischte sich der Geißbock ins Gespräch ein.

»Tu dem Traubeck Bauern kein Unrecht«, sagte er mit milder Stimme. »Er wars ja gar nicht, er macht sich nur wichtig!«

Und richtig – ich schaute auf das Pergament, darauf stand in großen Lettern

GLAUBE KEINEM DAMPF-SPRUDLER
DER TRAUBECK IST EIN AUFPUDLER[65].

Der Traubeck Bauer hatte sich inzwischen in ein Lamm verwandelt, und gemeinsam mit dem Geißbock verspeiste er jetzt friedlich das Pergament. Dabei gaben beide ein wohliges Schmatzen und Schnurren von sich.

Da erst bemerkte ich, dass sich auch das Pergament verwandelt hatte: in das Zacherl! Ehe ich hineilen und es retten

[64] Ganove
[65] Wichtigtuer

konnte, hatten die beiden Tiere es aber schon komplett verspeist.

Das ist das Schöne an Träumen, dass die Realität oft auf solch eine nette Weise verzerrt wird.

Ritterlichkeit

Am nächsten Morgen wachte ich frisch und sehr munter auf. Die schweren Gedanken waren verflogen, und ich fühlte mich topfit! Draußen schien alles in bester Ordnung zu sein, die Sonne war aufgegangen, der Himmel klar, und man konnte bis zu den Bergspitzen sehen. Ich öffnete das Fenster und hörte Vogelgezwitscher. Heiter blickte ich zum Dorf hinab und wünschte, dass der Frieden dort bald wieder zurückkehren möge. Ich duschte mich lange und ließ den kalten Wasserstrahl einige Minuten auf meinen Nacken rieseln, eine wohltuende Art der Entspannung, die ich von meinem Freund Shanti gelernt hatte. Normalerweise muss man es mit warmem Wasser machen, aber bei mir gibt es halt nur ein kaltes. Ich zog mir ein frisches Lodenhemd mit einem Reißverschluss im Halsbereich an. Das ist sehr angenehm, weil man ihn offen lassen kann, wenn es einem warm ist, dann kommt auch ein bisserl eine Luft hinein – oder aber man macht ihn zu, wenn es zieht, dann bleibt man warm. Dazu wählte ich eine Bundlederne, weil ich gegen den späteren Nachmittag mit kühleren Temperaturen rechnete. Fröhlich vor mich hin pfeifend schnürte ich dann meine Lieblingsbergstiefel, deren Sohlen mir der Herr Bürgermeister persönlich hingenagelt hat. Sein Vater war nämlich Schuhmacher, und er selber ist recht geschickt in solchen Angelegenheiten.

Ich sperrte mein Hütterl sorgfältig zu und beschloss, heute nicht die Abkürzung über die Steilwand zu nehmen, sondern lieber den regulären Wanderweg entlang zu gehen und dann über den kleinen »heiligen« Trampelpfad abzukürzen. Wenn man sich hier auskennt, weiß man, dass man zwischen dem Pfarrhaus und der Kirche hindurchschlüpfen kann und dann direkt am Marktplatz landet. Das haben wir schon als Kinder gern gemacht. Der Pfarrer mochte es hingegen damals wie heute nicht sonderlich, wenn in der Dunkelheit irgendwelche Gestalten an seinem Fensterl vorbeihuschen.

Als ich wenige Minuten später gut gelaunt im Schlemmerwirt ankam, sah ich an der Rezeption eine junge Asiatin stehen, die gerade mit dem Zirngiebl Mike sprach. Sie hatte ein sehr hübsches Gesicht und eine zierliche Figur, was bei Asiatinnen ja meistens der Fall ist. Auffällig war ihr Busen, der für Asiatinnen eher groß war, sich aber angenehm in das Gesamtbild ihrer Erscheinung einfügte. Ich habe oft Touristen und Touristinnen aus fernen Ländern zu Gast, aber diese hier war schon außerordentlich liebreizend. Ich dachte mir, dieses Schmankerl[66] lässt du dir nicht entgehen, doch gerade als ich auf sie zugehen und sie charmant nach Herkunft und Befinden befragen wollte, kam der Vater vom Zirngiebl Thomas, der uralte Zirngiebl Hupfi daher.

[66] Leckerbissen

»Arwat is schwar«[67], sagte er. »Oft gnua is a zerkeits und zachs Umanandagwuzl. Awa ned arwan, des hat da Deifi xeng.«[68]

Er zitiert gern große Literaten. Wenn er spricht, muss man immer gut zuhören, auch weil er über einen sehr altmodischen Dialekt verfügt und außerdem nach vorsichtigen Schätzungen nur noch drei Zähne sein eigen nennen kann, sodass nicht jedes Wort auf Anhieb verständlich ist. Nicht einmal wir, die wir ihn ja gut kennen, vermögen jedes seiner Worte zu erfassen bzw. zu erraten. Aber nachdem er immer die gleichen Geschichten zu erzählen bevorzugt, haben wir uns alle im Kopf einen abrufbaren Katalog von ebenso immer gleichen Reaktionen der Mimik und Gestik zugelegt, um ihm das Gefühl zu geben, dass man ihn verstünde, denn wenn er sich nicht so recht verstanden fühlt, kann er auch ganz schön grantig werden.

»Koana dasprranglt si und ko zglei unbucklad sei und am Gschurl nochm Mei ren …«[69]

Während er sprach, reagierte ich wie immer: Ich schnitt ein Gesicht, als mache mich seine Rede stirnrunzeln, sodann schloss ich die Augen ganz, reckte mit leicht geöffnetem Munde meinen Unterkiefer so weit als möglich vor, und öffnete im Anschluss meine Augenlider wieder, so ganz langsam, in Zeitlupe.

»Da hascht Recht!«, sagte ich mit tiefer Stimme.

[67] »Arbeit ist schwer«

[68] »Es ist oft genug ein freudloses und mühseliges Stochern, aber nicht arbeiten – das ist die Hölle.

[69] »Es ist schwer, es zugleich der Wahrheit und den Leuten recht zu machen …«

»Woll! Im Leim zeiz, dass ma frank red. Aus manche Bappn werd aa a wahrs Wort dsan Schmäh.«[70]

Ich ließ seine Worte verklingen und verblieb noch ein paar Sekunden bei meiner Haltung, zog dann die Nase kraus und hob meine Augenbrauen in die äußerste von mir erreichbare Höhe.

»Douni, d Liab bleibt bicka, aa wann da Doud si einespreizt…«[71]

»Ahhhh, ahhhh, ahhhhh«, stieß ich ohne Unterbrechung hervor.

Im Anschluss daran schloss ich meine Augen wieder auf die langsamste Art, die ich vermochte, und schob anerkennend meine Unterlippe hervor, von einem sachten, aber bestimmten Kopfnicken begleitet. Das hat der Hubert immer gern.

Als ich die Augen wieder öffnete, wanderte mein Blick wie von selbst zur wohlgeformten Asiatin rüber, und zu meiner Überraschung betrachtete auch sie mich neugierig.

»A jeds Trum is a Gratt« [72], schloss der Hupfi seine kleine Rede.

»Woll, woll«, pflichtete ich ihm bei und klopfte ihm auf die Schulter.

Er sah mich mit sanften und lieben Augen an, nickte zufrieden und ging in die hinteren Räumlichkeiten, vermutlich zu seiner Schwiegertochter Heidi, um sich von ihr einen Schnaps einschenken zu lassen.

[70] »Genau! Nun kommt es im Leben darauf an, wer eine Wahrheit ausspricht. In gewissem Munde wird auch die Wahrheit zur Lüge.«

[71] »Toni, die Bande der Liebe werden mit dem Tode nicht durchgeschnitten…«

[72] »Alles Große ist ein Trotz.«

»Toni! Komm amal her«, rief da der Mike und winkte mich herüber. Er hatte wohl wieder schlecht geschlafen. Derbe Augenringe zerfurchten sein Gesicht.

Ganz anders die Asiatin. Sie wirkte frisch und gesund und lächelte mir entgegen. Sie war wirklich ein Leckerbissen!

»Was gibts, Mike?«, fragte ich und gesellte mich neben die fesche Fremde an den Rezeptions-Tresen, in den kunstvolle Schnitzereien eingefügt sind.

»Die Dame möchte die Berge erkunden. Hast du morgen noch ein paar Kapazitäten frei?«

»Freilich![73] Guten Morgen erst amal«, sagte ich höflich zur Asiatin.

»Wennst meinst«, sagte der Mike. »Darf ich vorstellen? Frau Zhang Li Fang aus Heidelberg – und das ist unser Wildbach Toni von hier.«

Frau Zhang Li Fang betrachtete mich immer noch freundlich und auch ein bisschen neugierig. Der Mike schaute sie an und lächelte künstlich. Diesen Blick hatte er immer bei Frauen, denen ich nachstellte. Weil er seine Jugendliebe geheiratet hatte und ein sehr treuer Mensch war, war er bei Hallodris wie dem Action Schorsch oder mir grundsätzlich etwas verwundert, dass wir mit unserem saublöden Dahergerede bei den Frauen immer wieder einen Stich machen konnten.

»Sehr angenehm«, sagte ich, nahm ihre kleine Hand und verbeugte mich nach guter, alter Bergmanier. »Sind Sie das erste Mal in den Bergen, schöne Frau?«

Sie errötete leicht, was ich freilich ziemlich reizend fand.

»Ja, ig studiere Ethnologie an der Fakultät für Verhaltens-

[73] Natürlich!

und Empirische Kulturwissenschaften in Heidelberg und habe gelesen in eine interessante Buch von die verborgene Dinge in die Berge. Das ist for misch sehr interessant, weil meine Abschlussarbeit trägt den Titel FENG SHUI UND DIE METAPHYSIK DER NATUR, INSBESONDERE DER WELT DER BERGE.«

Machens wieder einen rechten Kas[74] an den Universitäten, dachte ich mir, aber Geld ist Geld, und fesch ist sie auch, die Asiatin. Vielleicht könnte ich ja zwei Fliegen mit einer Klappe schlagen?

»Nicht schlecht. Da lässt sich sicherlich etwas machen«, versprach ich.

»Ig bin mit eine kleine Reisegruppe nach Garmisch gefahren, mit die Omnibus. Von doat aus holte ich Erkundigungen ein über Möglischkeite, mehr über Mystik der Berge zu lernen. Man sagte mir, das könne man hia am beste. Und es wurde aug genannt Ihr Name: Wildbach Toni.«

»Das freut mich aber sehr!«, freute ich mich wirklich aufrichtig.

Die Fang war echt eine Schau, und ich freute mich schon darauf, eine romantische Wanderung mit ihr zu unternehmen. Ich würde mit ihr auf eine kleine Anhöhe oberhalb des Dorfes gehen und sie dort die Wunderwelt der Berge erleben lassen.

»Ig muss bald wida suruck su maina Gruppe, aba könnan Sie mir morgen zaigan die alte Gehaimnisse von die Berge?«, fragte sie mit atemberaubender Stimme. Sie riss ihre kleinen Äuglein weit auf und sah ungemein süß aus.

[74] Käse

»Nichts lieber als das«, antwortete ich wahrheitsgemäß. »Treffen wir uns morgen um 16:30 hier?«

»Gerna. Ig werda punktlisch sein«, sagte Frau Zhang Li Fang und zog sich zurück.

»Und Toni«, schaltete sich der Mike ein. »Der Vattr sagt, du sollst deinen Touristen sagen, sie solln sich gefälligst für morgen ein Regengewand[75] mitnehmen, sonst werdens krank und wolln nachher nix mehr essen und trinken!«

Der Thomas hatte scheints wieder ein Wetter »erspürt«.

»Dank dir, ich werds ausrichten. Serwas, Mike.«

»Serwas, Toni.«

Im zum Frühstückssaal umgewandelten Schankraum saß meine kleine Gruppe bereits an einem Vierertisch. Es roch nach Grundduft und Kaffee. Der Alte hatte sich ein Müsli mit frischen Früchten bestellt, eine durchaus angebrachte Mahlzeit vor solch einem Tag. Er war auch der Einzige, der halbwegs frisch aussah. Die anderen hatten sich wohl nicht an meine Anweisung gehalten und die Lichter erst spät ausgemacht. Selber schuld. Der Kinnbart mit dem Sweatshirt aß langsam sein dunkles Brot mit Salami und Käse, und das Pärchen vom Ku'damm hatte sich Spiegeleier mit Speck und Toast kommen lassen. Unsere Eier stammen übrigens allesamt von freilaufenden und glücklichen Hühnern, die der Zirngiebl Hupfi betreut und mit viel Liebe großzieht und hegt. Wenn ihre Zeit gekommen ist, spricht er in Ruhe mit ihnen und bereitet sie auf ihren bevorstehenden Tod vor. Dann dreht er ihnen so flink den Hals um, dass sie es nicht groß merken und so gut wie

[75] regenfeste Kleidung

gar nicht leiden müssen. Rupfen tut sie dann die Zirngiebl Zenzi. Ich begrüßte meine Touristen herzlich und nahm selbst noch ein kleines Frühstück in Form von einer Kanne Kräutertee, einem mit Käse belegten Semmerl und einem Apfel ein und griff mir vom Frühstücksbüfett noch eins der von der Zenzi bereitgestellten Sackerl mit Wanderproviant, bestehend aus zwei Äpfeln, einer Flasche Wasser und einem Stück Natursauerteigbrot.

»Vergessts nachher eure Jause[76]-Sackerl nicht. Und nehmts auch eine Regenjacke mit, weil morgen wirds a bisserl nass.«

Als wir uns kurz darauf alle vor der Tür vom Schlemmerwirt wiedertrafen, fragte ich, ob sie denn auch alles dabeihätten, was die immer noch etwas müde wirkende Gruppe mit einem überraschend kräftigen »Ja« beantwortete.

»Guad, dann zeigts mir amal, was ihr für Schuhwerk angelegt habts!«

Ich beugte mich hinab und musterte die Galoschen meiner Reisegruppe. Die Frau hatte ordentlich geschnürte Bergstiefel an, ebenso ihr Begleiter, selbes Fabrikat. Der Alte hatte reichlich unmoderne, aber gute feste Schuhe an, die über die Knöchel gingen. Einwandfrei. Der Kinnbart trug Turnschuhe.

»Des glaubsch jetz aber selber nitt, dass i di mit Turnschuh mitnimm!«, scholt ich ihn aus.

»Ich hab meine Wanderschuhe ja dabei«, verteidigte er sich. »Die sind im Rucksack. Ich -«

»Ja magst du den ganzen Ballast mitschleppen und dir dann dei Schuhwerk unterwegs anlegen?«, unterbrach ich ihn.

[76] Brotzeit

»Äh, also ich -«

»Nix! Die ziehst gleich an, deine Wanderschuh, und na gibst die Turnschuh an der Rezeption ab und holst as dir morgen wieder ab!«

Mit leicht beleidigtem Blick zog er die Turnschuhe aus und brachte sie zum Mike an die Rezeption.

»Der ander glaubt, er kannt mit Turnschuh aufigeh«, spottete ich in Richtung des Alten. »Mir sind doch nicht im Freizeitpark Hohentauern!«

Als der Kinnbart kurz darauf blass und geknickt zurückkam, tat er mir jetzt beinahe leid. Ich musste ihn ein wenig aufmuntern.

»So isch recht. Schöne Schuh hast da an. A bisserl zu fest gschnürt sinds«, sagte ich, kniete mich hin, öffnete die Schleifen und lockerte die Schnürung der Kinnbartschuhe. »Nicht dass du am Ende noch an Blutstau kriegst.«

Auf seine Lippen zauberte sich ein kleines Lächeln.

Bevor es losging, sprach ich noch ein paar einführende Worte.

»Heute gehts zum Sennwanderhaus. Auf den Pfaden, die wir kraxeln werden, gibt es Stellen, die sind nicht ganz ohne, da kann man auch amal ausrutschen und im Zweifelsfall runterfliegen«, sagte ich. »Daher passts bitte auf, dass es euch unterwegs nicht hinhaut. Schauts immer auf den Boden vor euch. Nie zum Berg hinauf und nicht ins Tal hinunter. Wenns schaun wollts, wie schöns bei uns aussieht, bleibts einfach stehen. So viel Zeit haben wir immer.«

Hatten wir zwar nicht, aber so was hören die Leute immer gerne. Jetzt war es jedenfalls an der Zeit für die erste Lektion des Tages.

»Ihr kennts sicherlich alle den Spruch: DER WEG IST DAS ZIEL.« Alle nickten brav. »Das ist im Prinzip auch fürs Wandern richtig. Aber viele Leute verstellen sich am Berg wie im Leben selber ihre Wege, weil sie sich zu hohe Ziele setzen. Ziele, die sie nie erreichen können, nicht amal annähernd. Sie sind dann so auf ihre viel zu hohen Ziele fixiert, dass sie gar nicht mehr mitkriegen, was direkt vor ihrer Nase passiert. Und dann rutschens aus und krepiern elendig. Da war dann nämlich nicht der Weg das Ziel, sondern eher das Ziel im Weg.«

Kichern. Die Leute sind manchmal wirklich mit komplett banalen Binsenweisheiten zu erfreuen.

»Also denkts bitte dran: In den Bergen ist der nächste Schritt immer der wichtigste. Hat jeder seinen Proviant?«, war meine finale Frage vor dem Aufbruch.

»Jaaaa«, antworteten die vier beinahe gleichzeitig.

Ich zählte durch, und los gings. Unser Ziel war das Sennwanderhaus, eine bewirtschaftete Hütte in siebzehnhundert Meter Höhe, die man auf verschiedenen Pfaden erreichen und von der aus man schöne Wanderungen unternehmen kann.

Als Bergführer muss man möglichst weit vorne gehen, damit keiner davonrennt, man muss aber auch immer wachsam nach hinten blicken, weil der Langsamste bestimmt das Tempo. In diesem Fall war es der Kinnbart. Neben mir marschierte der ältere Herr. Kurz dahinter das Pärchen. Die Luft roch nach frisch gemähtem Gras, die Felsen strahlten uns wunderschön entgegen, und unter uns öffnete sich das weite, saftige Tal. Es ist schon einfach eine Wonne hier heroben.

»Sind Sie hier in der Gegend großgeworden? Und denken Sie sich das selbst aus, also die Kennenlernrunden und all das?«, fragte der Alte.

Ich war verwundert. Normal fragen die Touristen einen über die Berge oder das Wetter aus, aber nie so direkt über einen selbst, wenn sie einen noch nicht kennen.

»Ja«, antwortete ich einsilbig.

»Sind Sie Österreicher?«, bohrte der alte Knabe nach und schaute mich neugierig von der Seite an.

»Auch.«

»Aha. Und sind Sie da so eine Gruppe von Bergführern hier oben?«, ging es mit der Fragerei weiter.

»Nein. Ich bin im Großen und Ganzen der einzige.«

Der Action Schorsch war zwar eigentlich auch ein Bergführer, aber eher eine Art Trainer bei Bergsportaktionen.

»Oh, da sind Sie ein Unikum, sozusagen ein Original«, bemerkte völlig korrekt der Alte und blickte sinnierend auf den Weg vor sich.

»Aber absolut«, pflichtete ich ihm bei und war froh, dass er momentan offenbar keine Fragen mehr hatte. Ich wüsste auch nicht, wo es steht, dass man jedem Hanswurscht auf alle privaten Fragen immer antworten muss. Da gibt es, glaub ich, keine Verpflichtung. Auch nicht als Bergführer. Ich gebe viel von mir preis, aber nur das, was ich selbst preisgeben möchte. Und ich glaube, dass es einem enorm viel Kraft raubt, wenn man lästigen Fragestellern immer zu Willen ist. Ich beschloss, mich ein bisschen von dem Alten abzusetzen.

Wir wanderten einige Zeit stumm bergauf. Immer wieder blieb ich kurz stehen und schaute nach meinen Kindlein: Der Alte war mir dicht auf den Fersen, das Pärchen setzte brav einen Fuß vor den anderen, und der Kinnbart, der sein Sweatshirt ausgezogen und um seine Hüften gebunden hatte, blieb immer wieder ein bisschen zurück, was ich durch geschicktes Verlangsamen meines Tempos korrigierte. Alle vier atmeten die frische Bergluft artig ein und ihren Ballast aus der Stadt wieder aus. Die Vöglein zwitscherten, und aus dem immer lichter werdenden Wald strömte uns moosiger Holzduft in die Nase. Meine Heimat zeigte sich von ihrer besten Seite.

Nach einer kurvenreichen Stunde durch das Alpenidyll machte der Weg eine heftige Biegung nach links. Kurz darauf ging es scharf rechts um die Ecke. Dahinter versteckte sich ein flacher, aber schnell dahinfließender Wildbach, über den wir an einer Stelle vor Jahren ein hübsches Brückerl gebaut haben. Hier würde unsere erste Übung stattfinden: Ritterlichkeit – oder das Retten einer Dame durch den Herrn.

»So, Leute, na schnallts amal euer Gepäck ab«, sagte ich, als wir das Ufer des Wildbachs erreicht hatten. »An diesem Platz werden wir eine wichtige Lektion für die Praxis des täglichen Lebens lernen.«

Die Leute legten ihre Rucksäcke ab und sahen sich um. Der Kinnbart streckte sich wie kurz nach dem Aufstehen, und das Pärchen blickte hinunter ins Tal. Von hier aus konnte man sogar unser Dorf in weiter Ferne erkennen.

»Da haben wir ja schon eine schöne Strecke zurückgelegt, mein lieber Mann«, bemerkte der Glatzkopf und wippte fröhlich mit dem Kopf. »Hätte ich nicht gedacht.«

»Ja. Des nennen mir den *Talblick-Effekt*«, gab ich ihnen ein wenig Fachwissen mit auf den Weg. «Von oben schaut die ganze Gschicht nämlich immer a bisserl höher aus wie von unten. Des gibt einem gleich ein noch besseres Gefühl, weil man von sich selbst und der eigenen Leistung positiv überrascht wird. Und es ermutigt einen, immer noch ein Stückerle weiter zu gehen, gell?«

Alle nickten, als hätten sie diesen Larifari[77] verstanden.

»So, jetzt aber zur ersten Lektion. Ich frag jetzt einfach amal in die Runde: Was denkts oder machts ihr, wenn ihr in der Stadt im Bus sitzts und merkts, dass der gleich losfährt und ein Fahrgast, der zu spät ist, von hinten auf den Bus zuläuft, weil er noch einsteigen möcht?«

»Ich denk mir: Früher aufstehen, Freundchen!«, sagte der Kinnbart und lachte hämisch.

»Ich fahre selten Bus, aber wenn, dann pflege ich im Bus zu lesen«, sagte der Alte. »Daher würde ich den Fahrgast wahrscheinlich gar nicht bemerken.«

»Ich würde über den Mann den Kopf schütteln«, sagte der Glatzkopf. »Ich selbst habe noch *nie* einen Bus verpasst.«

»Der Busfahrer muss seinen Fahrplan einhalten, oder?«, fragte seine Begleiterin. »Da würd ich jetzt, äh, glaub ich, nichts machen. Wenn der Mann zu spät kommt, muss er halt auf den nächsten Bus warten.«

»Alle falsch!«, sagte ich. »Die einzig korrekte Verhaltensweise ist, dass man aufsteht und aufs Knöpferl drückt, beziehungsweise sich in die Lichtschranke stellt, damit die Tür nicht zugeht, und wartet, bis der Fahrgast den Bus erreicht hat und noch zusteigen kann. Die zwanzig Sekunden, die des länger dauert, bringen sicherlich nicht den gesamten Fahrplan durcheinander, aber man hat am Menschen was Gutes getan und sich selber damit auch. Das ist menschlich, aufmerksam, hilfsbereit und sollte eigentlich normal sein. Aber

[77] Unfug

des habts ihr Stadtmenschen alle verlernt, weil ihr euch nur um euren eigenen Schmarrn scherts«, regte ich mich auf. Aber ich hatte ja eigentlich gewusst, dass diese Antworten kommen würden, weil die Leute bei dieser Frage immer so reagieren. Ganz selten erwischt man einmal einen vernünftigen Seminarteilnehmer. »Stadtmenschen haben durch Vereinsamung und Entfremdung grundsätzlich keine Ahnung vom Zusammenleben. Das hat man an dem Beispiel mit dem Omnibus gesehen. Daher mach ich immer als Erstes die Übung, wo der Mann die Frau aus der Gefahr befreit, weil das als kleiner Zusatzeffekt auch noch das Geschlechterverhältnis klärt. Also: Der Mensch muss dem Menschen helfen. Die Frau ist schwächer als der Mann, und der Mann muss die Frau retten.«

»Ist das nicht ein wenig sexistisch?«, fragte der Glatzkopf.

»Kann schon sein, ist mir aber gleich. Bei uns in den Bergen sind die Rollen klar verteilt. Das ist in jeder Familie so. Der Vater erledigt das Grobe, die Mutter sorgt für das leibliche Wohl und die Erziehung der Kinder. So läuft das schon immer, und so wird das auch immer laufen. Es ist ja nicht so, dass die Frauen bei uns heroben nichts zu sagen hätten. Beileibe! Aber sie müssen halt keine schweren Kisten schleppen oder Bäume fällen. Und die Kinder, egal, ob Mannderl oder Weiberl, sind einfach da, und schon in frühem Alter wird jede Persönlichkeit ernst genommen. Aber eben auch auf das spätere Leben vorbereitet. Das war bereits so, als ich noch sehr klein war. Man zeigt den Kindern, wie man einen Stutzen hält oder einen Kochlöffel schwingt, und unterhält sich normal miteinander und macht kein *Duzi, duzi*. Da werden die Kinder nur krank. Wenn mich ein Kind nervt, dann warn ich's vor, und wenn's dann weitermacht, schmier ich ihm eine. Das hat noch keinem geschadet, und warum sollt ich ein Kind anders behandeln wia an vorlauten Wanderer oder an nassforschen Zechbruder?«

Die Seminarteilnehmer blickten mich wachsam an. Paradeiser. Tomaten.

»In unseren Familien jedenfalls sind die Rollen klar verteilt, und es herrscht immer eine schöne Harmonie. Jeder hat seine Aufgaben, und da gibt es dann auch keine Ausnahmen. Das läuft anders als in den Großstädten, wo man den Kontakt zu den Großeltern abbricht, sich scheiden lässt oder den Partner fertigmacht, weil er einem auf die Nerven geht oder man sich nicht trennen mag, bloß weil man Schiss vorm Alleinsein hat. Da geht doch alles drunter und drüber! Wenn bei uns tatsächlich amal ein Streit unter Eheleuten ausbrechen sollte, was übrigens grundsätzlich nur daheim und niemals in der Öffentlichkeit gschiecht, schreit man sich gegenseitig seinen Groll ans Hirn und versöhnt sich anschließend bei einem schönen Glaserl Wein oder Bier oder mit körperlichen Zuwendungen oder mit allem zusammen.«

Die Frau des Glatzkopfs mochte meine Worte. Er selber schaute ein bisserl beleidigt drein, und der Kinnbart fand das alles lustig. Vermutlich hatte er vor, ein Leben lang unbeweibt zu bleiben, so wie er mir vorkam. Der Alte sagte nichts. Ich tippte auf Witwer.

»Wir sind da vielleicht ein bisserl altmodisch, aber das heißt ja nicht, dass man bei bestimmten Dingen die Rollen nicht auch amal tauschen kann. Sei es beim Geschlechtsverkehr oder bei der Kontoführung. Wenns einem dann besser geht, warum nicht? Mal hat er das Sagen und mal sie. Je nachdem, wer grad mehr Kraft hat, die Führung zu übernehmen.

Die Hauptsache ist, dass die Rollen klar verteilt sind. Denn das Grundübel ist nicht die Rollenverteilung, sondern die UNKLARHEIT! Wenn keiner sagt: Wir machen das jetzt so oder so, kommts zwangsläufig zu Diskussionen. Manche fangen dann an, sich selber nicht mehr zu mögen, bekommen Burnout oder sie speiben sich den ganzen angestauten Frust aus dem Leibe. Dabei müsste man nur Klartext reden.«

Das Paar tat, als fühlte es sich nicht angesprochen. Ihren etwas aufgewühlten Gesichtsausdrücken entnahm ich aber, dass sie es sehr wohl taten. Es war ja auch mehr als ein Wink mit dem Zaunpfahl. Ich habe ihnen den Zaunpfahl quasi um die Ohren gehauen. Der Alte schaute scharf zu mir rüber, der Kinnbart hatte wie so oft den Mund halb offen. Vermutlich kapierte er kein Wort.

»So, jetzt kommen wir zum praktischen Teil. Damit ihr richtiges soziales Verhalten lernts, machen wir die folgende Übung: Die junge Dame geht über das Brückerl da vorn rüber auf die andere Seite vom Wildbach. Siehst den großen Stein?«

»Den da drüben?«, fragte die Frau, obwohl es eindeutig nur einen großen Stein gab.

»Genau den«, sagte ich. »Da hockst du dich jetzt drauf.«

Sie ging also brav über das Brückerl und hockte sich auf den Stein.

»Und jetzt rufst: *Hilfe! Ich komm allein nicht mehr runter!*«

»Hilfe … Ich komme von allein nicht mehr runter«, sagte die Frau mit leiser Stimme.

»A bisserl lauter! So kann dich im Ernstfall ja kein Mensch hören!«

»Hilfeee!«, rief sie eine Nuance gellender.

Vielleicht war sie stimmlich wirklich nicht in der Lage dazu.

Egal. In voller Montur sprang ich mit einem Satz in das Wildwasser, kämpfte mich mit viel Gespritze und spektakulärem Gegrunze durch die kniehohen Wassermassen, griff die Lady unter den Knien und unter dem Arm, drehte mich um 180 Grad, stürzte zurück durch den Wildbach und setzte sie wie ein kleines Vogerl wohlbehalten auf den Erdboden.

»So, jetzt habts gsehn, wie man das macht. Und des wiederholts jetzt bitte einer nach dem anderen. Mir tun so, als obs des Brückerl nicht geben tät, weil sonst könnt man ja einfach drübergehen und die um Hilfe Schreiende retten. Also, ignoriert bitte des Brückerl und stürzts euch in die Fluten. Sei so lieb und geh noch amal über das Brückerl, damit die Herren Gentlemen dich, jeder einzeln, retten können«, trug ich der jungen Frau auf.

Etwas genervt, dass sie jetzt dreimal das Opfer spielen musste, aber schicksalsergeben trabte sie erneut zu ihrem Stein.

»Am besten zuerst der Partner, damit wir hier keine Eifersuchtsdramen bekommen.«

»Da werden aber doch meine Schuhe nass«, sagte der kahlköpfige Schnösel und wippte wie immer mit dem Kopf. »Die warn nicht billig.«

»Ja mei, na werns halt nass«, antwortete ich. »Hier geht es um Menschenleben!«

»Kann ich sie nicht doch schnell ausziehen?«

»Wennst so viel Zeit hast, ziehs ruhig aus. Ich weiß ja nicht, wie du reagierst, wenn in schwindelnder Höhe deine Partnerin abrutscht und du ihr die rettende Hand reichen musst. Ziehst dann auch erst die Schuhe aus?«

Mürrisch und etwas ungelenk tastete er sich mitsamt Schuhen ins Wasser.

»Los jetzt! Beeil dich a bisserl! Vielleicht is sie ja verletzt!«, trieb ich ihn an.

Kaum merkbar legte er einen Zahn zu, kam ans andere Ufer und ergriff die Hand seiner Partnerin.

»Komm!«, sagte er.

»Was bist denn du für a Kerl?«, schritt ich ein. »Komm, sagt er! Nix! Packs und trags rüber! Wo bleibt denn da die Ritterlichkeit?«

Der Bursche war wirklich ein absoluter Schwachkopf!

Sehr ungeschickt hievte er sie wie einen Fremdkörper oder einen Sack Mehl auf den Rücken und stakste holprig zurück. Ich überlegte, wie er sich wohl im Bett mit ihr anstellte, verwarf diesen Gedanken aber sofort, weil diese Vorstellung ein gruseliges Schaudern in mir auszulösen begann.

Er kam wieder bei uns an und ließ seine Gefährtin auf den Rasen plumpsen, sodass sie beinah gestürzt wäre.

»Na ja, das war jetzt aber nicht grad liebevoll. Da musst noch an dir arbeiten, a bisserl mehr anstrengen. Burnout hin oder her«, schimpfte ich ihn aus. »So, wer mag als Nächster?«

Der Alte meldete sich. Die Frau war bereits wieder auf ihren Stein zurückgekehrt, da schwebte er leicht wie eine Feder ins Wasser, glitt wie ein Fisch durch die Fluten, nahm äußerst findig die Dame vom Stein, eilte flink und behänd zurück und ließ sie geschmeidig ins Gras hinabsinken.

»Jawoll! So müssts des machen! Er isch noch einer von der alten Schule!«, kommentierte ich respektvoll die wirklich tolle Leistung des Opas. Das mit dem Perfektionismus, den er bei dem Seminar bekämpfen wollte, würde sicher nicht leicht werden.

»Guad! Jetzt noch du!«, sagte ich und deutete mit dem Kinn

auf den Kinnbart. »Und nicht vergessen: Immer eins nach dem anderen, sonst hörts Pfeifen im Ohr nicht auf, gell?«

Die Frau war ein letztes Mal auf ihrem Stein zum Sitzen gekommen, und ihr blasser Retter sprang mit einem lauten Platscher ins Wasser, watete relativ abgehackt hindurch, fasste ihr etwas grob erst unter den Arm und dann unter die Kniekehlen und trug sie anschließend zurück ans Ufer. Dort rutschte er beim Heraussteigen aus dem Wasser kurz mit dem linken Fuß auf dem feuchten Gras ab, fing sich aber gleich wieder und gelangte ohne weitere Zwischenfälle bei uns an.

»Hahaha, jetzt hätts dich auf den letzten Metern fast noch hinglassen!«, lachte ich. »Guad habts es gmacht. Und fühlts ihr euch schon besser?«

Alle nickten. Und wirklich: Alle wirkten durch die erfrischende Aktion ein wenig besser gelaunt als zuvor.

»Die Übung habts absolviert. Jetzt bitt ich euch, ein kurzes Statement zu hinterlassen und zu sagen, was ihr aus der Übung gelernt habts. Bitte beginnts eure Rede mit: *Ich nehme mit, dass* … Ladys first.«

»Gut. Also ich nehme mit«, sagte das Mädel, »dass man Vertrauen haben soll, dass andere einem helfen.«

»Ganz guad!«

»Ich nehme mit«, sagte der Alte, »dass man in Gefahrsituationen beherzt handeln sollte.«

»Gut!«

»Ich nehme mit«, sagte der Glatzkopf, »dass man nicht lange nachdenken soll, wenn man jemandem helfen muss. Vor allem wenn es eine Frau ist, also in meinem Fall die eigene, der man zeigen muss, dass sie auf einen zählen kann.«

»Super! Des hast glernt, des freut mich!«

»*Hatschi*pazatakant!«, brüllte plötzlich der Glatzkopf. Alle zuckten kurz zusammen.

Manche Männer denken wirklich, es sei originell, wenn sie niesen müssen und danach irgendwelche erfundenen Laute machen. Dass sie ihre Umgebung dadurch erst erschrecken und dann auch noch nerven, fällt ihnen dabei gar nicht auf.

»Hoffentlich hast dich ned verkält!«, sagte ich. »Gesundheit!«

»Danke.«

Irgendjemand wollte mir mal erklären, dass man »Gesundheit« nicht mehr sage, weil das dem Gegenüber suggeriere, man hielte ihn für krank. Mir ist das wurscht, ich wünsche den Leuten gern etwas Gutes. Und Gesundheit ist etwas Gutes. Etikette hin oder her.

»Ich nehme mit«, sagte der Kinnbart, »dass man in manchen Bereichen des Lebens über seinen eigenen Schatten springen muss und selbstlos handeln sollte.«

»Guad. Und was noch?«

»Und man sollte immer eins nach dem anderen angehen.«

»Ganz guad.«

Die vier waren durch die Übung alle relativ nass geworden, aber es machte ihnen nichts aus, weil ihre Körpertemperatur durch die Bewegung gestiegen war. Das sah man auch daran, dass sie alle leicht rosa schimmernde Wangen hatten.

»Ausgezeichnet! Das hat doch was gebracht! Dann machts euch bereit, vergessts nix, und na kömmer weidergehn!«

Die Leute suchten ihr Gelumpe[78] zusammen, und wir setzten unseren Weg fort.

[78] Zeug

Der Schmarrn

Die Sonne verschwand kurzzeitig hinter einer Wolke, was in den Bergen keine Seltenheit ist. Dann sinkt die Temperatur auf einen Schlag um ein paar Grad. Ich sog die etwas kühlere Luft ein und betrachtete zufrieden das Bergpanorama. Die gegenüberliegenden Bergspitzen waren leicht mit Schnee bedeckt. Ihr Anblick erfreute mich abrupt.

Kurz nach dem Brückerl machte der Weg eine scharfe Kurve nach rechts, um die herum plötzlich zwei Männer auf uns zuspazierten, die mir wohlbekannt waren. Mein Blut erwärmte sich in Sekundenschnelle: Der linke der beiden Männer war der Traubeck Bauer senior, der rechte der beste Freund von unserem Totengräber, der Fallmerey Ferdi aus Niederösterreich, vermutlich besuchte er unsere Gegend wegen der Kirchweih. Das macht er nämlich fast jedes Jahr. Zwischen ihm und mir hatte es am Vorabend der Kirchweih vor einem Jahr ein kleines Zerwürfnis gegeben, das noch nicht aus der Welt geschafft war. Damals war es nämlich zu einer etwas unschönen Situation zwischen dem Ferdi und mir gekommen, in der auch eine recht fesche Buchhändlerin aus Wuppertal eine gewisse Rolle spielte, die weiland auf dem Marktplatz esoterische Erbauungsliteratur verkaufte. Der Fallmerey Ferdi hatte offenbar ein Auge auf die Frau geworfen, denn er gaffte sie die ganze Zeit an und scharwenzelte um sie herum, brachte aber kein gescheites Wort heraus. Er ist halt nicht grad ein Frauenchecker, der Ferdi.

Aber gerade an dem Abend, wo er einen ersten Annäherungsversuch wagen wollte, bin ich ihm, zumindest fast ohne es zu wissen und zu wollen, in die Quere gekommen. Die Ottilie, so der Name der besagten Buchhändlerin, war halt auch ein resches[79] Mäderl, und ich wollte sie gern vernaschen. Da ist einfach der Kampfgeist in mir aufgeflackert, und ich habe meinen Rivalen (und seinen Freund, den Totengräber, gleich dazu) kurzerhand mit dem einen oder anderen Gamsblut-Schnaps außer Gefecht gesetzt, um dann ungestört mit der schönen Händlerin in ihrem kleinen Wohnwagen zu verschwinden.

Am nächsten Morgen wollte der frisch ernüchterte Ferdi seinen Plan von letzter Nacht doch noch in die Tat umsetzen und startete einen erneuten Versuch: Mit roten Rosen, Duft-Massageöl und klopfendem Herzen stand er frühmorgens vor der Wohnwagentür. Die Tür ging auf, ein Schatten fiel auf den armen Tropf, und zu seinem Entsetzen stand vor ihm nicht die schöne Ottilie, sondern ein haariger Bergmensch in einer Bettlaken-Toga, also ich.

»Was willscht denn?«, habe ich ihn, noch ganz benommen von der Nacht, gefragt.

»Zur Otti«, hat er leise geflüstert.

»Die schlaft noch. Soll ich dir die Rosen abnehmen und sie ihr geben, wenn sie aufwacht?«

[79] knackiges

Des war zu viel für den Ferdi, und er ist weinend davongelaufen. Man kanns, find ich, auch übertreiben mit der Emotionalität.

»Griaßeich, ees zwoa[80] Spaßbremsen! Da ham sich ja die beiden richtigen gfunden!«, sagte ich, als der Traubeck Bauer und der Ferdi nur noch wenige Meter von uns entfernt waren.

»Ungeniert blöd daherreden, des kann er, der Toni«, begrüßte mich ähnlich unfreundlich der Traubeck Bauer zurück.

»Seids ihr jetz die besten Freind?«

»Des geht dich einen feuchten Kehricht an, du Hundskrippl«, muckte der Ferdi auf.

»Dad mi[81] trotzdem interessieren, was ihr zwoa Kanalratten im Schilde führts«, sagte ich misstrauisch.

»Kümmer dich lieber um deinen eigenen Dreck«, sagte der Traubeck Bauer und grinste.

»Jawohl! Kümmer dich lieber um deinen Dreck!«, sagte der Ferdi und grinste noch breiter als der Traubeck Bauer.

»Schleichts euch ins Tal, bevor ich meine gute Laune verlier«, drohte ich, weil ich keine Lust hatte, dass ich mich vergessen könnte und den beiden vor versammelter Mannschaft eine aufstreichen[82] würde.

»Wiiiiederschaun«, sagte der Ferdi hinterlistig, und die beiden liefen an uns vorbei, weiter in Richtung Tal.

»Wer waren denn die beiden? Die sahen ja richtig verschlagen aus«, fragte wissbegierig der Alte.

80 ihr zwei
81 Würde mich
82 eine Ohrfeige geben

»Der Kleine war der Ferdi, a alter Bekannter, der oft zu Besuch in unseren schönen Ort chemmt[83]. Der isch völlig harmlos. Der isch nur a wenig angfressen, weil ich ihm letzts Jahr a Braut ausgspannt hab«, erklärte ich. Ich bemerkte, dass ich wieder stark in Dialekt verfallen war und machte spontan die »Paradeiser-Tomaten«-Übung.

»O je. Das hört sich nach bösem Blut an. Und der andere?«, fragte der Alte.

»Der andere war der Traubeck Bauer. Das ist ein allseits bekannter Betrüger!«, sagte ich.

»Oh, etwa vom Traubeckhof?«, fragte der Alte weiter.

»Ja. Kennens den Traubeckhof?«

»Noch nicht, aber ich habe für morgen Nacht und übermorgen dort ein Zimmer gebucht, weil beim Schlemmerwirt wegen der Kirchweih nichts mehr frei war«, sagte er.

»So? Da haben Sie wahrscheinlich zu viel bezahlt. Und ein vernünftiges Essen werdens dort auch nicht bekommen«, sagte ich. »Aber dafür können Sie sich gleich doppelt auf das Sennwanderhaus freuen! Es ist nicht mehr weit. Gemma! [84]«

Wir setzten unseren Weg fort. Aber ich konnte die Schönheit der Bergwelt gar nicht mehr gescheit genießen, weil ich die ganze Zeit überlegte, was das Ganze mit dem Ferdi und dem Traubeck auf sich haben könnte. Mich um meinen eigenen Dreck kümmern. Was soll des denn heißen? Ging es da ums Zacherl? Steckten die beiden etwa unter einer Decke? Bei dem Gedanken schauderte es mich gewaltig. Steckten sie etwa hinter dem Diebstahl?

83 kommt

84 Gehen wir!

Auch wenn der Ferdi in die Sache verwickelt sein könnte, war ich mir ja nach wie vor sicher, dass der Traubeck Bauer und seine Sippschaft irgendwas damit zu tun hatten. Zum einen geben die nix auf Brauchtum, zum anderen sind sie uns neidig, dass wir im Schlemmerwirt so gute Geschäfte machen und eigentlich nie Probleme haben. Als alteingesessenem Mitglied der Gemeinde ist dem Traubeck-Clan durchaus bewusst, dass es ein Riesendurcheinander und möglicherweise sogar ein allgemeines Zerwürfnis gibt, wenn das Zacherl fehlt. Und wenn sich im Dorf alle streiten, rechnen sie vermutlich mit mehr Gästen, weil die dann lieber zum Traubeck gehen anstatt zum Schlemmerwirt, wo die Stimmung schlecht ist. Das ist zumindest ein realistisches Motiv. Das Böde an dieser Theorie war nur: Die Traubecks hatten ja dieses hieb- und stichfeste Alibi. Die waren ja schon ein paar Tage vor dem Verschwinden nach Worms abgereist. Aber wenn jetzt der Ferdi auch in die Sache verwickelt war und sich an mir rächen wollte, kam mir das alles nicht mehr so unwahrscheinlich vor. Der Feind deines Feindes ist dein Freund.

Während ich so vor mich hin sinnierte, hatten wir die nächste Zwischenetappe, eine kleine Lichtung kurz vor dem kleinen Ahornsteig, erreicht. Da kann man sich ein bisserl ausruhen, und da hat es eine gute Luft. Außerdem brauchte ich eine Pause von der ganzen Zacherl-Geschichte.

»Mittagspause!«, rief ich.

Durch die Sonne, die wieder einwandfrei schien, konnte ich erkennen, dass es tatsächlich etwa 12:00 Uhr war. Ein kurzer Kontrollblick auf meine Armbanduhr bestätigte meine Schätzung. Wir nahmen Platz, und jeder konnte seine mitgebrachte Jause verzehren.

Der Alte hatte wohl einen Narren an mir gefressen und

wich mir nicht von der Seite, während die Begleiterin des unsympathischen Glatzkopfes schon wieder beharrlich meinen Blick suchte. Ich wich ihren Blicken aus, weil ich mich, wie schon erwähnt, nicht in fremde Angelegenheiten einmische. Auch wenn es meine Aufgabe gewesen wäre, ihr durch unauffälliges Zurückflirten ein bisserl mehr Selbstvertrauen zu geben, hatte ich dafür jetzt einfach keinen Nerv.

Wir ließen uns also nieder, und ich dachte so gut wie gar nicht mehr an die grauenvolle Lage drunten im Ort. Und auch nicht an das saudumme Zacherl. Sacklzement, jetzt hatt ich *doch* wieder drangedacht!

Bevor ich aber in diese schreckliche gedankliche Endlosschleife versinken konnte, begann der Alte, mich weiter auszufragen.

»Mir ist aufgefallen, dass die meisten Menschen hier bei Ihnen nicht sehr auf ihr Äußeres achten. Ich dachte immer, die Bergvölker wären zumindest sonntags immer frisch gewaschen und manikürt. Wie machen Sie das denn nun mit der Körperpflege hier oben?«, wollte er wissen.

Eigentlich eine Unverschämtheit, aber in gewisser Weise hatte der Alte ja Recht: Einzelne Leute im Dorf begannen wirklich zu verwahrlosen, seit…

»Normalerweise sind wir hier alle sehr reinlich und waschen uns immer sehr gründlich mit Wasser und Seife. Es gibt auch auf jeder Hütte Duschen, manchmal halt kein warmes Wasser, aber das macht nix, weil man kann sich auch sehr gut kalt duschen. Ist eh gesünder!«, erklärte ich und öffnete den Reißverschluss an meinem Lodenhemd, da mir jetzt doch etwas heiß wurde.

Die Freundin des Glatzkopf-Deppen sah mich mit offenem

Mund an und befeuchtete mit der Zunge ihre Unterlippe. Der Anblick meiner behaarten Brust und der Gedanke, mit mir kalt zu duschen, gefiel ihr augenscheinlich. Aber egal, meine Gedanken kreisten nun doch wieder um mein von Unheil befallenes Dorf. Denn natürlich war der Zacherl-Fluch schuld an der momentan fehlenden Hygiene.

Der Alte hatte bemerkt, dass mich etwas bedrückte.

»Haben Sie Kummer?«, fragte er fast fürsorglich.

»Gewissermaßen schon«, sagte ich und war zu meiner eigenen Überraschung fast erleichtert, mit jemandem darüber sprechen zu können. Auch wenn er ein seltsamer Knilch war.

»Was ist denn der Grund dafür?«, fragte er mitfühlend weiter.

»Sie haben ja sicherlich schon bemerkt …«, sprach ich und betrachtete zwei Tannen, die beinahe gleich groß waren und wie Zwillinge nebeneinander droben unterhalb eines majestätischen Gipfels standen, »… dass einiges in unserem Dorf nicht ganz so harmonisch läuft, wie es sollte.«

»Na ja, es ist mir zumindest aufgefallen, dass der Umgangston teilweise nicht der allerbesten Kinderstube entspricht.«

»Genau. Das ist nämlich normalerweise bei uns auch völlig unüblich. Wissen Sie, es gibt bei uns im Dorf einen Glücksbringer, den wir Zacherl nennen, und der ist verschwunden. Seitdem das so ist, geraten die Verhältnisse etwas aus den Fugen.«

»Und darum machen Sie sich jetzt Sorgen. Das ist allzu verständlich.«

»Ja.«

»Erzählen Sie mir ruhig die ganze Geschichte, wenn Sie möchten, ich höre gern zu«, sagte er tröstend.

»Interessiert Sie das *wirklich?*«, fragte ich, weil ich nicht glaubte, dass jemand aus dem Tal sich vorstellen kann, was ein solches Drama bei uns bedeutet.

Herrschaftszeiten! Jetzt wusste ich plötzlich, an wen mich der Kerl erinnerte! Das selbstgerechte und trotzdem sympathische Gesicht, die verschmitzten Augen, der etwas nach vorn geschobene Unterkiefer – natürlich! Er sah aus wie mein leider schon vor Jahren verstorbener Großvater! Er war der Vater meines Vaters und hatte zusammen mit seiner Frau quasi nur drei Steinwurf von meiner Hütte entfernt gewohnt, am Fuße eines großen Felsens, den wir den Lainfels nennen. Als Kind und auch als Jugendlicher verbrachte ich viel Zeit dort und war mir immer einer feinen Mahlzeit gewiss. Der Großpapi, an den mich der Alte erinnerte, war ein Schwarzkitteljäger und ein begabter Geschichtenerzähler und zeitlebens Pfeifenraucher. Er erklärte jedem, ob dieser es wollte oder nicht, wie man eine Tube korrekt ausdrückt, sodass kein Rest drinnenbleibt. Man musste nach Ansicht vom Großpapi nämlich den Inhalt immer erst von hinten nach vorne drücken, und erst wenn etwa fünf Zentimeter komplett zusammengedrückt und damit dieser Teil der Tube leer war, durfte man vom hinteren Ende her die Tube in Richtung Ausgangsöffnung »hinrollen«. Da gab es keine Kompromisse, so musste das gemacht werden, sonst wurde der Großpapi grantig. Wir nannten ihn daher heimlich den »Tubendiktator«. Als dann irgendwann Plastiktuben aufkamen, die man nicht mehr aufrollen konnte, entwickelte er eine neue Leidenschaft: die Bauernmalerei. Keine Truhe, kein Schrank, kein Stuhl war vor seinem Pinsel sicher, und er hat sich sogar recht gut dabei angestellt. Wichtig war ihm dabei immer, dass es nach jeder Rose oder jeder Verzierung, die er gemalt hatte, ein schönes Stamperl mit Selbergebranntem gab. Dieses Wissen hat er dann an meinen Vater weitergegeben und dieser an mich.

Beim Gedanken an den Großpapi wurde mir ganz warm ums Herz, denn ich hatte mich immer ausgezeichnet mit ihm verstanden. Und seine Frau, die Großmami, ist auch eine ganz eine besondere Frau gewesen. Als junges Mädchen war sie eine begabte Tänzerin auf diversen Tanzböden aller Nachbarorte gewesen, konnte aber auch genauso gut zupacken und war allerorts sehr beliebt. Sie kaufte gern bei fahrenden Händlern ein und hatte stets frische Eier, alle möglichen Gemüsesorten, Fleisch, Fisch, Käse und eh immer ein feines Schnäpschen im Haus. Die waren schon ein Traumpaar, mein Großpapi und meine Großmami.

In unserer Familie nennen wir uns untereinander übrigens jeden nach seiner innerfamiliären Position. So heißt mein Vater einfach »Vattr«, meine Mutter »Muttr«, ich bin der »Sohn«, meine Großmutter väterlicherseits »Großmami«, mein Großvater väterlicherseits »Großpapi«, und damit wir nicht ganz durcheinand kommen, hieß meine Großmutter mütterlicherseits »Großmutti« und mein Großvater mütterlicherseits »Großvati«. Die Eltern meiner Mutter waren Weber und wohnten in einem entfernten Tal in Oberbayern, wir besuchten sie aber zu deren Lebzeiten etwa vier- bis sechsmal pro Jahr. Die Großmutti war eine schlaue und sehr gebildete Frau, die immer einen flotten Scherz parat hatte und leidenschaftlich gern am Steuer von schnellen Automobilen saß. Der Großvati war ein sehr frommer Mann und überaus bibelfest, was den großen Vorteil hat, dass meine Mutter bis heute so gut wie jede Frage zum Glauben gern beantwortet, stets den korrekten Wortlaut von Psalmen und Sprüchen weiß und außerdem nur so strahlt vor Güte und Milde. Immer wenn ich über irgendwen fürchterlich schimpfe und mich aufrege, versucht sie, die liebenswerten und sympathischen Eigenschaften der Person herauszufinden. Sie sagt immer: »Jeder Mensch hat schöne Seiten. Und in jedem Spaßerl steckt aa a Quanterl Ernscht.[85]« Meine Urgroßmutter mütterlicherseits, die sehr alt wurde und die ich gut kannte, hieß »Omama«. Die Omama lebte bei der Großmutti und beim Großvati und hatte konstant einen Schoklad für mich und andere Kinder in der Schublade.

Ich dachte mit warmem Herzen an meine Verwandtschaft, die mir auch nach ihrem Tode sehr nahesteht. Dank meines unerschütterlichen Vertrauens in den HERRGOTT weiß ich all meine Lieben in besten Händen.

Da erst bemerkte ich, dass ich nun schon eine geraume Zeit glücklich lächelnd vor mich hin starrte, während meine vier Touristen mich immer noch fragend anschauten und gespannt auf meine Geschichte vom Zacherl warteten.

»Mir warn grad beim Zacherl, gell?«, fragte ich sicherheitshalber noch mal nach.

»Ja, bitte erzählen Sie doch endlich, worum es bei diesem Zacherl geht. Wir möchten das wirklich gern wissen«, sagte der Glatzkopf mit wippendem Kopf und hochgezogenen Augenbrauen.

»Guad, es is so, dass bei uns jedes Jahr Kirchweih isch. Wie ihr wissts, ist es morgen wieder so weit. Und da hängen wir seit Urzeiten eine Fahne auf, die wir Zacherl nennen.«

[85] Und in jedem Scherz steckt auch ein Fünkchen Besonnenheit.

Moment einmal! Warum erzählte ich denen das eigentlich? Was geht die Sommerfrischler unsere ganz private Problematik an? Sie hatten schließlich das Seminar gebucht, in dem es unter anderem um die Harmonie in den Bergen geht, und schließlich sollen die Leute ja wiederkommen. Stadtmenschen neigen zudem zum Tratsch. Ich beschloss daher, ihnen nicht die ganze Wahrheit zu sagen, sondern alles ein wenig zu »entschärfen«. Ich wandte mich dem Alten zu, da der mir inzwischen schon ein bisschen ans Herz gewachsen war.

»Also guad. Ein paar lustige Leut haben vergangenes Jahr das Zacherl aus Jux und Tollerei verschwinden lassen, und manche Ewiggestrige[86] bei uns glauben, das würde den Dorffrieden beeinträchtigen. Der Aberglaube bei uns ist groß, und das ist ein bisserl blöd, weil ich frag Sie jetzt amal von Mann zu Mann: Was soll denn eine Fahne für an Einfluss aufs Zusammenleben haben? Des is doch Hokuspokus! Aber weil einige Herrschaften an den Blödsinn glauben, sorgen sie halt dafür, dass es tatsächlich zu Unstimmigkeiten kommt. Aber des wird scho wieder, da hab ich keine Sorge.«

»Wenn Sie sich da mal nicht täuschen, mein Lieber. Das könnte durchaus etwas mit Autosuggestion zu tun haben. Menschen glauben, was sie glauben wollen, und interpretieren vieles in Dinge hinein«, sagte der Alte abgefeimt. »Viele Leute bilden sich zum Beispiel ein, Schmerzen und Krankheiten durch komplett wirkungsfreie Placebo-Tabletten wegzubekommen. Das machen sich Ärzte und andere Scharlatane ja häufig zunutze.«

[86] Altmodische

»Ja, solche mittelalterlichen Vorstellungen gibts eben. Aber andererseits ist es auch burlesk, weil wir ja in einer ganz einer anderen Zeit leben und solche Dinge wirklich der Vergangenheit angehören sollten.« Ich schmunzelte, weil mir das Wort »burlesk« eingefallen war. »Man verbrennt ja auch keine Hexen mehr auf Scheiterhaufen.«

»Zumindest nicht offiziell«, murmelte der Alte vielsagend.

Sonderbarer Knilch. Vielleicht gehörte er ja irgendwelchen Freimaurern an.

»Und Sie haben Ihr Zacherl bis heute nicht wiedergefunden?«, erkundigte sich der Kinnbart. »Haben Sie denn eine Ahnung, wer es gestohlen haben könnte? Oder gibt es Lösegeldforderungen, wie beim Maibaumstehlen?«

»Nein, bislang nicht. Aber das Zacherl ist auch kein Maibaum. Den Brauch des Zacherlklauens gibt es zum Glück noch nicht.«

»Na ja, wenn schon. Das wird, denk ich mal, heißer gekocht, als es gegessen wird. Für mich ist das Altweibergewäsch. Wie soll denn eine Fahne ein ganzes Dorf in Unruhe versetzen?«, fragte der Glatzkopf, der langsam unruhig wurde. »Geht es eigentlich allmählich weiter?«

Wenn er nicht Teilnehmer des Seminars gewesen wäre, hätt ich ihm spätestens jetzt eine geschmiert. Aber so ließ ich ihn ungeschoren davonkommen.

Es war inzwischen schon weit nach Mittag und in der Tat höchste Zeit weiterzugehen. Ich blickte meine Gäste an, und es kam mir so vor, als hätten sie deutlich mehr Körperspannung und eine gesündere Gesichtsfarbe als noch am frühen Morgen. Die Kraft der Berge hatte begonnen zu wirken.

»Genug gerastet, liebe Leut! Weiter geht's, wir haben noch einiges vor!«

Wir erhoben uns, packten unser Graffl[87] zusammen und gingen weiter.

[87] Zeug

Barnabas

Der Aufstieg zum Sennwanderhaus führte uns auf einen relativ sanft ansteigenden Weg, der es aber in sich hatte, weil der felsige Untergrund an dieser Stelle manchmal sehr glatt ist und man leicht abrutschen kann. Es gab hier kaum Gestrüpp, an dem man sich im Zweifelsfalle festhalten hätte können. Doch der Instinkt meiner Leute war inzwischen so weit geschult, dass sie sich relativ vorsichtig bewegten. Da entdeckte ich achtzig Meter weiter oben am Berg eine Person beim Aufstieg. Sie winkte mir zu.

»Toni!«, rief sie.

Mein Herz schlug höher. Es war eines der apartesten Wesen der Alpenregion. Bildhübsch, toller Busen, weiche Haut, hinreißendes Lächeln. Es war das Koch Tinerl!

Generell sind bei uns die einheimischen jungen Frauen durch die Bank liebreizend und charmant. Das Koch Tinerl mit ihrem blonden Haar und ihren schönen langen, zarten, braungebrannten Beinen ist allerdings eine ganz besondere Augenweide. Sie ist, das sag ich frei heraus, für die Liebe gemacht und öffnet, wenn ein stattliches Mannsbild einen Schneid hat und galant anfragt, gern auch amal das Türl zu ihrem Kammerl. Sie hilft im Gemeindeamt bei der Trudi aus und arbeitet aushilfsweise beim Schlemmerwirt. Ihre Eltern haben eine Käserei, da arbeitet sie auch, allerdings aber nicht so gern, weil ihr Vater immer recht mit ihr schimpft, wenn sie den Kunden raffiniert den Kopf verdreht.

»Gehst nauf zum Sennwander?«, rief ich ihr zu.

»Ja! Seh ma uns droben!«, antwortete keck die Liebesfee und zwinkerte mir zu.

»Ja! Seh ma uns droben!«, rief ich freudig hinterdrein.

Und weg war sie. Die Nacht würde ich nicht einsam verbringen.

Ich ließ meinen Blick noch ein bisserl weiterschweifen und entdeckte auf einer Anhöhe zwei Gämsen, die lustig herumplauderten. Sie fühlten sich in dem Moment unbeobachtet, das merkte ich daran, dass die eine Gams der anderen etwas ins Ohr flüsterte, die andere andächtig lauschte und nur ab und zu zustimmend nickte. Als sie uns bemerkten, sprangen sie sogleich davon. Ich war sehr froh, dass die Aggression und Unruhe nur bei den Tieren unmittelbar um das Dorf herum zu spüren war, hier oben merkte man davon nichts. Das beruhigte mich immens.

Ich beschloss, dass es Zeit war für die zweite Seminarlektion: das harmonische Miteinander zwischen Mensch und Tier.

»Habts ihr die Gämsen grad gsehn?«, fragte ich und deutete auf die fliehenden Gämsen, die grazil von Fels zu Fels sprangen. »Die Evolutionsbiologie behauptet, dass in der Natur das Gesetz des Stärkeren gilt und dass jeder Tag im Leben eines Tieres ein Kampf ums Überleben ist. Einige Banker und Politiker behaupten sogar, dass das auch im Leben eines Menschen so sei, und veranstalten Seminare, die *Survival of the Fittest* heißen – und da denken sie keine Sekunde an ein harmonisches Miteinander. Das ist also brutal derber Schwachsinn. Ihr müssts wissen: Wer Zwietracht sät, wird Unglück ernten. Oder Schlimmeres. Das gilt im Zwischenmenschlichen genauso wie im Verhältnis zwischen Mensch und Tier. Tiere sind oftmals treue Gefährten und Kameraden. Ich habe zum Beispiel neulich nach der Andacht im Wald einen jungen Fuchs getroffen und mich im Abstand von etwa drei Metern vor ihn hingesetzt. Wir haben uns lange in die Augen gesehen. Dann habe ich mich mit meinem Namen vorgestellt und ihn gefragt, ob er Interesse an einer kumpelhaften Beziehung zu mir hätte. Er hat ein bisserl überlegt und ist dann zu mir hergekommen und hat mir seine Pfote hingestreckt. Seitdem sehen wir uns regelmäßig, und ich habe schon viel von ihm gelernt.«

Die meisten Touristen finden das eigenartig, weil ihnen die natürliche Kommunikation zwischen Mensch und Tier nicht mehr geläufig ist. Meine Gäste jedoch nahmen meine kleine Anekdote erstaunt, aber ohne Murren zur Kenntnis.

»Tiere können uns auch auf ganz andere Weise große Freude bereiten. Manche Tiere kann man nach ihrem Ableben nämlich zu wunderbaren Gerichten verarbeiten.«

Ich sprach jetzt sehr langsam, weil ich davon ausgehen musste, dass den Leuten gar nicht mehr klar sein könnte, dass das Fleisch, das sie essen, ursprünglich von Tieren stammt. Ich schaute in die Runde. Der Glatzkopf hatte einen relativ entspannten Gesichtsausdruck und wippte verständnisvoll mit dem Kopf. Seine Begleiterin schaute eh die ganze

Zeit lieb zu mir her. Und der Kinnbart mit dem Sweatshirt hatte seinen Mund zu. Ein gutes Zeichen. Der Alte lächelte wissend. Ich spürte eine lagerfeuerähnliche Harmonie und fuhr fort.

»Ein Hahn beispielsweise sorgt zu Lebzeiten für Ordnung zwischen den Hennen, die Vermehrung seiner Art, Schönheit im Hofe, und er isch der am wunderbarsten klingende Wecker der Welt. Verstirbt der Hahn dann, kann man mit den Federn Indianerschmuck für die Kinder basteln, ferner das zarte und fettarme Fleisch grillen und mit einer feinen Rahmsoße verzehren. Zum Gedenken an den Hahn versammelt man sich dann am nächsten Morgen pünktlich zu Sonnenaufgang vor dem Misthaufen und singt mitanand des schöne Lied *Im Thale der Nebel, der Hahn auf dem Berg*. Hernach werden die Überreste des Hahnes nach tibetischer Vorschrift zerstückelt und den Geiern vorgeworfen. Ganz so, wie sich auch Reinhold Messner seine Beerdigung wünscht. Ich biet übrigens nächstes Frühjahr ein neues Seminar an mit dem Titel TIERE – GUTE GEFÄHRTEN UND SCHMACKHAFTE NAHRUNG. Es sind noch Plätze frei.«

Der Alte musterte mich durchdringend. Vielleicht erwog er, an dem Seminar teilzunehmen? Mir sollte es recht sein.

»Ihr sehts also: Menschen und Tiere leben hier heroben im Einklang miteinander, so wie alles in der Natur im Grunde harmonisch ist. In allem steckt etwas Wunderbares, sei es in den Lebewesen, den Steinen, im Wasser oder im Firmament. Selbst ein Kuhfladen hat seine eigene Anmut.«

Bedeutungsvoll blickte ich in die Ferne und ließ meine Worte einfach »wirken«.

Wir gingen weiter und kamen an einem kleinen Holzverschlag vorbei, der bei Unwetter Wanderern als Unterschlupf dient. Hinter einem der hinteren Balken befindet sich, sehr geschickt vom Action Schorsch dort versteckt, stets eine Flasche Kirschwasser. Heute aber hatte ich etwas anderes vor. Ich wollte meinen Besuchern einen lieben Freund vorstellen: den Barnabas. Der Barnabas ist ein Marder.

»Hier wohnt mein Freund der Marder Barnabas, ein sehr lieber, aber auch schlauer Gesell. Von ihm könnts ihr viel lernen. Vielleicht wollen wir ihn gemeinsam suchen? Was haltets ihr davon?«

Ich erntete freudiges Kopfnicken. Alle waren Feuer und Flamme. Manchmal muss man die Leute behandeln wie Kinder beim Kaschperltheater. Das mag eigentlich jeder, auch wenns nicht alle zugeben. Aber das schafft Vertrauen und weckt angenehme Erinnerungen an die Kindheit. Außerdem stärkt es das Zusammengehörigkeitsgefühl, und keiner ist sich zu schad, bei eigentlich sehr kindlichen Sachen wie »Seid ihr alle da?« mitzumachen.

»Na, dann ruft ihn einfach, und er wird vielleicht erscheinen«, sagte ich.

Die Leute liefen herum und riefen »Barnabas! Barnabas! Wo bist du?« oder ähnliche Sachen. Ich mache das häufig, und der Barnabas kennt das Spiel schon. Er gab sich wie immer einige Zeit nicht zu erkennen und wartete, bis die Frau des Glatzkopfes die Frage stellte, die an dieser Stelle immer kommt:

»Ist er vielleicht gar nicht da?«

Das war sein Zeichen! Fix huschte er hervor und zeigte sich in seiner ganzen Schönheit. Er hat hellbraunes Fell, lustige kleine schwarze Äuglein, eine weiße Brust und einen prächtigen buschigen Schweif, grad wie ein Eichkatzerl[88]. Wenn er wütend wird, fletscht er seine Zähnchen, manchmal lacht er dann aber auch nur. Man muss ihn schon gut kennen, um das Lachen von einem Zornesausbruch unterscheiden zu können, denn er hat sehr spitze kleine Zähne, die aussehen wie die einer Fledermaus oder eines Kojoten.

Heute war er aber sehr zahm und lieb und ließ sich auch von der jungen Frau am Hinterkopf und am Rücken streicheln. Am Schweif mag er es nicht von allen Frauen, und bei der aktuellen Touristin wollte er es unter keinen Umständen, das habe ich gleich gemerkt, weil er sich immer so gedreht hat, dass sie ihn auf keinen Fall dort erwischt.

»So, liebe Leut! Wir haben zwar gesehen, dass Menschen und Tiere harmonisch miteinander umgehen können und sollen, aber trotzdem ist es natürlich wichtig, sich im Notfall verteidigen zu können. Für das freundliche Miteinander ist man ja meist nicht allein verantwortlich, und Konflikte gibt es sogar in der verträglichsten Beziehung. Drum müssts ihr lernen, euch richtig zur Wehr zu setzen. Gegen Menschen wie gegen Tiere. Aggression und Angriffslust sind Dinge, die im Leben vorkommen können. Man muss also drauf gefasst sein, auch amal in einen Kampf um Leben und Tod verwickelt zu werden. Also merkts euch: Harmonie ohne Konflikt gibts leider nur selten, und viele Städter gehen jedem Streit aus dem Weg oder ziehen wegen jedem Mückenstich gleich vor Gericht, je nachdem. Das führt dann dazu, dass man nimmer ehrlich ist miteinand und alles unterdrückt, was einem auf dem Herzen liegt. Das macht krank. Deswegen üben wir heute, einen Kon-

[88] Eichhörnchen

flikt anzunehmen und auszutragen. Und zwar mit einem Tier. Warum mit einem Tier? Des verrat ich euch gern: Tiere sind immer ehrlich und geraderaus. Da gibts kein Taktieren und Lavieren. Und sie sind nicht nachtragend. Bessere Übungspartner für Konfliktbewältigung gibts nicht.«

Meine Touristen blickten erst mich und dann den niedlichen Barnabas zweifelnd an.

»Ein Marder kann auch angreifen«, verkündete ich feierlich. »Daher halte ich unseren heutigen Besuch beim Barnabas für sehr wichtig.« Meine Touristen schauten mich immer noch zweifelnd an. Ja, Herrschaftszeiten. »Es geht um die richtige Kommunikation mit der Umgebung. Bevor ich mit meinen Mitmenschen und Partnern Konflikte lösen kann, muss ich erst amal die Basis erlernen. Und die lernt man durch die Kommunikation mit den Tieren. Egal, was ihr machts: Wichtig isch, auf die eigenen Instinkte zu hören«, sagte ich und machte zwischen den nun folgenden rhetorischen Fragen (wie immer) bedeutungsschwangere Pausen. »Was wollen sie mir sagen? Wann muss ich ihnen folgen? Und wie deute ich das Verhalten des anderen richtig? Ist es Zutrauen? Feindschaft? Interesselosigkeit? Aggression?«

Das machte dann doch (wie immer) mordsmäßig Eindruck auf die Leute.

»Wie kann ich mit einfachen Aktionen oder Gesten ein Vertrauen zu dem Tier herstellen? Wie kann ich den Energiefluss positiv steuern? Kann ich durch bestimmte Hand- oder Beckenbewegungen meine Position stärken?«

Die Seminarteilnehmer schauten mich mit großen Augen an. Jetzt zog ich meinen Trumpf aus dem Ärmel.

»Über die erfolgreiche Kommunikation mit einem Tier

können wir lernen, dass wir nicht wehrlos und der Natur nicht schutzlos ausgeliefert sind, wir erkennen, dass wir uns den Widrigkeiten des Lebens nicht beugen müssen! Wir lernen, dass wir, wenn es hart auf hart kommt, immer noch die Option haben, einfach ohne Scheu zuzuschlagen!«

Meine Gruppe glotzte mich nach wie vor an. Besonders der Glatzkopf. Vermutlich kamen ihm ein paar berechtigte Zweifel an meiner politischen Korrektheit. Doch ich war mittlerweile gut in Fahrt und redete munter weiter.

»Passiver Widerstand ist zwecklos! Daher schlage ich einen kleinen Zweikampf mit dem Barnabas vor. Mag es einer versuchen? Keine Angst, es ist nur ein Spiel, der Barnabas ist eingeweiht, der tut nur so, als ob. Es kann nix passieren.«

Ich blickte die Dame an, die aber dankend abwinkte.

»Ich würde gern einen Marderangriff erleben«, meldete sich da der Alte.

»Gern«, sagte ich ruhig. »Einen Marder wehrt man ab, indem man ihn mit dem rechten Unterarm am Kinn erwischt und ihm mit dem Rücken der linken Hand gleichzeitig eine Ohrfeige gibt. Ich zeigs amal. Barnabas! Attack!«

In Sekundenschnelle schoss der Barnabas auf mich zu und versuchte, mich in den Hals zu beißen. Ich tat das soeben Angekündigte, er verfehlte mich und wirbelte kurz durch die Luft, kam aber wieder sicher auf allen vieren auf. Die Freundin vom Glatzkopf jubelte und klatschte in die Hände.

»Jetzt der Herr!«, sagte ich zu dem Alten.

Der stellte sich in Position und sah so ähnlich aus wie der späte Bruce Lee.

»Attack!«, rief ich und deutete auf den alten Mann.

Barnabas setzte zum Sprung an und flog sehr raffiniert,

leicht von unten kommend, auf ihn zu. Der Alte reckte den rechten Unterarm gekonnt nach vorn, war aber mit seiner Linken zu langsam. Barnabas wurde durch den Hieb am Kinn leicht nach oben geschleudert, aber nicht aus seiner Flugbahn gebracht, und so landete er auf der rechten Schulter meines ältesten Kursteilnehmers, krallte sich ein und setzte zum Biss an. Natürlich simulierte er es nur, um die Gefährlichkeit eines Marderangriffes zu unterstreichen, schließlich sind Marder sehr stolze Tiere und wollen, dass man sie nicht unterschätzt. Er verharrte also mit gefletschten Zähnen, und der Alte bekam es, glaub ich, schon einen Moment mit der Angst zu tun, bis ich ihn schließlich erlöste.

»Barnabas! Aus!«, sagte ich.

Mit einem schelmischen Lächeln ließ Barnabas von seinem Versuchsobjekt ab. Der Alte seufzte erleichtert auf. Barnabas blickte zu mir rüber, als wolle er fragen: »Brauchst du mich noch?«

Ich schaute in die entsetzten Gesichter meiner Sommerfrischler und machte meinem Freund mit einer kameradschaftlichen Kopfdrehung klar, dass er wieder seinen eigentlichen Geschäften nachgehen konnte. Er nickte allen Anwesenden höflich zu und verschwand hinter einem Felsvorsprung.

»Das war jetzt genug für ihn, wir wollen seine freundliche Unterstützung nicht überstrapazieren. Noch amal einen kleinen Applaus für den Barnabas«, heizte ich die Bande wieder an, und sie klatschte dem nicht mehr anwesenden Barnabas Beifall.

»Aber die anderen müssen jetzt auch noch beweisen, dass sie sich einem Konflikt stellen und über ihren Schatten springen können. Wie schauts mit dir aus? Mensch gegen Mensch!«, ermunterte ich den Kinnbart. »Los! Schlag mich! Los!«

Der Kinnbart schnappte nach Luft und begann leicht zu zappeln.

»Überwinde deine innere Barriere. Und nicht vergessen: Eins nach dem anderen! Schlag zu, so fest wiest kannst!«

Da stellte sich der Kinnbart, vor Aufregung schwer atmend und in Boxerpose, vor mich hin, den Kopf lauernd zur Seite gewendet, und holte aus. Ich war freilich darauf gefasst und wich aus.

»Noch mal!«

Er versuchte es erneut. Keine Chance. Viel zu langsam. Ich tänzelte wie eine Ballerina nach hinten und konnte um jeden seiner Schläge einen Bogen machen. Da fing er an rumzujammern.

»Ach, Mensch, so treff ich doch nie, wenn Sie immer ausweichen.«

»Tja, Kamerad, da musst halt schneller werden. Das kannst in der Praxis auch nicht machen, dassd dich beschwerst, wenn jemand ausweicht. Des kann dir -«

Zack! hatte er mich erwischt. Zum Glück nur am Arm. Ich erwog, zurückzuschlagen, besann mich aber gleich eines Besseren. Das wäre schon arg kindisch von mir gewesen. Immerhin sollte er sich ja stark fühlen.

»Guad!«, lobte ich. »Geht doch. Wie schauts mit den Turteltäubchen aus?«

»Och, wissen Sie, Toni«, hob der Glatzkopf an. »Marlies und ich zoffen uns in unserer Beziehung oft genuch, da braucht es, denk ich ma, solch eine Übung nich unbedingt.«

»Auch gut, man muss immer wissen, wann man einem

Konflikt besser aus dem Weg geht«, nahm ich ihren Entschluss dankend an, weil mich der Kinnbart schon sauber am Arm erwischt hatte und ich keinen Bock auf weitere Niederlagen hatte.

»Jetzt habts wieder was glernt. Ihr könnts das Ganze daheim auch mit einer dressierten Katze oder einem Iltis üben, damit ihr für den Ernstfall – gleich ob Mensch oder Tier – gewappnet seid«, sprach ich naseweis.

Die Sonne hing schon recht tief, bald würde es Abend sein. Die Dämmerung in den Bergen ist eine sensationelle Sache, weil die Gipfel in ein purpurnes Licht getaucht werden und jedem Lebewesen automatisch ein Gefühl von Heimat, Obhut und Zuversicht vermitteln. Auch meine Gäste zeigten sich beeindruckt, besonders der Glatzkopf sah sehr zufrieden aus und atmete in tiefen Zügen die gute Bergluft ein.

Dann setzten wir unseren Marsch fort.

Waidsack

Die Leute waren ziemlich geschafft. Ich wusste, meine Gruppe würde nicht mehr lange durchhalten. Das war aber auch kein Wunder. Wir hatten in den letzten Stunden zum Teil steile, steinige Pfade genommen, in tiefe Schluchten geblickt und fast siebenhundert Höhenmeter überwunden. Die Baumgrenze lag längst hinter uns. Der Kinnbart hatte gerade eben noch Nasenbluten bekommen, was aber nicht schlimm war. Ich habe ihm halt ein Tücherl gegeben, damit er sich nicht vollblutet. Das Pärchen sah etwas erschöpft, aber auch sehr zufrieden aus. Nur der Alte schien noch genauso frisch zu sein wie am Morgen. Ein zäher Knochen.

Es waren nur noch etwa fünfzehn Minuten zum Sennwanderhaus. Die schon sehr alte Berghütte ist aus großen Steinen erbaut, so wie man vor Urzeiten Brunnen errichtete, und da sie auf einer Seitenanhöhe abseits vom Gipfelweg steht, herrscht keinerlei Lawinengefahr. Deshalb ist diese Hütte auch noch in exakt demselben Zustand wie zu ihrer Errichtung.

Meine Touristen stöhnten inzwischen ganz offen, aber zum Glück war es nicht mehr weit. Teilweise waren sogar schon das Dach und die Grundmauern der ehemaligen Almhütte zu sehen, in der zu meinem Bedauern schon lange keine schöne Sennerin mehr wohnte, um den Sommer über aufs Vieh der Bauern im Tal aufzupassen. Das rechnet sich heutzutage einfach nicht mehr. Vor ein paar Jahren hat deshalb der Pauschwirt, ein bärenhafter, gutmütiger Kerl, der stets ein wenig nach Zedernholz riecht, die Hütte übernommen und das gastronomische Angebot ausgebaut. Was mir für meine Touren mit eingebautem Seminar natürlich sehr gelegen kommt. Seither sorge ich für den Nachschub an zahlungskräftigen Sommerfrischlern und kann mir im Gegenzug stets freier Kost und Logis gewiss sein. Ein harmonisches Geben und Nehmen also.

Endlich waren wir da. Ich ließ die vier vor der Hütte auf den Bänken hinsetzen und ging hinein ins Sennwanderhaus, um die Schlüssel für die Quartiere zu holen. Als ich die gemütliche Stube betrat, wo im Kamin bereits ein behagliches Feuer brannte, freute ich mich sofort auf einen innigen Abend.

»Salam Alaikum, wann i vorbeikum[89]«, begrüßte ich den Pauschwirt wie gewohnt.

»Habe die Ehre, Dekorateure!«, konterte er ebenfalls hochoriginell.

Der Pauschwirt und ich waren immer für einen flotten Spruch zu haben.

»Wia vui Leit?«[90], erkundigte sich der Pauschwirt.

»Fünf… vier plus ich.«

»Na mach ma ein Fünferzimmer für alle.«

»Lieber ein Viererzimmer plus Separee.«

[89] wenn ich vorbeikomme

[90] »Wie viele Leute?«

»Hou! Warum denn des?«

»As Koch Tinerl is scho heroben, oder? Vielleicht dad ja was geh.[91]"

»Du bist scho a Wuidsau[92], Toni.«

»Woaß i scho.«[93]

Der Pauschwirt klopfte mir mit seiner großen rechten Hand auf die Schulter und gab mir zwei Schlüssel. Einen fürs Viererzimmer, einen fürs Separee.

Ich führte die Wanderlustigen in ihr Quartier und zeigte ihnen anschließend kurz die Örtlichkeiten.

»Treff ma uns in einer Stunde in der Stube zum Abendessen«, sagte ich laut. »Na trink ma noch a Schlückerl mitanand[94]. Ihr werdets eh gut schlafen heut nach dem Aufstieg.«

Wir zogen uns sämtlich zu einer Grundreinigung zurück und trafen uns dann in der sehr heimeligen Stube vom Sennwanderhaus. Es wurde eine großartige Landler-Brotzeit serviert, deren Anblick uns das Wasser in den Mündern zusammenlaufen ließ.

Die Brotzeit bestand aus so herzhaften Zutaten wie einem Großglockner-Kas, einigen hauchdünn geschnittenen Scheiben Speck vom Rapp Horsti, Kaminwurzen[95] vom Lackerbauern, Bierkas, Radieserl, milden Peperoni, scharfen Peperoni, sauren Gurkerln, frischem Landbrot, knusprigen Brezn,

[91] Vielleicht geht da etwas.
[92] Wildschwein
[93] »Ich weiß.«
[94] zusammen
[95] luftgetrocknete Rohwurst

reschen Kerndlsemmeln[96] und Vinschgerln[97], guter Fassbutter, einer Handvoll Bergparadeisern[98], frisch geriebenem Kren[99] und fein gehacktem Kohlrabi.

Die Wandergruppe griff beherzt zu. Diese einfache und doch wundervolle Mahlzeit schmeckte ihnen sichtlich. Für die Menschen aus der Stadt ist das oft eine kulinarische Sensation, denn sie essen sonst doch fast immer nur irgendwelche ungesunden Dinge wie Fertiggerichte, Glutamat oder Zuckerzeugs und kennen gar nichts Gutes. Dieses industrielle Sach sollte man aber tunlichst vermeiden, das macht endlos schlechte Energie. Selbstredend gibt es jene ungesunden Sachen hier beim Sennwanderhaus grundsätzlich nicht. Und beim Schlemmerwirt auch nicht. Da ist das Essen immer gut, da wird keiner enttäuscht. Aber wie schon gesagt, zum Traubeck Bauern geht man besser nicht, weil der ist ein Betrüger.

»Wie heißt denn das weiße, würzige Gemüse?« fragte die Freundin vom Glatzkopf munter kauend.

»Das ist ein Kren«, sagte ich. »Und des Ganze hier ist eine zünftige[100] Brotzeit, bei uns nennt man das auch *Jause.*«

Ich sah dem Glatzkopf zu, wie er sich zwei Kaminwurzen auf einmal in die Backen stopfte und ausschaute wie ein Hamster. Auch der Kinnbart haute rein, als gäbs kein Morgen.

»Ansonsten bietet die gesamte Bergregion eine Unzahl ganz einfacher und doch schmackhafter Speisen und köstlicher Getränke. Natursauerteigbrot, gute Butter, Bergkäse, Gurken

96 Vollkornsemmeln
97 kleine Fladenbrote aus Natursauerteig
98 Bergtomaten
99 Meerrettich
100 ordentliche

und Salami bilden eine wunderbare Einheit. Gesottenes, Gebratenes, Geselchtes[101] oder Gegrilltes findet seinesgleichen mit reschem Gemüse und Ofenkartoffeln. Dazu trinkt man ein kühles Bier oder einen kräftigen Rotwein, den wir in unserer Region immer leicht kühlen, oder einen spritzigen Weißwein. Gut sind auch frisches Quellwasser oder auch einmal ein schönes Kracherl[102]. Zwischendurch erfrischt man sich am besten mit frischer Buttermilch. Nach dem Essen gibt es einen Schnaps, der der Verdauung förderlich ist.«

Mir lief bei meinen eigenen Worten das Wasser im Mund zusammen. Da ich jedoch nicht rüberkommen wollte wie ein siebengescheiter Ernährungswissenschaftler, schloss ich meine Rede mit einem kleinen Scherzerl.

»Das Gsündste, was man als Mensch essen kann, ist, wenn man von einem lebendigen Viech ein Stückerle runterbeißt.« Abrupt hörten alle das Kauen auf. »Das macht dem Tier auch nix aus, das vernarbt innerhalb von ein paar Wochen, da brauchts euch keine Sorgen machen. Müssts nur aufpassen, wenn es ein wildes Tier ist. Dann müsst ihr schnell laufen. Denn sonst tötet euch das Tier.«

Die Frau machte große Augen.

»Echt?«, fragte sie mit offenem Mund.

Manchmal frage ich mich, wie viel Schmarrn man den Leuten eigentlich noch erzählen kann.

»Probiers halt aus!«, rief ich ihr launig zu. »Ich hab euch übrigens ein paar Rezepte für traditionelle Gerichte zusammengestellt, die könnts ihr in der Broschüre nachlesen, die ich ges-

[101] Geräuchertes

[102] Limonade

tern ausgeteilt hab, und zu Haus nachkochen, damit ihr euch noch lange an die behaglichen Tage in den Bergen zurückerinnern könnts.«

»Das ist aber nett!«, sagte der Glatzkopf, schnalzte kurz mit der Zunge und wippte beipflichtend mit dem Kopf.

»Wie bekommen eigentlich die Hüttenwirte ihre Lebensmittel auf die Berge hinauf?«, fragte der Alte.

»Im Fall vom Sennwanderhaus ist das einfach, weil von hinten eine Straße raufführt. Da kann man es mit dem Auto hinfahren. Es gibt in der Gegend aber Wirte, die nicht so ein Glück haben, die tragens dann zu Fuß rauf, wobei meistens die Familie oder ein Knecht mithilft, andere lassen sichs mit dem Hubschrauber raufbringen.«

»Wirklich? Mit einem Hubschrauber?«, fragte der alte Geselle.

»Ja freilich. Allein die massenhaften Getränke, die in den Hütten Abend für Abend verzehrt werden. Da ist ein Helikopter sehr hilfreich beim Transport. Bitte beschwert euch also nicht über unsere etwas höheren Preise, weil dafür bekommts ja auch einiges geboten und die gute Luft gratis dazu. Also freuts euch, dass wir uns so viel Mühe geben.«

Die Gruppe machte sich weiter über das Essen her und freute sich, dass wir uns so viel Mühe geben. Und ich freute mich, dass es allen so gut schmeckte, weil es gibt ja sonst oft ein paar besonders Schlaue, die über jeden Bissen erst einmal eine halbe Stunde nachdenken und dann noch ein dreistündiges Referat halten über das, was man essen soll und was nicht. Da sind dann alle schon mit ihrer dritten Mahlzeit fertig, da reden die immer noch. Oft sind solche Leute dann zu allem Übel auch noch Vegetarier. Das sind ja meine speziellen

Freunde. Wie kann man denn nicht einmal einen Speck essen? Das ist doch krank! Ich mach dann manchmal einen Scherz, indem ich frag: Bist du ein eingefleischter Vegetarier? Kapieren aber nur die wenigsten. Oft kosten solche Menschen einen Kraft, ohne dass sie was machen oder was sagen. Weil, wenn man sich zu einseitig ernährt, muss man seine Energie wahrscheinlich von woanders herziehen, nämlich zum Beispiel von den Mitmenschen. Viele zwingen sogar ihre Kinder, dass sie sich von Wurzeln und Kürbiskernen ernähren, und wundern sich dann, wenn die Kinder rebellieren und eine Ausbildung zum Fleischer machen oder gleich in die Finanzwirtschaft gehen und innerlich verrotten. Und noch schlimmer sind ja die sogenannten Veganer, die haben ja den totalen Knall. Die fressen nicht einmal einen Honig, geschweige denn, dass sie einen Käse oder ein Frühstücksei zu sich nehmen. Nein, nein, Veganer sind wirklich ein Kreuz. Solche habe ich auch schon ab und zu heroben gehabt, die habe ich dann aber auf eigene Faust wieder runtergeschickt, nicht, dass es einen von denen wegen einem Schwächeanfall zamhaut[103], und ich bin dann schuld.

»Zum Glück ist keiner von euch ein Vegetarier«, bemerkte ich.

»Lustig, dass Sie davon sprechen. Ich habe gerade neulich in einem Buch eine Geschichte gelesen, in der ein Mann in eine Gesellschaft von Vegetariern geriet«, begann der Alte zu erzählen. »Er wusste allerdings nicht, dass dem so ist, und hatte als Gastgeschenk ein selbstgemachtes mährisches Gulasch mitgebracht, was ihm nur mit angewiderten Blicken und verächt-

[103] umhaut

lichen Kommentaren gedankt wurde. Diese Verrückten wussten das Geschenk einfach nicht zu würdigen.«

»Wie heißt denn der Schriftsteller? Kennt man den?«, fragte der Glatzkopf.

»Ich les zur Zeit am liebsten die Bücher von Stephenie Meyer«, flüsterte seine Freundin.

»Er heißt Konecny, ein Tscheche«, sagte der Alte bestimmt.

»Noch nie von dem gehört«, murmelte kauend der Glatzkopf.

»Er schreibt sehr humorvoll«, verteidigte der Alte den Literaten.

»Macht er sich über die Vegetarier lustig?«, fragte ich.

»Aber ja! Er zeigt die Absurdität von Nahrungsfanatismus auf, und dies auf wirklich treffliche Art und Weise. Ich kann ihnen gern seinen Namen aufschreiben.«

»Das würde mich freuen«, sagte ich ehrlich, denn ich konnte mir beim besten Willen nicht vorstellen, wie man diesen Namen schreibt.

Der Alte nahm einen Notizblock samt Bleistift aus der Tasche und notierte mir fein säuberlich den Namen des Schriftstellers. Das gefiel mir, denn ich bin immer auf der Suche nach inspirierender und erheiternder Lektüre.

»Haben Sie auch Bücher von Luis Trenker?«, fragte ich listig.

»Nein«, sagte der Alte.

Wie gewonnen, so zerronnen.

Brauchtum und Medizin

Wie das Leben so spielt, ging in diesem Moment die Tür auf und meine eh schon gute Laune verbesserte sich noch mehr: Das Koch Tinerl kam im Bademantel und mit einem weißen Handtuch um den Kopf herein. Ich war sofort wie frisch verliebt.

»Grüß GOTT beianand[104]«, sagte sie lieb.

»Grüß GOTT«, antworteten wohlerzogen meine Gäste. Und ich auch.

»Tinerl! Hock dich zu uns her«, ermunterte ich sie.

»Naa, ich hol mir nur schnell a Buttermilch und geh dann ins Schlafgemach.«

»Geh weida, nur a Viertelstund!«

»Guad, na ruck rüber, Doni«, sagte das Tinerl und setzte sich neben mich, sodass ich ihre schönen Schenkel sehen konnte.

»Da habts aber eine schöne Jausn kriagt[105]«, sagte sie strahlend.

»Ja, und allen hats gschmeckt«, bestätigte ich.

[104] zusammen
[105] bekommen

»Mei, Doni, dadst[106] du mir die Buttermilch holn. Da gfrei i mi[107] scho seit Stunden drauf!«

»Aber freilich, Tinerl«, sagte ich und erhob mich.

Der Pauschwirt hat immer eine ganz großartige Buttermilch im Haus, und er schenkte mir fürsorglich einen halben Liter in einen Krug. Als ich zurückkam, waren die drei Herren bereits recht aufgeblüht, und jeder versuchte, besonders originell und charmant zu sein. Die Frau vom Glatzkopf hingegen fixierte das Tinerl mit zusammengekniffenem Mund und kleinen gefährlichen Äuglein. Ich beschloss, die Zusammenkunft in absehbarer Zeit zu beenden und mich für den Rest des Abends lieber darauf zu konzentrieren, dass mit dem Tinerl noch was geht. Ohne gierende oder giftige Sommerfrischler.

In diesem Augenblick ging erneut die Türe auf, und der Herr Doktor trat ein! Unser Bergdoktor ist mittelgroß, hat festes, braunes Haar und immer leicht glasige Augen. Am linken Wangenknochen hat er eine Narbe, deren Herkunft aber außer ihm niemand kennt.

»Mahlzeit, die Herrschaften!«, sagte er jovial. »Darf ich mich dazugesellen?«

»Ich denke, da hat keiner was dagegen, oder?«, fragte ich in unsere bescheidene Runde. Und ich hatte richtig geraten, es hatte tatsächlich keiner etwas dagegen. »Darf ich vorstellen, das ist der Herr Doktor! Habe die Ehre, Herr Doktor!«

»Werds zuhaus zu rühmen wissen«, antwortete der Herr Doktor wie immer mit seinem Lieblingszitat aus Heinrich Manns Roman »Der Untertan«. Unser Bergdoktor ist ein

106 würdest

107 freue ich mich

aufgewecktes Kerlchen. Er wohnt zwar nicht in unserer Gemeinde, hat aber jeden Mittwoch und jeden Freitag von 8:00 bis 13:00 Uhr Sprechstunde in einem Zimmer in der oberen Etage beim Schlemmerwirt. Er kommt danach oft hinauf ins Sennwanderhaus und spielt auf seiner Gitarre. Das mögen alle gerne. Damit der Herr Doktor mit der Musik anfängt, muss man ihm aber immer etwas hinstellen, damit er seine Kehle ölen kann.

»Jetzt wissts ihr ja schon einiges über uns hier heroben auf dem Berg. Aber das eigentlich Schöne in unseren Gefilden sind eindeutig die Urigkeit und der Schnaps. Drum tät ich sagen, trink ma noch einen, ha?«

Das war in jedermanns Sinne. Wir nahmen einen zur Brust, und wie ich es vorausgesehen hatte, lieh sich der Herr Doktor schon nach wenigen Minuten vom Wirt die Gitarre aus, um ein kleines Gstanzl zum Besten zu geben, und alle lauschten den wunderschönen Klängen, die er seiner Gitarre und seinem Munde entlockte.

Da Bauer hat xuffa
und nachmittags gspiem,
na san eam die Facke
vom Stoi aussebliem.

Die Bäurin auf Nacht
hat gschaugt mit am Gfrieß,
da Bauer hat glacht und xagt:
»Mach doch koa Gschieß.«

Die Sei durt im Hof draussd
san gjagt umanand,
da Bauer sprach: »Auf gehts,
fang mas ei mitanand!«

Dzei san im Stoi
und die Bauersleit zhaus,
er schenkt si a Bier ei,
sie ziagt si schomoi aus.[108]

Die letzte Liedzeile hatten alle verstanden, und mit wissendem Blick lachten sie einander zu. Das war dann ein sehr gemütlicher Ausklang, und ich war eigentlich recht zufrieden mit dem Tag.

Alle waren satt, müde und mit der Welt im Reinen. So wie es sich gehört.

108 *Der Bauer hat getrunken*
und sich nachtmittags übergeben,
da sind ihm die Ferkel
außerhalb des Stalles verblieben.

Die Bäuerin am Abend
hat ein langes Gesicht gemacht,
der Bauer hat gelacht und gesagt:
»Mach doch kein Gezeter.«

Die Säue im Hof draußen
sind umhergejagt,
der Bauer sprach: »Los,
fangen wir sie gemeinsam ein!«

Die Säue sind im Stall
und die Bauersleute zuhaus,
er schenkt sich ein Bier ein,
sie zieht sich schon mal aus.

Der Glatzkopf wandte schließlich den Blick vom Tinerl ab und gähnte.

»Ich bin hundemüde. Wollen wir schlafen gehen, Schatz?«, fragte er, und seine Frau tat so, als ob auch sie gähnte.

»Ja, gern.«

»Ich schließ mich an, bin ganz schön geschafft«, sagte der Kinnbart aufrichtig müde.

»Recht so«, sagte ich. »Legts euch hin, weil wir sollten vor dem Sonnenaufgang aus den Federn kommen, das ist nämlich mit das Schönste, was ihr jemals gesehen habts! Außerdem haben wir ja den Abstieg vor uns, der es ebenso in sich hat. Der geht vor allem auf die Knie. Ich wünsche eine gute Nacht beisammen!«

So standen sie alle auf und empfahlen sich. Nur der Alte blieb hocken. Hatte er nicht zugehört? Der Knilch ging mir langsam doch auf die Nerven. Sogar der Pauschwirt kam jetzt herein und blickte müde in die Runde.

»Ich werd mich auch zur Nachtruhe begeben. Schreibst halt auf, was ihr noch trinkts, Toni!«, sagte er. Wir kannten uns schon lange, und er vertraute mir blind.

Nun waren nur noch der Herr Doktor, der Alte, das Tinerl und ich übrig.

»Na? Steht das Dorf noch?«, fragte der Alte den Doktor unangemessen kumpelhaft und schielte aus den Augenwinkeln ununterbrochen auf die wunderbaren Beine vom Tinerl. »Die Leute im Ort scheinen derzeit ja ganz schön unter Strom zu stehen.«

»Keine Bange, momentan ist alles halbwegs friedlich, aber man weiß ja nie, was geschieht. Seit das Zacherl fort ist, passieren ja immer wieder unvorhergesehene Dinge«, antwortete der Doktor höflich.

Vor Schreck verschluckte sich das Tinerl an ihrer Buttermilch und sah mich mit großen Augen an. Ich blieb ruhig.

»Glauben Sie jetzt etwa auch an diese Ammenmärchen?«, fragte das Tinerl entrüstet den Herrn Doktor. »Das ist doch alles Waschweibergeschwätz!«

»Leider nicht, meine Liebe. Leider nicht«, beharrte der Herr Doktor auf dem Boden der Tatsachen.

»Was hat es denn nun eigentlich mit diesem Zacherl auf sich?«, fragte unbedarft der Alte. »Das kann doch nicht alles Autosuggestion sein, oder? Was meinen Sie? Als Fachmann. Der Toni hat mir ja schon ein bisschen über Ihre missliche Lage berichtet, aber so ganz verstanden hab ichs noch nicht.«

Der Alte ging mir allmählich tierisch auf den Sack.

»Ja wissens«, plauderte der Doktor freimütig daher, »seit dem Tag, an dem das Zacherl verschwunden ist, herrscht Zwiespalt und Zank im Ort. Die Leute beten jeden Tag zum HERRGOTT, dass das Zacherl wieder auftaucht. Doch bis zum heutigen Tag ist es fort, und ein schleichendes, aber spürbares Misstrauen, das da von Woche zu Woche angewachsen ist, hat sich im ganzen Dorf breitgemacht. Und es wird immer schlimmer!«

Er konnte ja nicht ahnen, dass ich den Leuten vorhin etwas anderes erzählt hatte.

»Die Überlieferung besagt:«, fuhr er mit leiser Stimme fort, «Wenn das Zacherl am Tag der Kirchweih aufgehängt wird, so ist alles gut, und es wird weder Zank noch Neid noch Betrübnis geben. Hängt es jedoch nicht da, wo es hingehört, so werden Verdruss, Qual und Kummer entstehen … Und genauso ist es gekommen«, setzte er dem Fass den Deckel auf.

»Na ja, jetzt übertreibens aber scho a weng[109], Herr Doktor«, grätschte ich geistesgegenwärtig dazwischen. »So schlimm ist es bei uns nun auch wieder nicht, gell?«

Der Arzt sah mich überrascht an. Dann konnte ich förmlich sehen, wie es in seinem Hirnkasterl arbeitete. Er kombinierte rasch und verstand schließlich: Die Touristen sollen nicht in unsere internen Probleme eingeweiht werden.

»Ja. Schon. Das ist alles halb so wild«, sprach er endlich ebenso geistesgegenwärtig. »Also ich persönlich glaub nicht daran!«

»Und Sie?«, fragte mich der Alte plötzlich ganz direkt. »Glauben Sie daran?«

»Äh«, ich geriet ein wenig aus der Fassung. »Nein?« Das Tinerl sah mich sehr aufmerksam an. »Ich meine: natürlich nicht! Das Zacherl ist zwar so eine Art Glücksbringer unseres Dorfes, aber letztlich nichts als ein altes Stückerl Stoff, das im Wind baumelt. Oder, wie im Moment, halt nicht im Wind baumelt.«

»Tja. Da bin ich ja amal gespannt, wie es im Dorf zugeht, wenn wir wieder unten sind«, sagte der Alte und gähnte. »Es wird höchste Zeit, dass ich mich schlafen lege. Morgen früh vor Sonnenaufgang gehts los, nicht wahr?«

»Ja«, antwortete ich einsilbig und lächelte. »Nacht.«

Der Alte lächelte zurück und verschwand in der Dunkelheit.

Ich blickte zum Tinerl, die mich immer noch genau musterte. Jedes Wort zu viel schien mir im Moment brandgefährlich. Und einer erfüllenden Nacht unzuträglich. Also wechselte ich vorsichtshalber schnell das Thema.

[109] ein wenig

»Wie stehts jetzt eigentlich mit dieser Kaffeefahrt, Doc?«, fragte ich den Herrn Doktor. »Sind der Mike und die Heidi immer noch im Clinch wegen der Sache?«

Der Zwist hatte die ob des fehlenden Zacherls ohnehin schon brisante Stimmung im Hause Zirngiebl schon seit längerer Zeit zusätzlich angeheizt, und meine Touristen waren gestern Abend auch noch Zeugen geworden, was mir gar nicht schmeckte. Alles hatte damit begonnen, dass ein Geschäftsmann aus Norddeutschland letztes Jahr beim Schlemmerwirt angefragt hatte, ob er bei ihm eine Werbe- und Verkaufsveranstaltung durchführen könne. Wenn diese Probeveranstaltung ein Erfolg werden würde, so jener Geschäftsmann, könne man sich auch gerne über eine dauerhafte Zusammenarbeit unterhalten. Irgendwelches Zeugs sollte da an Flachländer älteren Semesters verkauft werden, die extra für die Veranstaltung angekarrt werden sollten. Der Veranstalter hatte den Zirngiebls ein ordentliches Geld dafür in Aussicht gestellt. Und von da ab flogen die Fetzen. Der Thomas und der Mike wolltens machen, die Heidi nicht. Sie sagte, dass man die Leute nicht verarschen dürfe, nur damit der Veranstalter ein Geld dalässt. Und da hatte sie ja auch nicht ganz Unrecht. Immerhin handelte es sich dabei um die reinste Abzockerei, bei der ältere Herrschaften um ihr Erspartes gebracht werden, um am Schluss nur mit einer Heizdecke und einem Pfund billigen Kaffee nach Hause zu gehen. Bei dem Argument fing der Mike aber das Toben an und hat geplärrt, sie solle ihr vorlautes Mundwerk halten, und die Rentner seien ja auch in der Lage, ihr Kreuzerl bei der Wahl zu machen, und Auto fahren würdens schließlich auch, aber wenns um eine harmlose Kaffeefahrt geht, dann müsst man sie auf einmal vor sich selbst schützen und ihnen jede Form der Mündigkeit absprechen. Ich bin da insgesamt eher auf der Seite vom Thomas und vom Mike, weil: Wer wählen gehen kann, kann auch einkaufen. Und uns bringts ein schönes Geld. Die Zenzi hat sich da rausgehalten und gesagt, sie füge sich der Mehrheitsentscheidung, was jetzt eher untypisch für die Schlemmerwirtin ist. Letztlich wurde die Geschichte von Woche zu Woche verschoben.

Jetzt, wo ich so darüber nachdachte, war ich mir plötzlich gar nicht mehr so sicher, ob die Heidi nicht doch Recht hatte. Immerhin sind die Senioren ja auch unsere Gäste. Und wir sind nicht der Traubeck Bauer, sprich Betrüger. Mir wurde plötzlich heiß und kalt zugleich.

»Die Heidi hat inzwischen klein beigegeben, soweit ich weiß«, sagte der Doktor nachdenklich. »Heut Mittag in der Sprechstunde, bei ihrer Fußsohlenakupressur, hat sie mir erzählt, lieber find halt die saublöde Werbeveranstaltung im Festsaal statt, als dass sie sich zuhaus jeden Tag mit dem Mike streiten muss, und im Schlafzimmer sei eh schon seit Monaten nichts mehr zusammengegangen. Ihre liebe Ruhe und ihr Eheleben seien ihr da bedeutend wichtiger als irgendwelche senilen Sommerfrischler, die es wahrscheinlich ohnehin nicht noch amal bis zu uns in die Berge schaffen. Ich habe ihr geraten, dass sie zum Schlafengehen einen Fencheltee trinken soll, der beruhigt und reinigt, und außerdem wird er ihr guttun.«

»Des isch guad. Also findet die Geschichte morgen Abend statt?«, fragte ich scheinheilig, weil ich wusste, dass der Thomas und Mike dem Veranstalter schon vor Wochen zugesagt hatten.

»So schauts aus«, sagte der Herr Doktor.

Das Ganze hatte nämlich auch schon über die Familie Zirngiebl hinaus einige Wellen geschlagen. Am End haben sich sogar der Schipfer Päda und seine Frau wegen der Sache gestritten. Als der Päda der Trudi nämlich erzählt hat, dass die Veranstaltung stattfindet, dass aber die Heidi und die Zenzi noch nichts davon wissen dürfen, hat die Trudi heimlich Kontakt zu den Werbefritzen aufgenommen. Sie wollte eine ihrer Plastikpartys mit ihnen vereinbaren. Als der Päda das erfahren hat, ist er natürlich komplett durchgedreht. Dazu muss man wissen, dass die Frau vom Bürgermeister schon seit Längerem eine große Anhängerin von Küchen- und Haushaltsprodukten aus Plastik ist. Sie veranstaltet in regelmäßigen Abständen Plastikhaushaltsaufbewahrungsmittelpräsentationsveranstaltungen (sogenannte *Partys*), bei denen neue Produkte vorgestellt werden und auch erworben werden können. Der Päda ist da nicht so begeistert, weil sie monatlich eine Menge Geld für diese Dinge ausgibt und im Bürgermeisterhaushalt nach Ansicht vom Päda schon ausreichend Plastikzeug vorhanden ist. Sie sieht das freilich anders und wollte die angekündigte Werbeverkaufsveranstaltung zur Präsentation ihrer Artikel nutzen, da sie Rabatte bekommt, wenn sie viele dieser Sachen weiterverkauft. Aber die Werbefritzen, hat mir der Päda im Vertrauen erzählt, haben die Kooperation mit der Trudi abgelehnt. Vermutlich, weil die nur ihre eigenen Sachen verkaufen wollen und keine Konkurrenz wünschen. Da war die Trudi natürlich sauer und wollte ihrem Mann verbieten, dass diese Hundskrippl in ihr schönes Dorf kommen. Aber der Päda hatte dem Zirngiebl Thomas und dem Mike ja schon gesagt, dass die Veranstaltung genehmigt sei, und da hatte die Trudi leider den Kürzeren ziehen müssen. Worüber sie wiederum gleich doppelt sauer war.

Dass diese Werbefritzen auf diese Weise solch eine Unstimmigkeit bei den Zirngiebls und in die Bürgermeisterfamilie brachten, schmeckte mir ganz und gar nicht.

»Die Werbeleute haben den Festsaal jedenfalls heute Vormittag gleich noch begutachtet«, fügte der Herr Doktor hinzu.

»Und, wie waren die so, diese Werbefritzen? Hat die Heidi da was erzählt?«, fragte das Tinerl.

»Des weiß ich jetzt nicht, die Heidi ist aus Prinzip nicht hingegangen, als die da waren«, sagte der Doktor. »Schlitzohren sind sie gewiss, denn was auch immer die da verkaufen, Qualitätsware ist das bestimmt keine.«

»Wie heißt denn die Firma? Kennt man die?«, fragte ich.

»Nein. Ich hab noch nie etwas von denen gehört. TV Club Europa oder Europe oder so, glaub ich. Irgendwas mit Club jedenfalls«, klärte mich der Doktor auf.

»Vermaledeite Geschäftsbrut, elendige!«, murmelte ich.

In mir reifte die Erkenntnis, dass uns das fehlende Zacherl dazu gebracht haben könnte, den betrügerischen Halunken Tür und Tor zu öffnen! Genau vor einem Jahr, an dem Abend, wo das Zacherl verschwunden ist, ging es los mit dem Gerede um die Veranstaltung. Und jetzt sollte sie just am Kirchweihtag stattfinden!

»Sammer froh, wenns wieder weg sind«, sagte gelassen der Doktor.

»Die dreckigen Werbeschweine sollen uns zufriedenlassen«, regte ich mich ob der plötzlichen Erkenntnis weiter auf. »Des können Sie ja jetzt natürlich nicht wissen, Herr Doktor, aber des soll ja die Auftaktveranstaltung für eine ganze Kaffeefahrten-Reihe werden! Wenn die einmal da sind, dann werden wir die nimmer so schnell los! Des müss ma verhindern, dass die sich hier dauerhaft einnisten. Die Betrüger! Gemeindekasse hin oder her. So können wir auf Dauer nicht mit unseren Gästen umgehen! Wir sind nicht die Traubecks!«

»Jetzt beruhig dich, Douni«, stoppte das schöne Tinerl meine rasant wachsende Anteilnahme. »Mir schau ma uns die Gschicht erst amal an, und dann reden wir weiter. Vielleicht san die ja gar ned so schlimm, wie du sie jetzt darstellst.«

»Eins derfst ma glauben!«, sagte ich, immer noch aufgebracht. »Die sind das Letzte! Die haben uns alle ganz deppert gemacht mit ihrem Geld! Da werd ich mich schon reinhocken und a bisserl Meiserl spuin[110]. Diese Redner da müssens ja faustdick hinter den Ohren haben. Außerdem werd i wiadsau[111] aufpassen, dass die keinen übers Ohr hauen! Sonst donnerts! Aber gewaltig!«

Wir saßen eine Weile still da. Jeder in seinen Gedanken versunken.

»Des ist ois nur die Schuld vom Zacherl!«, seufzte ich.

Das Tinerl richtete sich abrupt auf.

»Dann war des vorhin also bloß so dahingsagt. I glaub, ihr verrennts euch ganz schee in den Schmarrn!«

Der Doktor und ich tauschten kurz einen Blick aus. Wir wussten, dass der Dorffrieden nicht umsonst schiefhing. Manchmal liegen die Frauen mit ihrer Intuition einfach gewaltig daneben.

»Wie auch immer. Egal, ob Hokuspokus oder Fluch«, lenkte der Doktor ein. »Interessieren würds mich trotzdem, wer denn jetzt das Zacherl gestohlen hat.«

110 Mäuschen spielen

111 wie die Sau

»Die Traubecks scheiden aus, weil die waren ja angeblich bei Verwandten in Worms«, sagte ich. »Is des eigentlich gwieß[112]?«

»Ja«, antwortete der Doktor. »Nur waren sie nicht bei Verwandten. Ich selbst habe den Traubeck und seinen Sohn seinerzeit auf Kur nach Worms geschickt. Sie waren beide wegen eines Magenleidens dort.«

»Vermutlich haben sie von ihrem eigenen Essen probiert und sich dadurch den Waidsack[113] verdorben«, sagte ich und lachte.

»Vielleicht. Jedenfalls hab ich ihnen dann die Kur verschrieben und Tabletten, die sie mehrmals täglich nehmen sollten. ›Gar nix nimm ich‹, hat der alte Traubeck gesagt. ›Scherens sich zum Geier mit Eanam[114] Dreck. Sie san ja ned amal von dera Gegend. Was wolln jetz Sie mir erzählen? I friss des Zeugs ned. Und mei Bua aa ned. Und wamma dro varrecka miassn.[115]‹ Da war mir klar, dass ich bei meinen Patienten wohl wenig Chancen haben würde, und ich ersann eine List: Ich ging hinunter in die Schwemme und lieh mir die alte Gitarre. Damit kam ich zurück ins Sprechzimmer und spielte den Traubecks ein lustiges Gstanzl vor. Das Lied hat ihnen scheints gefallen oder Angst gemacht, und sie waren von meiner Darbietung wohl derart überzeugt, dass sie letzten Endes der Kur zugestimmt und die Tabletten mit- und später eingenommen haben. Die beiden haben die Therapie in Worms nachweislich angetreten, gut überstanden, und sie erfreuen sich meines Wissens bis zum heutigen Tag bester Gesundheit.«

112 Ist das eigentlich sicher?

113 Magen

114 Ihrem

115 Selbst wenn wir daran sterben müssen.

»Und sie werden vermutlich noch lange Zeit gemeinsam die Gäste nach Strich und Faden begaunern«, beendete ich die Geschichte.

Das Tinerl gähnte. Das war mein Stichwort.

»Ich hab das Separee für mich«, flüsterte ich ihr zu. «Magst heut Nacht bei mir schlafen?«

»Gern, Toni«, antwortete das Tinerl lieb. »Aber dann gleich, weil ich will ja schließlich auch was von dir haben.«

Der weibliche Pragmatismus ist schon manchmal umwerfend.

»Wir ziehen uns zurück, wünsche wohl zu ruhen, Herr Doktor«, sagte ich.

»Guad Nacht, ihr zwei Hübschen«, entließ uns der Herr Doktor in die Nacht.

So erhob ich mich und mit mir das Tinerl. Meine Vorfreude war groß, und meine Brust war angefüllt mit Übermut und Ungeduld.

Innenschenkel

chön warm hast es herin«, sagte sie, während sie sich neben mich auf das Bett setzte und das Handtuch vom Kopf nahm, sodass ihre blonden Haare herausfielen und es angenehm nach Shampoo roch.

»Damitst nicht frierst, Tinerl«, sagte ich, während ich meine Haferlschuhe abstreifte.

Ich musste an ein Stelldichein denken, das ich vor einigen Jahren mit ihr hatte, ein wunderschönes Erlebnis. Ich war seinerzeit mit einer kleinen Holzleiter spätnachts zu ihrem Elternhaus geschlichen und hatte die Leiter unter ihrem Fenster abgestellt. Ohne ein Geräusch zu machen, war ich Sprosse für Sprosse hinaufgeklettert. Nicht einmal mein klopfendes Herz und meinen Atem hatte man hören können. Oben angekommen, kratzte ich sachte am Fensterrahmen. Ich lauschte. Nichts. Ich kratzte noch mal. Da ging das Licht an, und das Tinerl kam in ihrem schneeweißen Nachthemd ans Fenster. Sie versuchte, in der Dunkelheit etwas zu sehen, was ja schwer ist, wenn man in einem hellen Raum ist. Endlich erkannte sie mich und sagte, für mich unhörbar: »Toni.« Ich sah nur die Lippenbewegung. Dann öffnete sie das Fenster, und gleich stieg mir ihr Niveacremeduft mit einer perfekten Nuance Leidenschaftsaroma in die Nase. Ich krabbelte lautlos hinein. Die darauf folgenden Stunden waren mehr als die Erfüllung geheimer Träumereien. Sie waren sozusagen formvollendet. Danach schauten wir, dass ich auch nichts liegen gelassen hatte, und ich verabschiedete mich wieder durchs Fenster nach unten. Das Fensterln ist schon ein hübscher Brauch, das könnten andere Kulturkreise ruhig übernehmen.

Und jetzt war es nach langer Zeit wieder so weit! Das Tinerl duftete immer noch nach Niveacreme und Leidenschaft. Ich legte meinen Arm um ihren Rücken, strich ihr eine Haarsträhne aus dem Gesicht und hinter ihr Ohr, küsste ihren Hals, ihre Wangen und kam schließlich zum Mund. Ihre schönen Lippen waren schon leicht geöffnet, und ich hörte ihren leisen, süßen Atem. Wir küssten uns wie zwei Jugendliche und waren auch genauso aufgeregt. Dann öffnete ich ihren Bademantel. Der Duft wurde noch lieblicher, und mein Herz pochte noch lauter. Ich zog sie zu mir, und ihre weißen, vollen Brüste schmiegten sich an den Querriegel meiner Lederhose. Sie stöhnte, und ich streichelte sie überall, wobei sich ihr Bademantel komplett öffnete. Es bot sich mir ein herrlicher Anblick. Wie eine frischgemähte Almwiese mit Gänseblümchen. Es war alles so appetitlich, so duftend, so rein, so vollkommen, dass ich nicht anders konnte, als mich mit Händen und Mund für eine Viertelstunde nichts anderem als dieser herrlichen und nur ausgewählten Glückspilzen zugänglichen Welt zu widmen. Besonders bedachte ich ihre Innenschenkel, was das Tinerl sehr gern hatte. Sie bäumte sich auf vor Lust und dirigierte leicht meinen Kopf mit ihren schönen Fingern durch die Gipfel und Täler ihres Verlangens. Dann öffnete ich geschickt den Latz meiner Lederhose, schob meine Hosenträger zur Seite und zog die Hose mitsamt den Socken hinunter. Ich finde, die Socken sollte man bei jeder Art von intimer Betätigung ausziehen, weil das gehört sich einfach nicht. Außer wenn es einmal schnell gehen soll, da ist natürlich jedes Mittel recht. Nun schleckten wir hemmungslos aneinander herum, dass mir beinahe Hören und Sehen verging. Ich versuchte, mich auf etwas Neutrales zu konzentrieren, damit ich nicht schon nach zwei Minuten »Erster« rufen würde. Also dachte ich an eine Sitzung mit Leuten aus dem Marketing, die alle so aussahen wie der Glatzkopf. Das half. Aber irgendwann drohte mir die ganze Freude zu vergehen, drum dachte ich schnell wieder an das Tinerl und schaute zu ihr hin. Ein einziges Behagen!

Ich packte das Tinerl, und gemeinsam arbeiteten wir uns quer übers Bett bis runter in die »Gämsenstellung« vor. In der Gämsenstellung liegt die Frau mit dem Oberkörper auf der Matratze und kniet auf dem Boden vor dem Bett, der Mann kniet hinter ihr. Sie kann ihm quasi nicht aus, weil sie sozusagen zwischen ihm und dem Bett »fixiert« ist. Dennoch hat er nahezu zu sämtlichen Regionen der Frau freien Zugriff, kann amal etwas fester zupacken, aber auch sehr liebevoll und zart sein. Eine sehr schöne Position, die uns die Gämsen da auf abschüssigen Felsen vorgemacht haben und uns damit so wunderbar inspirierten! Mehr Hüttenzauber kann man in einer Nacht beim besten Willen nicht bewerkstelligen. Wollüstig stöhnend kamen wir zum Höhepunkt und wanden uns dabei vor Lust. Danach kletterten wir wieder aufs Bett und lagen selig nebeneinander da. Wie zwei Welpen im Mutterschoß. Die Lust war noch spürbar im Raum, aber innerlich war uns entspannt, romantisch und sentimental zumute.

»Muasst du ned aa manchmal an die Schul denken?«, fragte das Tinerl süß.

»Scho«, sagte ich.

»Ihr warts ja vui älter ois wia i. Aber habts mi oiwei mitgnumma, wenns was ausgheckt habts.«[116]

»Ja, freili, du warst halt scho immer oane vo[117] uns.«

»Du bist echt liab, Doni.«

Wie wundervoll sie meinen Namen aussprach.

»Du scho aa, Tinerl!«

Sehr liebevoll ineinander verkeilt, schlummerten wir wie zwei Kätzchen ein. Und ich wusste, dass wir uns immer haben würden, und hoffte, das Tinerl würde es genauso sehen wie ich. Auch wenn amal ein paar Jahre vergehen, schwelgte ich weiter, so konnte doch kein Wässerchen unsere Liebe trüben und keine Eifersucht und kein Besitzdenken je unsere Eintracht stören. Der heilige Bund der Ehe würde einem da bloß im Wege stehen. Mit diesen unendlich harmonischen Gedanken im Kopf und dem schönen Tinerl im Arm schlief ich glücklich ein. Und hatte einen eigenartigen Traum.

Ich wanderte über einen riesigen Gletscher und konnte ungehindert von Berg zu Berg springen. Wie Tarzan im Urwald, nur ohne Liane. Ich musste einfach nur in die Hocke gehen und dann wie auf Sprungfedern in die Höhe hüpfen, schon war ich auf dem nächsten großen Felsvorsprung. Um mich herum hüpften andere Leute, die die gleiche Fähigkeit hatten. Einer davon war der Alte.

116 »Ihr wart viel älter als ich. Aber ihr habt mich trotzdem immer mitgenommen, wenn ihr etwas ausgeheckt habt.«

117 eine von

»Schneller, Toni!«, rief er mir zu. »Hüpf schneller!«

»Warum denn?«, fragte ich. »Es ist doch so schön, und wir haben alle Zeit der Welt!«

»Nein!«, rief der Alte. »Du musst doch das Zacherl zurückbringen! Du musst es ganz alleine schaffen!«

»Warum soll ich es ganz allein schaffen?«

»Weilst es gstohlen hast! Du hast es gstohlen!«, rief der Alte, merkwürdigerweise im alpenländischen Dialekt. Fehlerfrei.

Von hinten hüpfte noch einer daher. Unser Bergtotengräber.

»Toni!«, rief er. »Du hast es gschtouhln!« Sein Dialekt war eher aus dem Hochgebirge, daher sprach er etwas anders.

»Gstohln hast es! Brings zruck!«, wiederholte der Alte.

»Gschtouhln isch gschtouhln!«, stammelte geheimnisvoll der Totengräber, der plötzlich der Ferdi war. »Die Ottilie hast mir auch gschtouhln, du Haderlump!«, rief er mit aufgerissenen Augen. »Des sollst mer biaßn![118] A ganz a mieser Mensch bischt!«

»Nix gibts!«, rief ich. »Ich gebs nimmer her, des Zacherl!«

»Gibs zruck!«, rief der Ferdi.

»Niemals!«, brüllte ich. »Eher schenk ichs dem Traubeck Bauern!«

Da sah ich, wie der Ferdi stehen blieb und ein Grab aushob.

»Ferdi, für wen hebst denn das Grab aus?«, fragte ich und stellte mich dazu.

»Ich weiß es nicht«, sagte er mit etwas fremd klingender Stimme.

Ich erschrak! Der Ferdi kam jetzt ganz nah zu mir her, und ich sah die frische Erde in seinem Gesicht.

[118] Das wirst du mir büßen!

»Ich weiß nur«, flüsterte er, »dass bald jemand das Zeitliche segnen wird.«

»Wen denn?«, fragte ich.

Aber der Ferdi war entschwunden und alle anderen auch.

Mit klopfendem Herzen wachte ich mitten in der Nacht auf, denn ich wusste: Wenn der Ferdi das Zacherl gestohlen hat, um sich an mir zu rächen, dann war ich indirekt schuld an dem ganzen Malheur! Dann musste ich die Sache auch wieder hinbiegen.

Nur der süße Duft vom Tinerl ließ mich wieder zur Ruhe kommen und in einen tiefen, weitgehend traumlosen Schlaf fallen.

Am nächsten Morgen lag das Tinerl mit dem Rücken zu mir da, und sie war sehr warm und schön. Als sie irgendwann aufwachte, huschte sie hinaus in die Dusche, und ich bin noch ein bisserl liegen geblieben. Zuerst hatte ich vorgeschlagen, gemeinsam zu duschen, aber da hat das Tinerl gesagt, dass wir es nicht übertreiben sollten. Ich stimmte zu und ließ ihr selbstverständlich den Vortritt.

Etwas später bin dann auch ich aufgestanden und habe mich ans Fenster gestellt, um die wundervolle frische Morgenluft einzuatmen. Da entdeckte ich den Alten, der im Zwielicht auf die Hütte zuschritt. Anscheinend hatte er einen Morgenspaziergang gemacht. Er war in Gedanken und bemerkte mich nicht, außerdem sah er seltsam entrückt aus. Er war damit beschäftigt, murmelnd auf und ab zu schreiten und alle paar Schritte einen kleinen Hüpfer zu machen, wobei er seine Stimme zu einem Singsang erhob. Ob es eine Art Ritual war, mit dem er die Sonne begrüßte, deren erste Strahlen bald die Bergrücken in gleißendes Licht tauchen würden? Wunderlicher Kauz, aber irgendwie putzig.

Etwas später, als ich frisch geduscht zurück in unser Separee kam, zog sich das Tinerl gerade an. Ich beobachtete sie aufmerksam dabei, denn ich mochte einfach all ihre Bewegungen, auch wenn sie für meinen Geschmack gerade in der falschen Reihenfolge abliefen. Als wir beide fertig gewandet und bereit für den Tag dastanden, wusste ich, dass es nun wirklich Zeit war, zu gehen. Darum verabschiedete ich mich mit einem romantischen Zungenkuss vom Tinerl und wünschte ihr einen wunderschönen Tag.

Sautrogrennen

Nach einem kleinen aber kräftigen Frühstück machten wir uns gleich wieder auf die Reise hinunter vom Berg. Die Luft war frisch, die Steine waren noch vom Tau benetzt, und man sah seinen eigenen Atem. Ich hatte die Uhrzeit so gewählt, dass wir nach der Abenddämmerung gestern jetzt auch noch das erste Morgenlicht genießen konnten. Damit die Stadtmenschen einmal die Gewalt der Natur erleben und merken, was für unwichtige kleine Punkte im großen Plan des HERRN sie sind. Und da ging es auch schon los. Ganz langsam rötete sich der Himmel vom Tal her, dann erwischten die ersten Sonnenstrahlen einzelne Bergspitzen, und fast unbemerkt wurde die gesamte Aussicht in ein umwerfendes Leuchten gehüllt. Da spürt man, dass man lebt! Wir blieben einen Augenblick lang stehen, und mit funkelnden Augen beobachteten meine Touristen dieses erhebende Schauspiel. Das ist der Moment, in dem sich die meisten Stadtmenschen darüber bewusst werden, dass ihre Stadtmenschen-Sorgen eigentlich gar keine echten Sorgen sind. Erst nach dieser Erkenntnis sind sie bereit, die so losgewordenen Probleme durch gesunde Erfahrungen aus der Bergwelt zu ersetzen. Und ich wusste ein sehr effektvolles Hilfsmittel. Das Zauberwort lautet: Sautrogrennen.

Aber so weit waren wir noch nicht. Für den Abstieg zurück ins Dorf gingen wir eine etwas anspruchsvollere Route. Während wir uns ordentlich plagten, wollte ich meine vier Gäste erst einmal theoretisch an den Sinn und die Bedeutung des Brauchtums im Allgemeinen heranführen, um sie dann bei einer praktischen Übung ins Angesicht der nackten Schöpfung blicken zu lassen.

»Liebe Leut, ihr wissts ja, morgen ist Kirchweih, und das ist ein sehr wichtiger Tag für uns«, begann ich meine kleine Rede. »Ihr müssts wissen, in den Bergen werden Festivitäten auf besondere Weise begangen. Da wird nicht irgendwie sinnlos drauflosgefeiert, sondern jede Feierlichkeit hat ihren Anlass und ihren Sinn, morgen feiert unser Dorf beispielsweise den Weihetag unseres GOTTEShauses. Interessanterweise gibts in fast an jedm Tal und fast an jedm Bergdorf an anderen Namen für die Kirchweih. Wenn man sich ein bisserl mit Dialekten befasst, merkt man aber, dass sich die Namen im Klang sehr ähneln, also alle aufs gleiche Ursprungswort zurückzuführen sind. So sagt man im einen Ort ›Kerba‹, im nächsten ›Karba‹, im dritten ›Kerbe‹, im vierten ›Kirwa‹ und im fünften schlicht ›Kerb‹, obwohl oft nur ein paar hundert Meter dazwischen liegen.

Man kann aber auch andere Dinge feiern, solange man einen Anlass und einen Sinn hat. Und sei es ein erfolgreicher Abstieg, den man mit einem Glaserl Bier begießt. Bei uns sind alle Feierlichkeiten mit schönen Bräuchen und Traditionen verknüpft. Wir sind ja hier nicht in Frankfurt am Main oder in Wien, wo völlig ohne Zusammenhang gesoffen, gehurt und Rauschgift konsumiert wird. Das leibliche und seelische Wohl wird gepflegt durch geschmackvolle Feste in schön dekorierten Zelten, Sälen oder unter freiem Himmel. Bei uns gibts keine stickigen Kaschemmen mit leichten Maderln[119], wo man sich sonst was holt. Und wenns amal kracht, dann gscheit. Da gibts ein bisserl was auf die Mütze, und danach ist alles wieder gut.«

»Gehört das dann immer dazu, zum Feiern? Also das Raufen?«, fragte verwirrt der Kinnbart.

»Nicht unbedingt. Aber es gibt auch Bräuch, da gehts nur drum, die eigenen Kräfte mit denen der anderen zu messen. Da fällt mir beispielsweise das Bluatwiesnfetzen ein, bei dem sich einmal im Monat bei Vollmond zwei Mannsbilder an den Ohren ziehen, bis einer in die Knie geht. Hierbei versehentlich abgetrennte Ohren werden im Krematorium verbrannt und in kleinen, extra hierfür angefertigten Urnen über der Eingangstür vom Schlafgemach des Geschädigten aufbewahrt. Mein Großpapi kannte noch ganz zähe alte Burschen, die beim Bluatwiesnfetzn im Lauf ihres Lebens alle beide Ohren verloren haben sollen. Das waren dann schon hundertfünfzigprozentige Traditionalisten. Ähnlich verhält es sich mit dem Fingerhakeln, wo sich zwei Männer gegenübersitzen, Zeige- oder Mittelfinger ineinander verhakt haben und beide aus Leibeskräften ziehen. Abgetrennte Finger werden allerdings nicht verbrannt und in Urnen aufbewahrt, sondern vom Herrn Doktor wieder angenäht.«

»Aua!«, sagte der Kinbart und verzog das Gesicht.

Das freute mich, da es mir zeigte, wie realistisch und nach-

[119] Mädchen

vollziehbar meine Erzählungen waren. Er fühlte quasi den Schmerz der abgetrennten Finger.

»Ein anderes Beispiel ist die schöne Tradition des Geweihhaufenpanierens[120]. Dabei wird der Dorfdepp immer am Neujahrstag in Gedenken an einen vor 900 Jahren dahingemordeten Furchengänger[121] namens *Zeislhause* mit einer Rute gepeitscht, ja, es wird ihm regelrecht der Pelz paniert[122], um an die erlittenen Schmerzen vom Zeislhause zu erinnern. Wenn man, wie bei uns, keinen richtigen Dorfdeppen hat, muss man auf andere Gemeinden oder Gäste auf der Durchreise ausweichen.«

Die Touristen blickten mich erschrocken an.

»Naa, war nur ein Scherzerl«, sagte ich, obwohl es keiner war. »So is des bei uns mit den Bräuchen. Und Sonnwendfeuer und Maibaumaufstellen kennts eh aus dem Fernsehen, da muss ich nicht näher drauf eingehen.«

Nach kurzer Wanderung kamen wir an den Wildbach, an dem wir schon beim Aufstieg die Übung mit der Rettung der Dame absolviert hatten. Wir waren jetzt halt nur weiter oben, trotzdem war der Wildbach an dieser Stelle schon recht breit und mächtig.

»So. Da wär ma«, sagte ich zu meinen Schützlingen. »Interessant zum Erzählen ist jetzt meiner Meinung nach die Geschicht vom Sautrogrennen. Ein Sautrog ist ein längliches Holzgefäß, in dem der Metzger die Schweine abborstet. Man kann ihn auch als Badewanne benutzen. Oder aber als kleines Schifferl. Er wird dann für das Sautrogrennen in einen Wei-

120 alter Brauch

121 Unterwürfiger Mensch

122 die Hucke vollgehauen

her oder Fluss geworfen, zwei Männer setzen sich rein, jeder hat ein Paddel in der Hand, und dann gehts auf. Sautrogrennen werden in den schneefreien Jahreszeiten ohne konkreten Anlass veranstaltet, weil Kräftemessen allgemein Anlass genug ist. Irgendwer plants, und dann spricht sich das rasch herum, und man kann sich bis 24 Stunden vor Beginn anmelden. Ursprünglich war es für junge Herren im noch nicht ganz ausgewachsenen Alter gedacht, damit sie Fairness und Kräftemessen im sportlichen Wettkampf erlernen. Heutzutage machen eigentlich Männer jeden Alters mit. Frauen ist das Sautrogrennen verboten. Sie wollten aber auch unbedingt einmal mitmischen, und es soll auch schon reine Damensautrogrennen gegeben haben, aber zu so einem Schmarrn geht ja keiner hin. Da kann man sich gleich Frauenfußball anschauen, oder eine Kindermodenschau.«

Der Alte lachte. Der Kinnbart kicherte. Der Glatzkopf wippte mit dem Kopf, schnalzte mit der Zunge und grinste. Seine Freundin grinste nicht.

»Das schnellste Ruderpaar gewinnt. Die bekommen eine Brotzeit und dürfen dann die beiden schönsten Mädchen im Dorf nach Strich und Faden petschiern[123]. Es sei denn, die Dorfmädchen finden die Gewinner unansehnlich. Dann dürfen sie ablehnen, und die Zweitplatzierten bekommen eine Chance. Da unterscheiden wir uns gewaltig von den Bräuchen in der Stadt, wo man als Gewinn eine Plastikrose bekommt, und wenns hochkommt, vielleicht amal ein Glaserl Sekt. Da haben wirs schon bedeutend komfortabler. Wir machen keine halben Sachen. Eure Rede aber sei: Ja, ja! oder Nein, nein. Was

[123] beschlafen

darüber ist, das ist vom Übel. Das steht schon in der Bibel. Jakobus 5.12.«

»Donnerwetter«, staunte der Alte.

»Man tut, was man kann«, antwortete ich stolz.

Ich überlegte, ob ich ihnen meine Lieblings-Sautrog-Geschichte erzählen sollte, entschied mich aber dagegen. Basiswissen kann man Touristen schon beibringen, aber bei internen Informationen bin ich eher vorsichtig. Die Geschichte war nämlich relativ brisant:

Vor ein paar Jahren war ich mit dem Action Schorsch in einem Team beim Sautrogrennen in Heitersbruck am Hahnemann-Weiher. Alle Leute waren fein herausgeputzt, und es wurde schon in den frühen Morgenstunden vom guten starken Bockbier getrunken und zur Zithermusi ein Landler und eine Stenzpolka getanzt. Ich weiß noch, dass die Musikanten besonders gut drauf waren, weil sie zur Gaudi noch einen Kikeriki[124] gespielt haben. Da blieb dann kein Auge trocken.

Der Schorsch und ich haben gegen fünf Mannschaften gekämpft: zwei Burschen aus Zeislwang, den Bürgermeister von Hurgarsbruck samt seinem Sohn, zwei völlig übergeschnappte Typen namens Till und Sven aus dem Ötztal, zwei Journalisten aus Bayern, die Michi und Hubsi oder Jackie geheißen haben und die ganze Zeit von einem Unterbier sprachen, und dann noch die beiden Metzgerbrüder Leipl Horsti und Leipl Kare, die statt zwei Einzelpaddeln ein Doppelpaddel dabei hatten, was in diesem Fall aber nicht zur Disqualifizierung führte, weil die Regeln bei Sautrogrennen sind recht schwammig. Protokolliert hat das Ganze der Falkenhorst Ingo, der

[124] volkstümlicher Tanz

macht das meistens, weil er nebenbei einen Schnaps trinken und sich mit den anwesenden Damen unterhalten kann.

Auf einen Jodler ist das Rennen dann losgegangen. Gleich zu Beginn haben die beiden Ötztaler sich gezankt, wer vorn sitzen darf, und als sie sich endlich geeinigt hatten, war das Rennen schon im vollen Gange. Die beiden Journalisten sind bereits auf den ersten Metern zweimal gekentert, weil sich eines ihrer Ruder in den Algen verheddert hat, und dann haben sie von selber aufgegeben und sich lieber ein Bier gekauft. Der Schorsch und ich lagen im hinteren Mittelfeld. Eine Zeitlang haben die beiden Zeislwanger geführt, wurden dann aber vom Bürgermeister und Sohn in einer Kurve geschnitten und sind zurückgefallen. Dann haben die Leipls angezogen und konnten sie auch noch überholen. Da haben die Zeislwanger sich so geärgert, dass sie gar nicht mitbekommen haben, dass wir ebenfalls an ihnen vorbeigezogen sind. Bald lagen wir fast gleichauf mit dem Bürgermeister samt seinem Sohn und den Leipl-Brüdern.

Es ist so, dass am Hahnemann-Weiher maximal drei Sautröge nebeneinander Platz haben, weil das ist ja nicht der Nil oder die Donau oder der Mississippi, sondern eben nur der Hahnemann-Weiher. Der ist zwar auch sehr kurvenreich, aber an seiner breitesten Stelle hat er halt auch grad amal eine Spanne von vier Metern. Wenn jetzt drei Sautröge nebeneinanderfahren wollen, kann es sein, dass sie sich links und rechts verkeilen, und dann geht gar nix mehr. Dann muss eine der außenliegenden Mannschaften aussteigen und den Trog kurz beiseitekippen, damit die anderen weiterfahren können.

Und genau diese sogenannte »Hahnemann-Sperre« ist uns kurz vor der großen 160-Grad-Biegung vorm Endspurt passiert. Die drei Tröge hingen plötzlich im Wasser fest, während die zu dem Zeitpunkt weit abgeschlagenen Zeislwanger und Ötztaler gefährlich aufholten. Da unser Sautrog außen war, ist der Schorsch kurzerhand rausgehüpft, hat mich samt Trog einige Meter übers Gras gezogen und dann auf der anderen Seite der Flussbiegung wieder geschmeidig ins Wasser gleiten lassen, was uns einen gehörigen Vorsprung verschafft hat. Der ist schon ein Hundling[125], der Schorsch. Und weiter gings. In der Endphase wurde es dann trotzdem noch ein Kopf-an-Kopf-Rennen, denn nachdem sich sowohl der Bürgermeister samt Sohn als auch die Leipl-Brüder erneut quer über den Fluss verkeilt hatten – diesmal mit den herangeeilten Zeislwangern – und schließlich alle vor Wut aufeinander losgegangen sind, haben die beiden Ötztaler ihren Sautrog ans Ufer gelenkt und ebenfalls unsere aus der Not geborene Abkürzung genommen. Da wir der griawigen[126] Schlägerei zwischen den eingekeilten Sautrögen zugeschaut und herzhaft gelacht hatten, sind der Action Schorsch und ich um einiges zurückgefallen, und die Ötztaler sind wie aus dem Nichts plötzlich quasi an uns vorbei aufs Ziel zugeschossen. Da haben wir uns dann zusammengerissen und noch mal aufgeholt. Kurz vorm Ziel hielten wir uns knapp hinter den Ötztalern.

»Kumm, geb mas auf«[127], hab ich schon zum Schorsch gesagt. »Wir brauchen uns nix beweisen. Die san einfach sauschnell.«

Wehmütig sah ich die Ötztaler auf die beiden attraktivsten Mädchen des Ortes zupaddeln, die schon fesch heraus-

[125] raffinierter Kerl

[126] amüsanten, urigen

[127] »Komm, lass und aufgeben.«

geputzt am Ufer standen. Petra und Marie, beide 21. Die haben äußerst knusprig ausgeschaut, mein lieber Schwan! Das hat in dem Moment auch der Action Schorsch gesehen.

»Häng di nei, du Depp!«, hat er mir zugeschrien. »Ich will Ers-ter wer-den!«

Wir haben uns dann auch angestrengt und sind Erster geworden. Denn wenn der Action Schorsch sich einmal was in den Kopf gesetzt hat, dann klappt das auch. Vor allem, wenn es einen feschen Hauptgewinn gibt.

Fairerweise muss ich dazu sagen, dass eigentlich ja die beiden Ötztaler gewonnen hätten, aber zehn Meter vorm Ziel hat es sie durch eine Stromschnelle gejagt, die den Ortsansässigen bekannt ist, unkundigen Gästen aber schon öfters zum Verhängnis wurde. So auch den Ötztalern. Sie sind kurz vor dem Ziel gekentert. Und dadurch haben wir eigentlich nur zufällig gewonnen.

Die zwei Ötztaler haben nach dem Rennen die Richtigkeit des Sieges angezweifelt, und es gab auch einige Unstimmigkeiten unter den Anwesenden, weil einzelne Teilnehmer behauptet haben, unser Sieg wäre wegen der Abkürzung unverdient oder ähnlichen Quatsch, aber dieses Tohuwabohu haben der Action Schorsch und ich einfach genutzt, um mit den Mäderln abzuhauen. Ein Stünderl später kamen wir dann mit roten Wangen und bester Laune zur Brotzeit. Da stand dann auch schon der dortige Gemeinderat und hat sich aufgemandelt[128], das sei gegen die Regeln, und das könne man so nicht machen. Die Bäckchen der Mädchen haben geglüht, und sie

[128] aufgespielt

hatten beide Grasflecken auf den Dirndln, weil wir uns schon ziemlich munter herumgewälzt hatten.

»Ihr habt euch vor der Zeit entfernt. Ob ihr verdient gewonnen habts, stand noch nicht fest!«, echauffierte sich der Vollidiot.

»Du kommst mir grad recht, du Zwetschgenmanderl[129]«, hat der Schorsch daraufhin gesagt. »I kumm grad frisch vom Fegln[130] und hab an Hunger. Und wer mich jetz vom Essen abhält, kann gleich sein letztes Stoßgebet ausrufen.«

Der Herr Gemeinderat lief knallrot an, und um dem Ganzen noch einen draufzugeben, schnipste ihm der Schorsch im Vorbeigehen seinen Mittelfinger an die Wange. Das war zu viel für den Gemeinderat und auch für die sich um ihren Sieg betrogenen Mitstreiter. Sie sind regelrecht fuxteufelswild geworden. Erst hat einer der Bauernburschen aus Zeislwang dem Schorsch voll eine gelangt, der hat natürlich unmittelbar zurückgehauen, dann kamen die Metzgerburschen und die beiden Ötztaler dazu, und am Schluss haben noch der Bürgermeister und sein Sohn mitgemischt. Auch ohne die beiden friedlich in einer Ecke liegenden Journalisten aus Bayern war es eine patente Schlägerei, bei der man nach wenigen Sekunden eigentlich gar nicht mehr wusste, wer jetzt Freund und wer Feind ist, so haben wir uns gefetzt! Irgendwann waren dann alle erschöpft, und wir haben ein Ei drüber gehauen[131] und uns über das Essen hergemacht. Es gab übrigens ein Geselchtes.

[129] schmächtiger Mann mit wenig Muskulatur

[130] Vögeln

[131] es gut sein lassen

Nein, diese Geschichte würde ich meinen Touristen nicht erzählen. Sie sollten sich ja an die Regeln der Bergwelt halten. In höheren Bewusstseinsstufen gelingt es so manchem Bergmenschen, die eine oder andere Regel geschickt zu umgehen. Aber das ist nur einem ausgesuchten Kreis vergönnt, und bei meinen vier Seminarteilnehmern ging es ja zunächst um Basiswissen. Außerdem war mir klar: Solch eine handfeste Fetzerei zwischen Bergmenschen würden die meisten Leute aus der Stadt nicht überleben.

»Ich möcht jetzt mit euch ein Sautrogrennen machen!«, sagte ich leutselig. »Und als ersten Preis gibt es nicht wie normalerweise eine Brotzeit und ein schönes Mädchen … « Ich wandte mich der Freundin vom Glatzkopf zu. »Außer die Dame stellt sich freiwillig zur Verfügung.« Ich zwinkerte ihr zu. »Nein, wir wollen unsere guten Manieren nicht verlieren. Als Preis gibt es dieses schöne Stück Tiroler Speck!«

Ich holte den verschweißten und herrlich ausschauenden Speck hervor, den es immer für den Sieger dieser Übung gibt, und hielt ihn über den Kopf.

»Und weil es ja in diesem Fall nur eine Übung ist und kein offizielles Rennen, darf freilich auch die Dame mitmachen.«

Meine Seminarteilnehmer wirkten nicht sonderlich motiviert.

»Los, los, keine Müdigkeit vortäuschen, meine Herrschaften!«, ermunterte ich sie und klatschte in die Hände.

»Muss ich da mitmachen? Ich hab da irgendwie keine Lust zu«, murrte der Kinnbart.

»Freilich, man muss zu zweit rudern, und ich bin der Schiedsrichter, also kann keiner ausfallen«, klärte ich ihn auf.

Er blieb kurz stehen, überlegte wahrscheinlich, ob es einen

Sinn haben könnte, weiter zu diskutieren, merkte aber an meinem Blick, dass das letzte Wort bereits gesprochen war, und fügte sich seinem Schicksal.

»Der Sinn und Zweck der Übung ist, dass man lernt, was gelebte Tradition ist, und außerdem, dass man lernt, gewinnen zu wollen. Es geht hier um den Wettkampf im Angesicht der Natur. Ihr werdets sehen, dass man da eine unheimliche Kraft draus ziehen kann. Leute aus den Städten sagen immer Sachen wie ›Dabeisein ist alles!‹ oder ›Ich bin froh, wenn ich mitmachen darf‹, und so weiter. Das ist aber natürlich völliger Quatsch! Wer sich einem Wettbewerb stellt, muss gewinnen wollen. Sonst kann er sich den ganzen Stress sparen.«

Nun merkte der Kinnbart nochmals auf und dachte, vielleicht an dieser Stelle eine Chance zu haben, sich doch noch entziehen zu können, aber ein kurzes strenges Rüberschauen meinerseits verbannte sein Vorhaben ins Reich der Sinnlosigkeit.

»Wenn wir an einem Wettkampf teilnehmen, müssen wir hart gegen alle anderen sein und den Sieg vor Augen haben. Das dürfts ihr nicht vergessen. Aber freilich gilt auch hier: Fairness ist das oberste Gebot!«

Der sich an dieser Stelle nur leicht schlängelnde Wildbach führte nach etwa vierzig Metern hinter einer von hier aus nicht einsehbaren Biegung über den Schrümpferl-Wasserfall in einen kleinen Gebirgssee, der durch den steilen Aufprall der Wasserfallwasser eine ziemliche Tiefe erlangt hatte und für mein nächstes Vorhaben als Auffangbecken taugte. Das sagte ich meinen Schützlingen aber lieber noch nicht. Der Überraschungseffekt war ein wichtiger Bestandteil beim Erkennen des eigenen Ichs im Angesicht der Schöpfung. Passieren konnte eh nix.

Ich hatte in einem kleinen Bretterverschlag am Ufer des Wildbachs zwei alte Sautröge gelagert, mit denen ich bei jedem meiner Seminare immer jeweils zwei Mannschaften à zwei Personen gegeneinander antreten ließ. Da es im aktuellen Beispiel ja eh nur vier Seminarteilnehmer waren, wurde es halt lediglich ein einziger Durchlauf.

»Ich rate, das Liebespärchen will auch beim Sautrogrennen im selben Boot sitzen? Dann seids ihr zwei Männer das andere Team. Zunächst bestimmt jede Mannschaft einen Kapitän, der sitzt hinten, schaut nach, ob alles in Ordnung ist und bedient gleichzeitig das linke Ruder. Der zweite sitzt vorn und rudert mit dem rechten Ruder.«

»Ich würd auch bei einem anderen mitrudern«, sagte frech die Freundin des Glatzkopfes und zwinkerte mir kurz zu.

»Nur zu! Nur zu!«, sagte kichernd der Glatzkopf. Offensichtlich war dies eine Art beziehungsinterner Running Gag, dass sie zwischendurch so tat, als ob sie einen Seitensprung wagte und er so tat, als ob ihm das nichts ausmachen würde. Stadtmenschen.

Die Tröge wurden von den Mannschaften ins Wasser gezogen. Der Alte war der Kapitän der Mannschaft Eins, saß daher folgerichtig hinten und der Kinnbart vorn. Der Kapitän des Pärchens war natürlich der Glatzkopf, obwohl seine Frau die ganze Zeit versuchte, ihn dazu zu bringen, mit beiden Paddeln zu rudern.

»Das ist gegen die Spielregeln und führt sofort zur Disqualifikation!«, klärte ich sie auf. »Auf mein Kommando zieht ihr die Tröge ins Wasser, und dann versuchts zu gewinnen. Es beginnt bei dem großen Busch hier und endet da hinter der letzten Biegung. Und ned schummeln, gell? Weil nur, wenn man sich an die Regeln hält …«

Ich verharrte und lauschte, ob meine Gruppe auch aufgepasst hat.

»... ist der Berg euer Freund!«, sagten die vier brav im Chor.

Das erfreute mein Herz!

»Auf einen fairen Kampf! Achtung, fertig, los!«

Die Touristen stellten sich gar nicht mal so blöd an. Der Kinnbart und der Alte waren sich auf Anhieb einig und ruderten ziemlich kraftvoll und gleichmäßig, während sich die Mannschaft Zwei erst ein bisschen arrangieren musste, allerdings ging es dann auch. Dennoch war Mannschaft Eins überdurchschnittlich schnell an der Stelle, wo das Ufer eine kleine Einbuchtung hatte und wo man noch vor dem Wasserfall gut anlegen konnte, wenn man sich rechtzeitig in die richtige Strömung begeben hatte. Das hatte weder die Mannschaft Eins getan, deren Augen sich vor Schreck enorm weiteten, kurz bevor sie hinter der Biegung verschwanden, noch die Mannschaft Zwei, die ob ihrer Machtlosigkeit im Angesicht der gewaltigen Natur kurz darauf an derselben Stelle wie aus einem Munde anfing zu kreischen.

Ich machte mich also auf den Weg zur Anlegestelle unten am Bergsee, einem kleinen hölzernen Steg, zu dem man nach dem Sprung über den Wasserfall automatisch hingetrieben wird. Noch war nicht entschieden, wer das Sautrogrennen machen würde.

Während ich also wieder alleine mit meinen Bergen war, nahm ich mein Mobilfunkgerät und wählte die Nummer vom Schlemmerwirt. Der Mike war dran.

»Du Mike, weil ich grad dran denk. Steht des noch mit der Asiatin?«

»Ja, alles wie besprochen!«

»Und is der Werbeschmarrn heut Abend?«

»Ja!«

»Herrschaft! Ich hab so ghofft, dass ihr des doch noch absagts.«

»Nein, die Heidi hat endlich nachgegeben und …«

»Ja, ja. Na ja, wenns schon is, dann will ich wenigstens dabei sein.«

»Vielleicht lernst ja was.«

»Freilich. Dann muss ich schaun, dass ma beizeiten im Tal sind, sonst schaff ich meine ganzen Termine heut nicht. Guad, dann seh ma uns eh gleich! Habe die Ehre!«

»Erbe die Haare!«, witzelte der Mike.

Ich drückte auf das rote Symbol zum Beenden des Gesprächs. Jetzt musste ich nachsehen, ob ich meine Touristen nicht doch noch aus dem See fischen musste oder ob sie es alleine ans Ufer geschafft hatten. Wer gewonnen hat, würde ich dann schon an der Reaktion der Mannschaften erkennen.

Als ich schließlich am Bergsee vor meinen tropfenden Schützlingen stand, strahlte mich zu meiner Überraschung das Berliner Pärchen an.

Wer hätte das gedacht? Wie ich später erfuhr, hatte der Alte viel Zeit damit verloren, den Kinnbart aus dem Wasser zu fischen, weil der sich in Panik aus dem Sautrog geworfen hatte und dann vor Schreck ohnmächtig geworden ist. Jedenfalls hatten beide Mannschaften ohne Komplikationen anlegen können.

»Gewonnen hat Mannschaft Zwei!«, röhrte ich. »Herzlichen Glückwunsch, und hier ist euer Preis!«

Feierlich überreichte ich der bis über beide Ohren vor Stolz strahlenden Freundin vom Glatzkopf den Speck. Dem Glatzkopf drückte ich anerkennend die Hand. Dem Alten klopfte ich mitfühlend auf die Schulter, und dem Kinnbart half ich auf die Beine, weil er immer noch nach Luft japsend am Boden lag. Unter seinen Augen waren leichte Schatten zu erkennen. Der arme Kerl.

»Jetzt tragts schön die Boote zurück! Und dann gehts weiter!«, rief ich mit fester Stimme.

Und weiter ging es.

Unvorhergesehener Zwischenfall

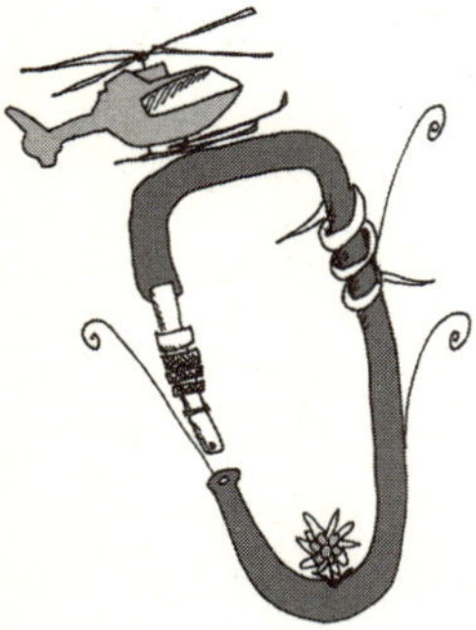

Inzwischen hatte sich die Morgensonne hinter ein paar dunklen Wolken versteckt, und es war leicht neblig geworden. Der letzte Teil des Abstiegs hatte begonnen. Es ging nun teilweise sehr steil nach unten, und ich musste das Tempo regulieren, damit nicht die einen in einem Affenzahn hinunterrannten und die anderen hinten nachblieben. Außerdem war der Pfad übersät von losem Geröll, sodass es relativ leicht jemanden schmeißen hätte können. Der Kinnbart rutschte ein-, zweimal aus und fluchte leise vor sich hin. Manche junge Menschen sind keinerlei Anstrengung gewöhnt, nicht mal zwei Tage halten sie durch. Der Alte schritt in einer angenehmen Geschwindigkeit munter voran, und das Pärchen hielt sich glücklich an den Händen und trottete dahin, weshalb sie Ewigkeiten brauchten. Ich sah mich nach den beiden um und wartete. Jetzt hob der Glatzkopf seine Freundin auch noch hoch und drehte sich um die eigene Achse. Sein Burnout hatte er scheints überwunden. Als das Pärchen näher kam, lächelte er mich an und hatte einen seligen Ausdruck im Gesicht, der mich irgendwie an dieses furchtbare Wort »Wonneproppen« erinnerte und den ich auf den Sieg beim Sautrogrennen schob. Wenigstens hatte sein deppertes

Gewippe mit dem Kopf aufgehört. Er ging mit seiner Freundin im Arm jetzt neben mir her und schaute mich weiterhin nett an, als wollte er mir etwas sagen. Oder mich etwas fragen. Ich tippte auf Letzteres. Und behielt Recht.

»Wenn ich hier oben auf dem Berg bin und ins Tal schaue, hasse ich plötzlich meinen Vorgesetzten nicht mehr so sehr wie sonst. Woran liegt das?«, fragte er.

Die Frage war gar nicht so dumm, wie ich befürchtet hatte.

»Das ist die Höhe. Die befreit von sinnlosem Gedankengut«, antwortete ich völlig korrekt und ging einfach weiter.

Allmählich wurde der Nebel stärker. Man sah vielleicht noch 100 Meter weit, und es fing ganz leicht an zu nieseln. Die Vorhersage vom Zirngiebl Thomas begann, sich zu bewahrheiten. Zum Glück kannte ich den Weg wie meine Westentasche. Trotzdem gemahnte ich meine Gruppe, aufmerksam zu sein und die Regenjacken anzuziehen.

Der Glatzkopf ging wieder neben seiner Gefährtin, die ihn unentwegt anstrahlte, und ich dachte mir, dass sie wahrscheinlich nicht die hellste Kerze am Christbaum war.

Neben mir ging wieder der Alte.

»Sagen Sie jetzt mal, Toni. Wer könnte denn nun Ihre Fahne entwendet haben?«, überrumpelte er mich.

»Ich wäre heilfroh, wenn ichs wüsste«, antwortete ich.

»Auf jeden Fall jemand, dem dieses Chaos recht gelegen käme.«

Natürlich dachte ich nach wie vor, dass es der Ferdi war. Dem käme es ganz recht, wenn mir wegen dem Chaos der finanzielle Ruin drohen würde. Noch dazu war er ja nicht aus unserem Dorf, weshalb ihm unser Schicksal herzlich egal sein konnte.

Aber da sah ich in weiter Ferne die immer überfüllte Odelgrube[132] vom Traubeck Bauern. Und in dem Moment traf mich fast der Blitz!

»Ja Herrschaftszeiten! Wissens, jetzt wo ich die Odelgrube vom Traubeck so sehe, da fällt mir etwas ein«, rief ich aus, denn mir war wirklich gerade etwas eingefallen.

»Ich bin ganz Ohr«, sagte der Alte.

»Es gab letztes Jahr, also kurz vor der Kirchweih, einen Vorfall, da kam ein Nordamerikaner zu uns und beklagte sich sofort lautstark über die mangelnden Möglichkeiten, einzukaufen. Er schlug vor, einen Supermarkt zu bauen, samt einer Zubringerstraße, damit alle umliegenden Leute bequem hinfahren und einkaufen könnten. Der Herr Bürgermeister hat sich das Ganze in Ruhe angehört und uns am Abend beim Stammtisch im Schlemmerwirt davon erzählt. Am Tag drauf hatte er einen zweiten Termin mit dem Kerl vereinbart, und da saßen wir auch mit dabei. Der Zirngiebl Thomas, sein Sohn der Mike, der Action Schorsch und ich. Wir haben ihn in Ruhe ausreden lassen. Von uns hat keiner ein Wort gesagt. Verstanden haben wir alles, weil wir in der Schule alle ein Englisch hatten. Er wollte eine halbe Million Dollar investieren, Baugrund erwerben, ein Konzept eines Supermarktes in Form einer Berghütte erstellen lassen und eine Genehmigung beim Straßenbauamt einholen. Der Hirsch! Als er fertig war mit seinem Gerede, haben wir ihn nach draußen gebeten und gesagt, wir fahren ihn mal zu einer passenden Stelle für seinen Supermarkt. Er ist hinten auf den Anhänger vom Zirngiebl Thomas gestiegen, und kurze Zeit später saß er mitten in der

132 Güllegrube

Odelgrube vom Traubeck Bauern. Schallend lachend sind wir weggefahren. Er hat geschimpft und irgendwas von Verklagen gebrüllt. Es kam allerdings nie was.«

»Interessant«, sagte der Alte. »Und wenn der Amerikaner das Zacherl genommen hat? Hat er sich denn seither noch mal gemeldet?«

»Nein. Nicht dass ich wüsste. Man hat nichts mehr gesehen oder gehört von dem Mann.«

Vielleicht hatte sich der Investor das mit dem Verklagen doch noch überlegt und sich einfach direkt an uns gerächt. Da sah ich aber schon den Haken an der Sache.

»Ich frag mich bloß, wie ein Amerikaner denn so gut über unsere Bräuche Bescheid wissen kann.«

»Vielleicht hat er sich über das Internet schlau gemacht. Da findet man heutzutage ja so allerhand Nützliches«, antwortete der Alte tückisch.

»Naa, mir sind nicht im Internet«, antwortete ich.

»War nur eine Idee.«

Die Idee war ja auch nicht dumm, aber ich hatte trotzdem das Gefühl, mich mit meinen Mutmaßungen im Kreise zu drehen. Weil, der Ferdi könnt es fast eher gewesen sein. Es gibt halt immer wieder irgendwelche windigen Zuagroastn[133], die die ganze Bergwelt komplett durcheinanderbringen wollen. Sei es jetzt aus der Nachbargemeinde oder aus Amerika. Außerdem machte ich mir schön langsam Sorgen, dass der Alte durch seine Fragerei jetzt eh schon viel zu viel aus mir herausbekommen hatte. Schließlich musste ich als Bergführer aufpassen, dass ich nicht in Verruf geriet. Allerdings sagt mein

[133] Zugezogenen

Vater immer im Scherz: »Wir aus den Bergen haben nix zu verbergen.« Ein Wortspiel, in dem viel Wahres steckt!

Wir marschierten gemütlich bergab und erreichten schon bald die Stelle, an der man sich ein Stückerl abseilen muss. Für uns Bergler ein Kinderspiel, für Touristen eine aufregende Sache, ja, eine regelrechte Herausforderung! Natürlich gibt es da immer wieder so ein paar Kandidaten, die sich davor drücken wollen, aber das Abseilen gehört nun mal dazu in der alpinen Welt, da brauchens gar nicht rumzujammern, die Flachlandbergsteiger[134]. Erst wenn man einmal, nur auf sich gestellt, im Berg hing, weiß man, wer man ist. Da ist man plötzlich alleine mit dem HERRGOTT. Da kann man sich nicht hinter Äußerlichkeiten oder Banalitäten verstecken. Da muss man Farbe bekennen. Vielen Besuchern gab und gibt dieses Erlebnis den endgültigen »Kick«. Deshalb ist das Abseilen auch immer die letzte praktische Übung bei meinen Seminaren.

Der Nebel war heute allerdings schon recht dicht, die Sicht schlecht und der Fels vom Nieselregen etwas rutschig. Ich fragte mich, ob wir nicht doch lieber einen Umweg gehen und der Steilwand ausweichen sollten. Dann dachte ich aber an meinen Terminplan und die Asiatin. Wir mussten uns beeilen, es half nichts. Das Abseilen war eh idiotensicher. Ich hatte nur ein wenig Bedenken wegen des Kinnbarts. Ach was, ich würde einfach besonders gut auf ihn achtgeben, damit ihm nichts passieren konnte.

»So, liebe Leut. Jetzt hörts amal zu«, sagte ich, als wir alle an der Steilwand standen. »In den Städten wollts ihr immer nach

[134] Besucher aus dem Tal

oben. Dann rennts in komische Hallen, wos Freeclimbing an Sperrholzungetümen machts, die wie a Berg wirken solln, aber in echt so unnatürlich ausschaun wie Berge in der Augschburger Puppenkischtn. Anstatt euch unter Qualen damit abzumühen, nach oben zum kommen, solltets ihr lieber lernen, loszulassen und euch fallen zu lassen. Ihr müssts euer Ich loslassen, den ganzen Ballast ein für alle Mal zurücklassen, den Egoismus überwinden und ganz eins werden mit dem Berg. Ihm aufmerksam und demütig von Angesicht zu Angesicht gegenübertreten. In dem Vertrauen, dass euch nix passieren kann. Dann kann euch im Leben nichts mehr was anhaben. Drum lassen wir uns jetzt die Steilwand hier runter. Einer nach dem anderen.«

Ich holte ein Tau aus meinem Rucksack und befestigte es am hierfür bereits vorgesehenen Karabiner aus Edelstahl mit einer sogenannten »Easy-Open-Funktion«, mit der man ihn, wenn man sich verheddert hatte, leicht öffnen, das Seil entwirren und wieder sicher verschließen konnte. Für solch einen Fall hatte ich auch stets ein zweites Tau dabei, mit dem ich schnell bei den Touristen sein und sie befreien konnte. Die Wand war etwa dreißig Meter hoch, da war man im Handumdrehen drunten.

»Man sagt im Volksmund *Abseilen*«, fuhr ich mit meiner Rede fort, »obwohl das Abseilen der unbeaufsichtigte Abstieg am Seil ist. Was mir hier machen, heißt eigentlich *Ablassen*. So wie Loslassen. Ich mach jetzt an jedem in Bauchhöhe zwei Karabiner fescht, zur Sicherheit. Da wird dann das Seil angebracht, und ich bedien von oben die Seilbremse. Da brauchts keine Angscht haben, da kann nix passieren. Verlassts euch auf mich.«

Ich machte keinen Schleifknoten, sondern legte das Seil zweimal um. Das ist ein alter Bergsteigertrick, da hält das Seil dann bombensicher.

»Freiwillige vor!«, rief ich munter.

Keiner meldete sich, und beim Ablassen gilt die Regel »Die Dame zuerst« nicht.

»Wer von euch war denn schon amal beim Abseilen?«

»Ich«, sagte der Alte.

»Dann machen Sie den Anfang. Merkts euch eins, Leute: immer waagerecht im Berg stehen. So als könnt man zu Fuß den Berg hochlaufen. Lassts euch von der Felswand führen. Und vertrauts auf eure eigene Kraft. So muss man sich fühlen. Und die wichtigste Regel beim Ablassen ist: Nicht nach unten schauen. Sondern nach oben. Zu mir her. Dann kann nix schiefgehen.«

Ich sicherte den Alten, und er stellte sich beim Abseilen nicht ungeschickt an. Im Gegenteil: Er schien schier mit dem Fels zu verschmelzen. Der hatte Talent! Er würde vermutlich auch allein in einer Felsspalte überleben. Denn es ist der Wille, der einen voranbringt. Da wurde mir klar, dass ihm sein Perfektionismus, den er bei unserem Seminar eigentlich loswerden wollte, wohl nicht mehr auszutreiben war. Der saß zu tief. Sein Geld würde er aber trotzdem nicht zurückbekommen.

»So, jetzt einfach den Karabiner öffnen und das Seil freigeben!«, rief ich, als er sicher unten angekommen war.

»Gebongt!«, rief der Alte und löste den Karabiner.

Ich holte das Seil ein und sicherte die Dame. Sie erschauderte bei der Berührung mit meinen Bergsteigerhänden und strahlte mich aus den Augenwinkeln an. Ich lächelte, um ihr ein bisschen Bestätigung zu geben, wusste jedoch, dass sie tabu war, und irgendwie glaube ich, sie spürte das auch.

»So jetzt all den Ballast aus der Stadt vergessen. Du bischt jetzt gleich für a paar Minuten allein mit dem Berg. Achte besonders drauf, ob du dich wohl fühlst – so ganz auf dich gstellt. Es gibt in diesem Moment nur dich und die Natur.«

Ganz zittrig hat sie sich dann über die Kante geschoben und etwas ungeschickt an der Steilwand hingestellt. Die ersten zehn Schritte liefen gut. Dann hing sie im Berg und traute sich nicht weiter.

»Nur Mut! A bisserl vom Seil nachgeben, dann mit einem kurzen Schubser die Füße von der Felswand lösen, und schon bist ein paar Meter weiter herunten«, sagte ich.

»Mir ist so mulmig zumute«, sagte die jetzt äußerst ängstlich wirkende junge Frau.

»Macht nix, da musst du jetzt durch. Einfach abstoßen und a bisserl vom Seil nachgeben.«

Sie blickte starr auf die Felsen vor sich, schloss die Augen, und ich dachte schon, sie würde nach unten schauen, aber stattdessen blickte sie zu uns hoch und blinzelte ihren Glatzenfreund an. Der lächelte sie aufmunternd an, und sie lächelte aufgemuntert zurück. Jetzt traute sie sich weiter und war in null Komma nix drunten. Der Alte half ihr, sich vom Seil zu befreien, und ich wandte mich dem Glatzkopf zu.

Der war irgendwie seltsam und wippte wie gestört mit dem Kopf. Er war ganz voll Energie, jetzt wo das Burnout überwunden war, im Gesamtbild ziemlich sportlich, und er hatte die vorigen Übungen allesamt gut gemeistert, aber irgendwas stimmte nicht mit ihm. Wahrscheinlich hatte er Angst vorm Berg oder vorm Alleinsein. Aber da musste er jetzt durch. Ich holte das Seil ein und befestigte die beiden Karabiner mit dem Gurt. Da wurde er ganz still. Der Glatzkopf sah mit einem Mal ganz weggetreten aus und war bleich im Gesicht. Wenigstens zappelte er nicht mehr so herum. Sogar das Kopfwippen hatte aufgehört.

»Auf geht's!«, feuerte ich ihn an. »Des packst du scho!«

Da atmete er tief die gute Bergluft ein, ließ sich vorschriftsmäßig ins Seil fallen und stieg langsam die Wand runter. Mit jedem Schritt konnte man sehen, wie seine Sicherheit in der Steilwand wuchs. Auch die Farbe kam ins Gesicht zurück. Dennoch stand ich mörderische Ängste aus, dass er etwas Unüberlegtes machen könnte. Aber meine Befürchtungen waren unnötig. Auf den letzten Metern schaute er freudig zu mir rauf, jauchzte laut auf und schwebte geschickt den Felsen hinunter. Das ist immer einer der schönsten Momente, wenn man sieht, dass man bei den Menschen etwas bewirkt hat.

Mir fielen mehrere Steine vom Herzen, als der Glatzkopf unten ankam, und das Pärchen einander in die Arme schloss.

Als jetzt der junge Kerl mit dem Kinnbart an die Reihe kam, wehte ein kühler Wind, und der Nebel wurde noch dichter. Wahrscheinlich würde es in Kürze ordentlich zum regnen anfangen. Aber vorher musste noch hinabgestiegen werden.

»So, jetzt bischt sicher«, sagte ich, nachdem ich ihn gesichert hatte.

Er blickte mir ängstlich in die Augen und begann mit dem Abstieg. Die ersten zwanzig Meter gingen zwar mühsam, aber glatt vonstatten. Dann begann der Depp plötzlich zu hyperventilieren. Und gleichzeitig nach oben zu greifen und nach unten zu treten. Dabei kam er seitlich voran. Er blickte wild um sich, stieß ängstliche Laute aus und hielt sich ein Ohr zu.

»Was keuchst denn so?«, fragte ich. »Is dei Tinnitus wieda da? Du weißt doch: Eins nach dem anderen!«

»Ich … äh … weiß nicht«, stammelte er und zappelte unkontrolliert am Seil.

Dann beging er den größten Fehler, den man am Berg machen konnte. Er missachtete eine der wichtigsten Regeln: Nicht nach unten schauen. Ich konnte nur mehr seinen bleichen Scheitel sehen – und ein ängstliches »Urmpf« entwand sich seiner Kehle. Verzweifelt schaute er daraufhin zu mir herauf. Plötzlich griff er ohne ersichtlichen Grund an seinen Karabiner und löste die Sicherung.

»Du *Drottl*[135]!«, rief ich ihm noch zu.

Doch er schürfte schon in Windeseile die Felswand hinunter und kam mit einem dumpfen Schlag am Erdboden auf. Herrschaft, so ein Drama! Da er den Karabiner gelöst hatte, konnte ich rasch das Seil hochziehen und mich daran runterlassen. Der Fetzenschädel[136] lag da und sah nicht mehr so wirklich intakt aus. Er lebte, hatte sich aber sicherlich alles Mögliche gebrochen, und sein hässliches Sweatshirt färbte sich an der einen oder anderen Stelle rot. Ich legte ihn in die stabile Seitenlage und rief von meinem Mobiltelefon die Rettung an. So ein depperter Knallfrosch, da einfach den Karabiner zu öffnen. Damit konnte doch keiner rechnen!

Er lag mit halbgeöffneten Augen da.

»Das wars. Scheiße, das wars. Vorbei. Aus«, säuselte er vor sich hin.« Ich werde … ich werds nicht überleben. Dabei … dabei hat es doch grad erst angefangen.«

[135] Trottel
[136] Idiot

»Da brauchst dir keine Sorgen machen, mir kriegen dich schon wieder hin. Wirst sehn, morgen reißt dir ein fesches Mädel auf, und dann wird alles gut.«

»Ein Mädchen? Hört sich gut an!«, kehrte sein Lebensmut auf einmal zurück.

»Freile, mir haben viele Mädchen bei uns. Suchst dir die Schönste aus und dann ran an den Speck«, baute ich ihn weiter auf.

»Ja? Ja! Ich will leben! Und Sex haben! Bis ich umfalle!«, sagte der Kinnbart mit leuchtenden Augen.

Offenbar erzeugte der Schmerz bei ihm einen heftigen Adrenalinschub.

»Genau! Und dann trinken wir einen Schnaps zusammen!«, munterte ich ihn weiter auf.

»Ja! Ich will mich besaufen, bis die Heide wackelt! Und dann mach ich alle Frauen glücklich!«

Nicht, dass er mir überschnappte!

»Ja. Des machst. Jetzt haltst dich aber erst amal still, weil vielleicht hast dir ja dein Genick gebrochen.«

Er gehorchte aufs Wort. Die Freundin des Glatzkopfes war sehr mitgenommen von dem Unglück und wurde von ihrem Freund mehr oder weniger beruhigt. Der Alte beobachtete interessiert das Geschehen, sagte aber nichts.

Der Hubschrauber kam nach zehn Minuten. Das Rettungssystem in den Bergen läuft schon einwandfrei! Am Steuer saß der Action Schorsch, cool wie immer mit Sonnenbrille und Baseballkappe. Ich liebe das Geräusch eines fliegenden Hubschraubers. Flapp, flapp, flapp! machte es. Er landete elfengleich neben uns und ließ stilgerecht die Rotoren weiterlaufen.

»Na wer ma unsern Patienten amal verarzten!«, rief er,

während er mit einem Satz aus der Luke seines Eurocopter TIGER hüpfte. Dann sah er sich den Kinnbart an. »I sigg scho, der hat gwiess was abkriagt, aber den flick ma wieder zamm![137] Ich bring ihn gleich zum Herrn Doktor!«

Rasch war eine Bahre aus dem Helikopterinneren gezaubert, elegant wurde der Verletzte daraufgehievt, und wir machten uns daran, ihn schön warm einzupacken, damit er keinen Schüttelfrost bekam.

»Gibts schon was Neues von der Kirchweih? Wie is die Stimmung?«, rief ich.

»Vergiss es! Unten im Dorf is der Teufel los!«, rief der Schorsch zurück.

So etwas hatte ich schon befürchtet.

Nun war der Kinnbart schön warm eingepackt. Ich nahm die Bahre am Kopfende, der Schorsch am hinteren Ende, und wir bugsierten den Verletzten in den Hubschrauber.

»Ich soll dir vom Mike ausrichten, dass du deine kleine Tour mit der hübschen Asiatin nicht vergessen sollst!«, rief der Schorsch.

»Ja, des is a Süße, gell?«, rief ich. »Was macht sie? Ist sie schon im Ort gewesen?«

»Ja, aber nur kurz, sie will sich noch informieren, damit sie für die Tour mit dir fit ist! Du alter Hallodri! Sie hat sich bei der Trudi ein paar Bergsteigerbücher ausgeborgt und sich in ihre Gemächer zurückgezogen. Sie bleibt über Nacht!«

»Dann werd ich nachher mein Bestes geben bei unserem asiatischen Gast!«

»Sag Bescheid, wie sie geschmeckt hat«, rief der Schorsch,

[137] Ich sehe schon, der hat bestimmt einiges abbekommen, aber den flicken wir schon wieder zusammen!

und wir packten die Bahre samt Kinnbart rein in den Hubschrauber. Luke zu, und weg waren sie. Die ganze Aktion hatte keine drei Minuten gedauert.

»Seht ihr? Des kann passieren, wenn man sich nicht an die Regeln hält.«

»Was wird jetzt aus ihm?«, fragte die Freundin vom Glatzkopf.

»Keine Sorge, des is nur a kleiner Kratzer. Der ist morgen wieder fit wia a Turnschuh. Ganz bestimmt! Jetzt bringen wir unsere Tour aber erscht in aller Ruh zu Ende. Also, sagts amal, jetzt wos alleine mim Berg warts. Was habts denn dabei empfunden? Und wie hat euch das verändert?«

Ein bißchen eigenartig kam ich mir schon vor, einfach weiterzumachen mit meinem Programm. Aber was sollte ich machen? Die Touristen hatten schließlich dafür bezahlt.

»Ich hatte zunächst Angst«, sagte der Glatzkopf. »Dann habe ich tief eingeatmet, und plötzlich spürte ich ganz neue Kräfte und Selbstbewusstsein in mir aufkeimen. Und ich spüre sie immer noch. Ich fühle mich tatsächlich stärker als zuvor! Ich könnte Berge versetzen!«

Sein Burnout-Problem war also, wie erhofft, Geschichte.

»Ich hatte auch erst Angst«, sagte seine Freundin. »So ganz alleine. Aber jetzt, wo ich weiß, dass ich so was kann, da … also … mag ich mich selbst auch … irgendwie lieber. Und … ich brauch mich für nichts mehr zu rechtfertigen oder Schuldgefühle zu haben.«

Sehr schön, und jetzt wo ihr Selbsthass einem gesunden Selbstvertrauen gewichen ist, wie es bei unseren Frauen üblich ist, hat sie auch gleich viel hübscher ausgeschaut. Dennoch wusste ich: Finger weg!

»Ich hatte keine Angst«, riss mich da der Alte aus meinen Gedanken. »Aber ich habe mich erhaben gefühlt. Über den Dingen. So weit oben. So nah am Himmel. Er war zum Greifen nah. Ein großartiges Gefühl.«

Sehr schön. Jetzt konnte ich zu meinem Lieblingsteil der Tour kommen.

»So, liebe Leute. Jetzt wissts ihr, wer ihr seids und was ihr könnts. Nehmts des für euch mit, und vergessts es nicht zuhause gleich wieder. Damit ihr das verinnerlichen könnts, möcht ich euch bitten, dass ihr jetzt ganz alleine und schweigend die letzten Meter nach unten gehts.«

Esoterik-Fuzzies hätten an dieser Stelle das Wort »nachspüren« verwendet, aber das war einfach nicht mein Stil.

Ich legte meinen Rucksack wieder an und marschierte voran. Meine drei verbliebenen Seminarteilnehmer hinterdrein, einer nach dem anderen, mit einem glücklichen Lächeln auf dem Gesicht.

Streitereien

Die Wolken waren nun zu einer dichten Masse zusammengewachsen, und einzelne dicke Regentropfen erfrischten unsere Gesichter. Zum Glück hatten wir unsere Regenjacken dabei. Ohne weitere Zwischenfälle stiegen wir zügig ab. Alle machten dabei ganz selige Gesichter, und der Alte war zur Abwechslung einmal zwei Stunden still.

Als unser Dorf schließlich in einiger Entfernung zu erkennen war, grauste mir mehr denn je vor dem ganzen Zinnober wegen des Zacherls. Und meine Gedanken verfinsterten sich.

Da sprangen auf einmal zwei Gestalten aus dem Gebüsch heraus! Ich erschrak, stellte mich in Kampfposition und schaute genau hin. Ich kannte sie alle beide. Der eine war ein hagerer, bleicher, sehr großer Mann mit knochigen Händen und wenigen Zähnen, schütterem Haar und staksigem Gang. Es handelte sich eindeutig um den Schmatzer Kurt, seines Zeichens Bergtotengräber. Ich hatte ja letzte Nacht von ihm geträumt, wie er sich erst in den Ferdi verwandelt und dann ein Grab für jemanden geschaufelt hat. Der andere war sein bester Freund, der Ferdi selbst. Was hatte das zu bedeuten? Hatten sie mir aufgelauert? Bloß warum? Die ganze Bergtour über hatte es in mir gearbeitet. Vor allem seit es sicher war, dass der Traubeck Bauer nichts mit dem Zacherl am Hut hatte. Zumindest nicht ohne die Hilfe vom Ferdi. Der Gedanke, dass der Ferdi das Zacherl aus Rache genommen hatte und ich deshalb direkt in die Sache verwickelt sein könnte, machte mich unbandig wütend. Wenn das stimmte, war nicht nur das Dorf, sondern auch meine gute Reputation in höchster Gefahr. Aber ich schluckte meinen Zorn erst einmal herunter und grüßte die beiden ganz harmlos. Immerhin hatte ich die Touristen im Schlepptau.

»Kurti serwas. Ferdi serwas. Was kann ich für euch tun?«

»Servus, Toni«, sagte der Kurti finster.

»Servus, Verräterschwein«, sagte der Ferdi giftig. Er hatte sich anscheinend entschlossen, mir den Marsch zu blasen. Und der Totengräber war als Verstärkung mitgekommen, als Backup sozusagen.

Und da! Beide hatten diese Augenringe, die seit kurzem auch ein paar andere im Dorf hatten! Obwohl der Totengräber, glaub ich, schon immer welche hatte. Beide schauten mich grantig an. Da kam mir die Erleuchtung: Freilich! Das gestohlene Zacherl war schuld! Ein paar Menschen drehten jetzt völlig durch, und die hatten alle diese Augenringe! Das würde ich mir im Dorf gleich genauer anschauen. Bloß warum jetzt erst? Das Zacherl war doch schon seit einem Jahr fort. Ich wusste keinen Rat. Außerdem musste ich mich jetzt erst einmal um die beiden Spaßbremsen kümmern.

»Wos, wos, wos?«, fragte ich mit erhobenem Kinn.

»Du woaßt as ganz genau. Jetzt gibts a Revanche. Für letztes Jahr! Du hast uns ganz dreckert besoffen gemacht und mir die Ottilie gestohlen! Ich hab sie geliebt. Und du hast sie nur benutzt. Und dann entsorgt. So wiest es mit alle anderen auch gemacht hast. So eine miese Sau bist du, Wildbach Toni!«

Ich wollte ihm grad aus Reflex eine einschenken, da hörte ich Fußgetrappel hinter mir.

»Äh, gehts schon amal vor, sonst werdets ja noch ganz nass«, sagte ich schnell zu meinen Touristen, die inzwischen bei mir angekommen waren und sich Schutz suchend hinter mich gestellt hatten. »Ich komm gleich nach … Die letzten Meter müsst ihr den Berg ohne mich besiegen. Wir treffen uns am Dorfeingang, ja?«

Meine Gruppe wunderte inzwischen gar nichts mehr, und sie trottete weiter Richtung Dorf. Als sie außer Hörweite waren, wandte ich mich wieder dem Ferdi zu.

»Sie hat sich halt nicht für dich, sondern für mich entschieden in jener Nacht«, verteidigte ich mich. Da ich keine Zeit vertun wollte, ging ich gleich auf Konfrontationskurs. »Deswegen musst du doch nicht gleich das ganze Dorf ins Unglück stürzen! Du Depp!«

»Besoffen hast uns gemacht! Und dann bist mit ihr in ihr Wohnmobil abdampft!«

»Ja, des stimmt. Du hast uns ja aufgeweckt am nächsten Morgen«, bestätigte ich.

»An Saukater hab ich ghabt. Du hinterhältiges Schwein!«, schimpfte der Ferdi.

Er versuchte, mich zu treten, aber ich wich ihm flink aus. Der Ferdi hatte jetzt Tränen in den Augen und hätte mir in diesem Moment fürchterlich leidgetan, wenn er nicht mit großer Wahrscheinlichkeit der Zacherldieb gewesen wäre. Der Totengräber stand daneben und sagte kein Wort.

»Und ich hab Rache geschworen. Du sollst grad a so leiden wia i, du hinterfotziger Hund, du!«

»Jetz hast alles gsagt, oder?«, schaltete sich der Schmatzer Kurti plötzlich ein.

»Der Toni ist ein ganz a dafeida[138] Hundskrippl«, schluchzte der Ferdi nun hemmungslos. »Des soll er mir büßen! Und er ist selber schuld. Diesmal mach ich den Stich! Er woaß scho, was los is!«

»Was redst du da, du Voidepp[139]?«, stellte ich ihn zur Rede. Langsam wurde mir das Ganze doch zu bunt. Und zu nass. Der Regen hatte nämlich in den letzten Minuten ordentlich angezogen.

»Du woaßt genau, wovon i red. Hättst dir früher überlegen müssen!«

»Hast *du* was mit der Sach mit dem Zacherl zum doa?«, fragte ich den Ferdi jetzt ganz direkt von Mann zu Mann. »Gestehs!«

»Nix gesteh ich, a Revanche will ich. As Gnack brich ich dir![140]«

»Hast du des Zacherl geklaut, um mich und das Dorf ins Verderben zu stürzen?«, fragte ich sicherheitshalber noch mal nach, weil ich mir nicht sicher war, wie er das mit dem »Gnackbrechen« jetzt gemeint hatte.

»Freilich!«, zischte er giftig.

»Du Dieb!«, sagte ich ehrlich erschüttert. Jetzt hatte er es doch wirklich gestanden!

138 verfaultes, übles

139 Vollidiot

140 Im buchstäblichen Sinne: »jemandem das Genick brechen«, im übertragenen Sinne auch »jemanden vernichten / zu Fall bringen«.

»Dich werd ich zammfoin lassen[141]!«, giftete der Ferdi weiter. »Die Gschicht mit dem Zacherl wirst du mir nicht in die Schuhe schiam!«

»Was?«, wunderte ich mich. »Du wagst es doch nicht, *mir* …«

»Na wirkle ned![142] Na wirkle ned«, rief der Ferdi dazwischen, während er sich abklopfte. »Des muasst du allein ausbaden, Toni, du Ratte, du foische[143] Sau, jetz kriegst du, was du verdienst. Jetzt kommt *meine* Zeit. Des hast du jetzt davon!«

Der Ferdi schien völlig außer sich, aber gleichzeitig auch ängstlich. Ich spürte zwar, dass er mich nicht angreifen würde, denn er blickte mir nicht in die Augen, aber ein bisschen unheimlich war er mir trotzdem.

»Ja, was jetzt?«, fragte ich ihn.

Inzwischen völlig durchnässt starrte mich der Ferdi grün vor Zorn an. Sein Blick war funkelnd und ziemlich wirr. Ich blickte dem Ferdi grade in die Augen und stellte ihm die einzig entscheidende Frage.

»Und jetzt sagst *du* mir geradeheraus: Wo is as Zacherl?«

»I schlag di doud[144]!«, kreischte der Ferdi und machte einen kleinen Schritt auf mich zu. Dann hielt er aber kurz inne, drehte sich abrupt weg und ließ den Kurti und mich einfach stehen. In einiger Entfernung hörte ich ihn wieder losheulen.

Erst wollte ich hinter ihm her, aber dann sah ich, dass meine Touristen schon fast das Dorf erreicht hatten. Herrschaftszeiten! Ich lief los, und bald hatte ich meine Gruppe eingeholt. Keiner fragte mich, was passiert war. Alle waren guter Laune

141 zu Fall bringen, verprügeln

142 Na, wirklich nicht!

143 falsche

144 tot

und redeten schon über das bevorstehende Fest. Die drei sprühten gerade so vor neuem Leben. Da wandte sich mir der Alte verschwörerisch zu.

»Ich habe Sie eben gerade beobachtet, Wildbach Toni«, flüsterte er. »Vielleicht hat ja dieser Mann die Fahne gestohlen. Der war ja völlig neben der Spur. Unkontrolliert und seltsam. Und so voll Hass. Da hat man ja direkt Angst bekommen.«

Sosehr mir der Alte auch auf die Nerven ging mit seinen ständigen Übergriffen und Einmischungen – ich konnte ihm nicht recht widersprechen. Aber ich wollte am liebsten gar nichts mehr sagen. So aufgewühlt und verletzt wie eben hatte ich den Ferdi noch nie gesehen. Aus Rache hatte er also das Zacherl gestohlen. Um mich für sein gebrochenes Herz büßen zu lassen. Ich habe ja nicht wissen können, dass ihm das mit der Ottilie so ernst gewesen war. Er hatte wohl wirklich arg gelitten, die arme Sau, und das bereitete mir nun doch ein schlechtes Gewissen. Ich hätte es dem Ferdi eigentlich nicht zugetraut, dass er gleich das ganze Dorf ins Unheil stürzte, nur damit er mir eins auswischen konnte. Aber er war der Dieb, da gab es keinen Zweifel mehr. Er hatte es ja selbst zugegeben. Diese Gewissheit erschien mir mit jedem Schritt immer plausibler. Ferdi kam aus der Bergregion und wusste, was ein verschwundenes Zacherl bedeutete. Es war ihm außerdem klar, dass er im Kampf Mann gegen Mann gegen mich keine Chance hätte. Also hatte er sich einen anderen Weg gesucht, mich zu treffen. Allerdings war das schon ein ganz schön böser und niederträchtiger Weg. Ich hatte immer gedacht, dass der Ferdi zu so viel Bosheit überhaupt nicht in der Lage war. Wenn das alles wirklich stimmte, gab es nur eine einzige Erklärung für sein Verhalten: Er hatte nicht mehr alle Sinne beisammen. Aufs Zacherl konnte ich das in diesem Fall leider nicht schieben, nein, er war wegen mir durchgedreht.

Im Dorf gingen wir auf dem schnellsten Weg zum Schlemmerwirt, um uns zu stärken. Ich nahm vorsichtshalber die heilige Abkürzung zwischen der Kirche und dem Pfarrhaus auf den Marktplatz. Dort angekommen, blickte ich kurz an die Stelle, wo einst das Zacherl hing, und bekam einen leichten Adrenalinschub, so, wie wenn man mit dem Lottoschein zur Annahmestelle geht und die Ziehung nicht verfolgt hat. Insgeheim wünschte ich mir, dass das Zacherl einfach an seinem Fahnenmast hängen würde, dass es wieder aufgetaucht war, dass es doch irgendwer versehentlich mitgewaschen hatte, dass das Ganze ein riesiges Missverständnis war. Doch ich wurde enttäuscht. Der Flaggenmast auf dem Marktplatz ragte kahl in den tiefhängenden grauen Himmel.

Die Händler hatten ihr Lager in exakt der gleichen Formation wie in den Jahren zuvor aufgestellt. Da konnte man quasi blind durchlaufen, jeder war jedes Jahr am selben Platz, beinahe auf den Zentimeter genau, so kam es mir zumindest vor. Wenn doch einmal ein Neuer hinzukam, wurde er erst amal von den anderen geschnitten und musste sich mit viel Ausdauer seine Position sichern. Es kamen aber nicht allzu viele hinzu, weil unser Bürgermeister nur widerwillig neue Genehmigungen ausstellte und es auch darum ging, dass kein Produkt doppelt vertreten war.

Ich versuchte auf diesen paar letzten Metern über den Marktplatz mit großen Gesten und relativ lautstarkem Dahergerede die Aufmerksamkeit der Touristen auf mich zu lenken, denn sie sollten nicht mitbekommen, was hier wirklich los war.

Die Stimmung war fürchterlicher als erwartet. Der Schnapshändler hatte gerade den Kohlrabiverkäufer im Schwitzkasten, fletschte die Zähne und rief immerzu: »Isch werd so bees! Isch werd so bees!« Der Metzger stand vor ihnen und beschwichtigte den Schnapshändler, indem er sagte: »Beruhisch disch! Beruhisch disch!« Allerdings gab der Metzger nach jedem dritten oder vierten »Beruhisch disch« dem armen Kohlrabiverkäufer mit dem flachen Handrücken eins auf die Nase. Die Situation war schrecklich! Es musste dringend etwas geschehen.

Am Eingang des Schlemmerwirts standen zwei junge Kerle mit durchtrainierten, wohldefinierten Bodys in perfekt geschnittenen, dunklen Anzügen an der Eingangstür und verteilten Zettel an die rein- und rausgehenden Gäste. Sie waren solariumgebräunt und hatten kurze, ordentliche Haare. Doch ihr falsches Lächeln und ihre dunklen Augenringe machten sie mir sofort verdächtig.

»Moment amal«, rief ich ihnen zu. »Wer seids denn ihr? Des geht fei ned! Wenn die Leute jetzt eure Zetteln auf den Boden schmeißen, wer hebt die dann nachher wieder auf?«

»Nun haben Sie sich mal nicht so«, sagte der Größere der beiden mit norddeutschem Akzent.

»Obacht gem, länger lem!«[145], sagte ich und drohte den beiden gefährlich mit dem Zeigefinger.

Da zuckten sie kurz zusammen, setzten aber gleich wieder ihr falsches Lächeln auf.

»Wir wollen doch, dass möglichst viele Leute in den Ge-

145 »Vorsichtig sein, länger leben!«

nuss unserer einzigartigen Produkte kommen«, sagte frech der kleinere der beiden Jungs. »Da muss man ein bisschen die Werbetrommel rühren.«

Sie waren also die Vorhut der Werbeveranstaltung. Das hätte ich mir eigentlich gleich denken können.

»Nix da, Bürscherl. Die Zettel legt ihr drinnen an der Theke im Schlemmerwirt aus, dann kann sich der welche nehmen, den das interessiert. So weit kommts noch!«

Ich richtete mich zu meiner vollen Größe auf.

»Ja ja, Ordnung ist das halbe Leben. Aber dennoch sollte man dem Kaiser geben, was des Kaisers ist, nicht wahr?«, sagte der Größere.

»Da komm ich jetzt nicht ganz mit, mein Lieber«, sagte der Kleinere.

»I versteh kein Wort«, sagte ich.

»Na, ich meine eben: Butter bei die Fische«, sagte der Größere.

»Was? Bitte holen Sie mich ab, Herr Kollege«, sagte der Kleinere zu dem Größeren.

»Abholen?«, fragte ich.

»Ins Boot holen«, sagte der Kleinere besserwisserisch.

»Das übliche Spiel, mein Bester. Über den Tellerrand rausschauen, einfach mal drauflos spinnen, die ganze Chose eintüten. Im Zweifelsfall die Spaßschraube noch mal gewaltig nach links drehen, verstehen Sie?«, philosophierte der Große.

Dann blickten sich beide zufrieden an und brachen in Gelächter aus.

»Glei fangts euch eine, ihr Saubazi«, rief ich erbost. »Hat man euch als Kind keine Manieren beigebracht?«

Solltens doch machen, was sie wollen, die Deppen. Ich

nickte meinen Touristen zu, betrat den Schlemmerwirt und versuchte die soeben geführte Unterhaltung mit den beiden Idioten noch einmal »Revue passieren« zu lassen. Es gelang mir nicht mal ansatzweise.

Im Schlemmerwirt schimpfte gerade der Zirngiebl Thomas mit der Köchin. Er wirkte zugleich wütend und erschöpft und hatte noch immer diese seltsamen grauen Schatten unter den Augen. Sie waren meiner Meinung nach sogar noch dunkler als beim letzten Mal. Und das konnte nichts Gutes bedeuten.

»Das sind doch keine Breznknödel!«, schalt der Thomas die Köchin. »Die sind ja weiß!«

»Aber ich hab sie gmacht wie immer!«, verteidigte sich die Köchin.

»Weiß sind sie! Da hast vermutlich Semmeln genommen, du Rindviech!«

Das nicht vorhandene Zacherl leistete ganze Arbeit. So hat der Thomas noch nie gesprochen! Ein Wahnsinn, wirklich wahr.

Es war bereits weit nach Mittag, die Gruppe wollte etwas essen und sich ausruhen. Die drei blieben ja noch über Kirchweih und mussten sich bis zum nächsten Tag von der anstrengenden Reise in die Bergwelt erholt haben. Davor wollte ich ihnen aber noch einen letzten Stein vom Herzen heben.

»So, liebe Leut, jetzt schaun wir amal, wie es unserem Patienten geht«, sagte ich und wählte die Handynummer vom Herrn Doktor. Das hätte ich zwar schon viel früher machen können, irgendwie hatte ich das aber wegen dem ganzen Radau mit dem Ferdi und dem Zacherl vergessen. Lieber spät als nie.

Es läutete lang, dann hob der Herr Doktor ab.

»Dr. Kröninger, grüß Sie GOTT?«

»Herr Doktor, der Toni is am Apparat. Wie gehts denn unserem Verletzten?«

»Grüß dich, Toni. Dem gehts so weit gut. Er hat sich den rechten Arm gebrochen, und eine leichte Gehirnerschütterung hat er auch. Alles halb so wild. Wir haben ihn geschient, und er ist schon wieder bei Bewusstsein. Also aus medizinischer Sicht kann er heute noch entlassen werden. Er möchte so gern morgen die Kirchweih anschauen.«

»Mei, da bin ich erleichtert. Der hat wohl in einem Anfall von Panik einfach den Karabiner geöffnet.«

»Weiß ich schon. Aber geschadet hats ihm scheints nicht. Er redet nur noch vom Feiern. Er möcht plätschern, lumpen und schustern[146]. Ein lustiger Kerl.«

»Ja, des hat er mir auch schon gesagt. Zum Glück warens nur ein paar Meter, stellns Ihnen vor, wenn das ein paar hundert Meter gewesen wären, dann würd er jetzt wahrscheinlich der Kaiser von China werden wollen.«

»Ich glaub, wenn er ein paar hundert Meter runtergefallen wär, hättst glatt an schwarzen Helikopter bestellen können.«

»Woll, woll, da ham ma ja allesamt sauber Massl[147] ghabt«, freute ich mich.

»Sind also alle GOTT sei Dank noch mal mit einem blauen Aug davongekommen«, freute sich auch der Herr Doktor. »Bis spätestens morgen auf der Kerwa, Toni.«

»Habe die Ehre, Herr Doktor!«

»Werds zuhaus zu rühmen wissen.«

[146] saufen, feiern und vögeln

[147] großes Glück

Klick.

»Alles gut. Dem Kinnb... äh... unserem Patienten geht es gut, und er wird heute noch entlassen und kann morgen die Kirchweih in vollen Zügen genießen.«

Die drei Touristen seufzten erleichtert auf. Jetzt war es langsam, aber sicher an der Zeit, sich von meiner kleinen Gruppe zu verabschieden.

»Liebe Leut, mir haben es geschafft. Schön wars mit euch.«

»Danke, lieber Toni, Sie sind wirklich eine Wucht«, sagte die Freundin vom Glatzkopf und schmiegte sich an ihren Begleiter. »Ich fühle mich einfach toll. Und uns beiden hat die Nacht auf der Alm auch mal wieder so richtig gutgetan.«

»Dank schön für das Kompliment!«, sagte ich.

»Wir haben zu danken«, sagte der Glatzkopf und steckte mir zehn Euro in die vordere linke Hosentasche. »Ich fühl mich wie neugeboren! Voll aufgetankt! Hätte ja nich gedacht, dass das so schnell geht!«

Warte nur auf den Muskelkater, Kamerad, dachte ich mir.

»Ja, gell. So isch des halt hier heroben. Und erzählts euren Freunden und Verwandten von mir, gell? Dann gibts beim nächsten Mal auch einen Rabatt.«

»Das haben Sie wirklich fabelhaft gemacht«, pflichtete der Alte bei und überreichte mir einen Fünfzig-Euro-Schein. Augenzwinkernd schob ich ihn in die Hemdtasche.

»Danke recht schön!«

Aus den Augenwinkeln sah ich weiter hinten die beiden jungen Kerls in den schwarzen Anzügen, die die Flugblätter im Eingangsbereich vom Schlemmerwirt auslegten. Also hatten sie mich doch verstanden.

»So, meine Lieben, jetzt heißts Abschied nehmen. Schön

wars, Spaß hats gmacht, gern jederzeit wieder! Und ihr gehts nachher noch gemeinsam ein Glaserl Bier trinken, um euren erfolgreichen Abschluss gebührend zu feiern, gell? Ich bin später noch unterwegs. Vielleicht seh ma uns ja am Abend oder morgen. Bleibts schon alle über Nacht da, gell?«

»Ja, klar«, antwortete das Pärchen unisono.

»Sehr schön. Wiedersehen und habe die Ehre!«, beendete ich mein Seminar.

»Auf Wiedersehen«, strahlte mich das Pärchen fröhlich an.

Der Alte sagte nichts, sondern lächelte nur.

Ich ging schnell ins kleine Bad neben meinem Privatgemach und wusch mir mit kaltem Wasser und wohlduftender Seife, die die Zirngiebl Zenzi immer hinlegte, das Gesicht. Sofort fühlte ich mich erfrischt. Dann trocknete ich mich mit den wunderbar weichen, blitzweißen Frotteehandtüchern ab, die die Zenzi ebenfalls immer hinlegt. Da klopfte es.

»Herein!«

Leise ging die Tür auf. Das Koch Tinerl kam herein. Sie war ganz durchnässt vom Regen draußen, und … das konnte nicht sein! Auch sie hatte diese grauen Schatten! Ich sagte nichts, weil man kaum etwas Ungeschickteres machen kann, als einer schönen Frau zu sagen, dass sie graue Schatten unter den Augen hat.

»Ja, Tinerl. Grüß dich«, sagte ich freundlich.

»Griaßdi, Doni«, sagte das Tinerl unerwartet kühl.

»Was hast denn? Du schaust ganz durcheinander aus?«

»Es ist so eine Unruh im Dorf. Mein Vater ist die ganze Zeit schlecht gelaunt, der Action Schorsch ist ständig gereizt, und sogar der Herr Pfarrer wirkt nervös und unausgeglichen.

Außerdem ist ein großer Zank zwischen dem Schipfer Päda und seiner Frau ausgebrochen. Wegen irgendeinem Plastikgeschirr, glaub ich. Und wegen einem Grundstück, das nicht verkauft werden soll!«

»Grundstück?«, fragte ich hellhörig. »Ja, aber, warum denn ned?«

»Es geht um so a Bauvorhaben, was der Päda morgen genehmigen soll. Und erst hats gheißen, er machts auf keinen Fall, jetz aber heissts, er genehmigts. Und koana woaß genau, wo was wie und um was dass es geht. Und die Trudi is nur mehr am Keifen.«

»Woaßt du, ob des a Amerikaner ist, der des Grundstück kaufen möcht?«, fragte ich und hoffte inständig, dass es nicht der Investor war, dem wir letztes Jahr das Odelbad verpasst hatten.

»Naa. Des woaß i ned. Und wenn scho. Des Problem is ned des Bauvorhaben, sondern die Unruh im Dorf.«

»I sags dir, Tinerl, des liegt an dem verlorengegangenen Zacherl.«

»Bledsinn, das ist doch nix wia ein ganz ein depperter Aberglaube. Ich glaub eher, die Trudi hat was gegen den Käufer, was Persönliches.«

»Siehst dus den ned? Der ganze Ärger hat letztes Jahr angefangen, wo des Zacherl verschwunden ist. Seither spinnens alle, und seither laufen hier so komische Sachen wie die Werbeveranstaltung und irgendwelche geheimnisvollen Bauvorhaben!«

»Aso, jetz is also *alles* schlecht, was neu daherkommt! Die Werbeveranstaltung is so ziemlich des *Oanzige*[148], was a bisserl

[148] Einzige

a Geld neibringt, aber naa, da Toni is ja wie immer dagegen! Du hast es dir ja noch nicht amal angschaut! Es is ned immer nur des Oidherbrachte[149] guad, vielleicht kann ma auch amal was Neis ausprobieren! Der Wurm is woanders drin! Des liegt an de Leid, die spinna halt! Die sehn halt auch, dass es nicht immer so weitergehn kann. Man muss auch amal was verändern. Und da kommen halt nicht alle immer so schnell mit. Und red dich ned immer auf die depperte Fahne raus!«, sagte ungewohnt angriffslustig das Tinerl.

»Du redst an Dreck«, sagte ich, ebenfalls ungewohnt angriffslustig. »An saudummen Scheißdreck redst! Wirst as scho sehn, was du davo hast! Und jetzt lass mir mei Ruah!«

»Mit dir dad i nomoi fegln!«[150], sagte laut das Tinerl und machte auf dem Absatz kehrt. RUMMS, hatte sie die Tür zugeschmissen.

149 Althergebrachte

150 »Mit dir werd ich (nicht) noch mal vögeln!«

Indizien

Uff! Ich war selber erschrocken von meiner Art und Weise und bereute augenblicklich das Geschehene zutiefst. Doch was sollte ich tun? Jetzt war sie erst einmal sauer. Auch sie war vom Zacherlfluch befallen. Denn anders konnte ich mir das Verhalten vom Tinerl nicht erklären. Und die Schatten hatte sie auch gehabt. Ich rannte schnell ins Badezimmer und starrte in den Spiegel. Tatsächlich! Auch ich hatte nun leichte Augenringe! Die hatte ich zuvor gar nicht bemerkt! Ich fragte mich, warum die Überlieferung derlei Symptome beim Verlust des Zacherls mit keinem Wort erwähnte. Es geriet jetzt wirklich alles komplett aus den Fugen!

Ich ging zurück ins Gemach an meine Kommode und trank einen großen Schluck Bergschnaps, direkt aus der Glasflasche mit dem altmodischen Ploppverschluss. Das tat gut. Es ging mir gleich besser. Aber trotzdem: Mir reichte es jetzt. Es war Zeit, der Sache einmal gründlich auf den Grund zu gehen und Fakten zu schaffen. Ich kippte noch einen Kurzen hinterher und beschloss, dass der Ferdi fällig war. Wahrscheinlich wohnte er bei seinem Mittäter, beim Traubeck Bauern.

Ich ging rüber zur Rezeption, wo der Zirngiebl Mike gerade die Zimmerschlüssel einsortierte. Augenringe hin oder her, er musste mir jetzt helfen.

»Mike, bittschön, komm mit mir mit, mir miass ma was überprüfen!«

»Was hast denn?«, fragte der Mike.

»Sag ich dir unterwegs. Komm einfach mit!«, wiederholte ich und lief zusammen mit dem Mike in Richtung Traubeckhof.

»Ich glaub, dass der Ferdi das Zacherl hat! Letztes Jahr war a so a kleine Meinungsverschiedenheit wega der Ottilie, und er hat sich vorhin verplappert, dass ers gnommen hat.«

»Ja, bist du dir da sicher?«, fragte ungläubig der Mike.

»Fast! I möcht nix heraufbeschwören, und i brauch an Zeugen!«

Wir eilten in Windeseile dahin und waren in verblüffend kurzer Zeit beim Traubeck Bauern.

Der Traubeckhof war wie immer verwahrlost. Es lag überall irgendwas herum, und die Fensterläden waren vermutlich seit zwanzig Jahren nicht mehr gestrichen worden. Es roch nach Kuhstall und faulem Wasser. Der Sohn vom Traubeck stand vor der Tür und schraubte ungeschickt eine windige Laterne an, die so aussah, als würde sie eh nicht halten. Auch er hatte die Schatten unter den Augen, recht geschiehts ihm!

»Wo wohntn der Fallmerey Ferdi?«

»Woaß i ned«, sagte der depperte Traubeck Bua. »A, doch. Ääh, Zimmer drei im Erdgeschoss. Wos woits n?[151] He!«

»Des geht dich nix an.«

Wir schoben uns am Traubeck Bauer junior vorbei, hi-

[151] Was wollt ihr denn?

nein in den stickigen Traubeckhof. In einem der dunklen, schmutzigen Flure kamen uns zwei Gestalten entgegen. Als die Fremden an uns vorbeigingen, sah ich, dass sie dunkle Anzüge trugen und derbe Schatten unter den Augen hatten. Ich schlussfolgerte, dass das wohl noch mehr von diesen Werbefritzen sein mussten. Die wohnten also auch hier. Aber beim Traubeck wunderte mich schon längst nichts mehr. Man kann sich zwar seine Gäste nicht immer aussuchen, aber man muss ja nicht gleich jedes kriminelle Lumpenpack bei sich wohnen lassen! Wort- und grußlos gingen wir aneinander vorbei.

Kurz darauf standen wir vor der Tür vom Ferdi. Laut und bestimmt klopfte ich dreimal an. Drin ein Rascheln, dann der Schlüssel in der Tür, endlich wurde geöffnet. Verknittert und verheult schielte uns der Ferdi entgegen. Er sah etwas verschlafen aus, vermutlich hatte er sich gerade hingelegt. Er wollte die Tür schon wieder zuschmeißen, da stellte ich flink meinen Fuß in die Tür.

»Gib des Zacherl raus, du Hund! Sofort!«, forderte ich.

»Hams dir jetzt endgültig ins Hirn gschissn?«[152], müpfte der Ferdi auf.

»Lass uns nei[153]!«, rief ich und schob ihn unwirsch zur Seite.

Er wehrte sich, hatte aber keine Chance. Der Mike hielt ihn fest und zeigte ihm mit einem einzigen finsteren Blick, dass Zurückhaltung angebracht sei. Ich durchsuchte das ganze Zimmer, in dem es arg nach Kuhstall roch. Unter dem Bett, auf dem Schrank, im Bad, überall schaute ich nach. Ich riss Schubladen auf, durchwühlte die Bettwäsche, schmiss die

152 »Bist du jetzt vollkommen übergeschnappt?«

153 rein

Matratze auf den Boden. Die Betten beim Traubeck Bauern waren wirklich in einem bedauernswerten Zustand. Aber ich fand nichts und wurde immer wütender. An den Wänden hingen fürchterliche Gemälde mit Segelschiffen. Hier war wirklich der Ursprung allen Übels. Ich riss Ferdis Koffer aus dem Schrank, suchte in den Taschen seiner Jacke. Um ehrlich zu sein, ich veranstaltete einen schönen Saustall. Zu guter Letzt trat ich frustriert gegen eine offene Schranktür, die meinen Tritt nur knapp überlebte und nun halb aus den Angeln hing. Als ich fertig war und meine Wut verraucht, sah das Zimmer aus, als ob eine Bombe eingeschlagen hätte. Doch da war weit und breit kein Zacherl.

»I habs Zacherl ned, spar dir die Müh«, sagte der Ferdi frech und grinste. »Wie kommst du eigentlich auf so an Schmarrn?«

»Ich hab dich grad vorhin gfragt, und du hast gsagt …«

Ich hielt inne.

Was hatte er eigentlich geantwortet? Er hatte »Freilich!« gesagt. Aber war das in dem Fall jetzt ein geständiges »Ja« oder ein sarkastisches »Nein«? Möglich war beides. Es war wie verhext. Was sollte ich jetzt machen?

Am besten erst einmal nix. Wir ließen den Ferdi also stehen und gingen wieder davon. Als wir draußen waren, sah mich der Mike sorgenvoll und auch ein wenig verärgert an.

»Du Toni, des kannst fei ned bringen, dass du ohne Beweise wen beschuldigst«, sagte er vorwurfsvoll. »Da musst dir schon hundertpro sicher sei, bevorst da so an Wind machst. Woaßt, erst machst ihm die Frau abspenstig, dann verdächtigst ihn auch noch, vielleicht sogar zu Unrecht, und am End zerlegst auch noch sein Hotelzimmer. Des geht echt zu weit.«

»Aber die… Indizien«

»Pah! Indizien! Samma[154] hier im amerikanischen Spielfilm? Sei ma ned bes, zerscht[155] ned amal gscheid auf deine Seminarteilnehmer aufpassen und as Leben von einzelne Teilnehmer riskieren…«

»Der hat den Karabiner selbst geöffnet!«

»Trotzdem. Die andern redn eh scho über dich. Sogar meine Eltern ham gsagt, der Toni is ned ganz auf der Höhe.«

Das war ja nun echt ein starkes Stück! Jetzt wendeten sich sogar noch meine eigenen Leute gegen mich! Es musste wirklich schleunigst etwas passieren! Diese Schmach konnte ich nicht auf mir sitzen lassen! Wahrscheinlich hatte der Ferdi das Zacherl einfach woanders versteckt. Blöd is er ja nicht. Verärgert und zutiefst verletzt ließ ich den Mike stehen und eilte allein zurück zum Schlemmerwirt.

Um mich zu beruhigen, legte ich mich eine halbe Stunde in meinem Privatquartier beim Schlemmerwirt hin. In einer Stunde sollte ich diese Asiatin treffen, doch in dem Zustand konnte ich unmöglich vor sie hintreten. Ich musste mich erst mal ausruhen. Doch ich konnte nicht wirklich schlafen, weil mich die Gedanken an das Zacherl, den Ferdi, das Tinerl und die Kirchweih regelrecht marterten. Das Chaos schien perfekt. Waren meine besten Freunde verrückt geworden? Und am Ende auch noch ich? So wie ich mich im Zimmer vom Ferdi aufgeführt hatte, das war mir noch nie passiert. Ich erkannte mich nicht wieder. Auch wenn ich nichts beim Ferdi

[154] Sind wir

[155] Sei mir nicht böse, aber zuerst

gefunden hatte, war ich mir trotzdem fast sicher, dass er es geklaut hat, und ich überlegte, ob ich noch mal rübergehen und dem Ferdi ein paar Ohrfeigen verabreichen sollte. Vielleicht hatte er es vergangenes Jahr genommen und bei sich daheim versteckt. Oder sonst wo. Aber wie sollte ich unser Zacherl nur zurückbekommen, ohne nachher als Depp dazustehen?

Da hatte ich eine Idee. Ich beschloss, dem Ferdi keine zu knallen, sondern das Ganze elegant und auf eine nette Art zu lösen. Denn im Grunde war der Ferdi ja ganz in Ordnung, und wenn er das Fahnderl aus Rache genommen hatte, dann musste ich seinen Rachegedanken den Wind aus den Segeln nehmen. Dann würde er es, falls es noch existierte, vielleicht zurückgeben und alles würde sich in Wohlgefallen auflösen.

Ich nahm mein Mobilfunktelefon heraus und blätterte im Adressbuch. Da war sie, die Nummer von der esoterischen Buchhändlerin Ottilie aus Wuppertal, die einen wunderschönen Busen und ein sehr talentiertes Becken hatte. Wenn es mir gelang, den Ferdi letzten Endes doch noch mit der zu verkuppeln, würde er das Zacherl vielleicht von selber wieder rausrücken. Und dann konnte ich ihm immer noch eine aufbrennen[156]. Ich drückte die Taste mit dem grünen Telefonhörer und bekam eine Verbindung.

»Hallo?«, fragte eine vertraute Frauenstimme, die eindeutig der Ottilie gehörte.

»Grüß dich, liebe Ottilie. Hier ist der Wildbach Toni aus den Bergen.«

»Der Wildbach Toni!«, sagte Ottilie mit ihrem zutraulichen,

[156] reinhauen

tiefen Grundton. »Das ist aber mal ein Zufall, dass du anrufst. Ich war gerade auf einer Tagung im Salzkammergut und mach mich im Moment auf den Weg zu euch, damit ich rechtzeitig zur Kirchweih da bin.«

»Ui, ja, mach des, Otti!«, unterstützte ich sie sofort in ihrem Vorhaben.

»Weißt du, Toni«, fuhr sie fort, noch ehe ich etwas sagen konnte, »hier im Salzkammergut war irgendwie der Hund begraben, wie man so schön sagt. Ich hab kein einziges Buch verkauft.«

»Des tut mir leid. Aber bei uns läufts Geschäft mit deine Bücher und Postkarten eh wiadsau[157], gell?«

»Genau. Und auf einen Schweinebraten beim Schlemmerwirt habe ich auch mal wieder richtich Appetit! Wie siehts denn überhaupt aus? Ist mein Plätzchen noch frei? Oder hat sich da schon ein anderer mit seinem Stand reingemogelt.«

Im Hintergrund hörte man ein Pferd wiehern.

»Nein! Natürlich nicht! Dein Standplatz ist selbstverständlich noch frei.« Selbst wenn es anders wäre, würde ich den Übeltäter schon aus dem Weg räumen. »Und weißt du was? Das trifft sich fei wunderbar, liebe Ottilie. Ich ruf nämlich an, weil ich ein richtig saublödes Problem am Hals hab. Vielleicht kannst mir ja helfen?«

»Na ja, denn schieß man lous, lieber Wildbach Toni. Vielleicht kann dir die Tante Ottilie ja helfen!«

»Du erinnerst dich doch sicher noch an den Ferdinand?«, fragte ich vorsichtig.

»Ferdinand? Der Freund von eurem Totengräber? Der

[157] sehr gut

Ferdi?«, fragte die Ottilie, und ihre Stimme wurde zu meiner Überraschung mit jedem Wort weicher.

»Genau der.«

»Aber sicher doch, den fand ich ziemlich ... putzich. Der Kleine ist mir schon vor ein paar Jahren aufgefallen«, begann sie zu schwärmen. »Ich dachte letztes Jahr eigentlich, dass er endlich mal ... Na ja, da kann man nichts machen, er hat sich einfach lieber betrunken. Dafür haben wir beiden es uns ja gemütlich gemacht, lieber Toni, hihihi. Es ist ihm doch hoffentlich nichts zugestoßen?«

»Nein, das nicht«, sagte ich ernst. »Aber ich habe damals einen großen Fehler gemacht, als ich mit dir im Wohnwagen verschwunden bin. Also, nicht dass ich es bereue, aber ich wusste nicht, dass der Ferdi ... schon seit Jahren ... nur eines ... im Sinn hatte.«

Ich versuchte, die Spannung zu steigern, was mir auch gelang.

»Ja, was denn nu?«, fragte sie ungeduldig.

»Dich, liebe Ottilie.«

»Mich? Nee, sach ma. Wirklich?« Sie fühlte sich geschmeichelt. »Das ist aber nett. Hatte der mich im Auge?«

»Ja.« Ich musste die Gunst der Stunde nutzen und fuhr fort: »Pass auf, Ottilie! Tu mir bitte an Gfalln. Komm her und red mit ihm. Er will dich, traut sich aber nicht, und du findest ihn ... wie hast gsagt? Putzich! Also machts doch einfach das Beste draus. Er ist nämlich total sauer auf mich, weil er bei dir nicht landen konnte, und er macht mich jetzt für sein Unglück verantwortlich. Weil ... ich hab ihm damals nämlich bloß deswegen so viel Schnaps gegeben, damit ich bei dir freie Bahn hab. Bist mir ned bös, oder?«

»Och, du bist ja niedlich, Toni. Nee, klar, kein Problem, das wird Tante Ottilie schon machen mit dem Ferdi. Wenn der sich nicht traut, dann muss einfach ich den ersten Schritt machen.«

»Genau!«

»Also jetzt mal im Ernst: Wegen so was streitet ihr euch?«, fragte sie wirklich überrascht.

»Ich fürchte: ja.«

»Keine Sorge. Das bekomm wer hin.«

»Toll, Ottilie. Vielen Dank.«

»Kein Thema. Und reservier mir für morgen schon mal nen schönen Tisch beim Schlemmerwirt! Bis dann. Tschüss!«

»Ja, bis morgen. Servus.«

Ich legte auf und war zumindest diese Sorge los. Es bestand ja zumindest die Möglichkeit, dass er zur Besinnung kommt, sobald seine Qualen ein Ende haben.

Es ging mir gleich ein wenig besser. Aber nur ein wenig. Bevor das Zacherl nicht wieder da war, war nichts in Ordnung. Und die Ottilie würde ja erst morgen kommen. Da konnte es vielleicht schon zu spät sein. Außerdem bedrückte es mich, dass ich mit niemandem darüber reden konnte.

Plötzlich wurde mir klar, dass es doch einen Menschen im Dorf gab, mit dem ich reden und den ich in der ganzen Sache um Rat fragen konnte, der immer friedlich war und dem das fehlende Zacherl bisher offenbar nichts anhaben konnte: mein Freund Shanti. Wann immer ich etwas auf dem Herzen habe, womit ich nicht allein klarkomme, geh ich zu ihm oder ruf ihn an. Vielleicht konnte er mir irgendeinen Tipp geben, der mich aus dem Schlamassel rausbringen würde.

Ich machte mich sofort auf den Weg zum Marktplatz und betete stumm zum heiligen Josef, dass der Shanti eine gute

Idee haben würde. Vielleicht hatte er sich ja schon selbst Gedanken zum Zacherl gemacht und war zu einer Lösung gekommen. Von sich aus hätte er mich auf unsere Probleme im Dorf vermutlich nicht angesprochen, da er von Natur aus ein sehr zurückhaltender und bescheidener Mensch ist.

Als ich endlich beim Shanti ankam, schraubte der gerade eine Leiste an seinen Stand und war wie immer fröhlich und guter Dinge. In seiner Auslage sah man inzwischen überall kleine Lampen, Statuen, Kerzen, lackierte Muscheln, diese sonderbaren Instrumente mit nur einer Saite, allerlei Räucherwerk und Seidengewand. Ich wusste, dass der Shanti keinen Stress mag, daher ließ ich die Angelegenheit sehr ruhig angehen.

»Guten Tag, Shanti!«, sagte ich galant und freute mich, dass der Shanti nicht diese schrecklichen Augenringe hatte.

»Guten Tag, Toni«, lachte er mich an. »Hier, schau mal, ich habe schöne Ketten aus eschte Perlmutt.«

»Oh, die sind aber wirklich hübsch.«

»Vielleischt für die Tinerl?«

»Ja… warum nicht? Mal schaun.«

Ich wollte ihm erst einmal lieber nichts von meinen Schwierigkeiten mit dem Tinerl erzählen. Er sah mich ernst an.

»Ist die Zacherl noch verschwunden, nicht wahr?«

»Ja, richtig.«

Ich blickte zum leeren Fahnenmast und wunderte mich wieder einmal etwas über die Feinfühligkeit vom Shanti.

»Ich habe es mir schon gedacht, weil Leute sind so durscheinander und mansche sehr zornig auch.«

»Ja, des ist schrecklich. Ich weiß mir wirklich nicht zu helfen. Weißt du vielleicht Rat?«

»Man muss Gewissheit erhalten. Ich werde mich kurz konzentrieren und versuchen, eine Lösung zu finden«, schlug er vor.

»Das wäre großartig! Ich wäre dir unendlich dankbar.«

Er schloss die Augen.

Im Hintergrund haute der saarländische Käsehändler gerade seiner Frau eine Holzkiste hinterher. Eine grauenvolle Stimmung unter den Leuten. Hoffentlich konnte Shanti mir helfen. Er stand noch immer mit geschlossenen Augen da. Da öffnete er sie wieder.

»Ich habe meditiert, liebe Toni. Es gibt eine Lösung vielleicht für deine Sorgen und Probleme mit die Wiederfinden von die Zacherl.«

Mir sprang das Herz vor Hoffnungsfreude bald aus meinem Wams!

»Was ist das denn für eine Lösung?«, fragte ich.

»Du musst gehen und finden die Breissner. Er wird dir sagen, wo du kannst finden die Zacherl.«

»Der Breissner?«, fragte ich leise. Ein mulmiges Gefühl überkam mich. Der Breissner ist ein Berggeist von sehr großer Gestalt, der sich gern in eine Bergziege oder ein ähnliches Wesen verwandelt und für Irritationen unter den Wilderern sorgt. Der Breissner ist sehr launisch. Wenn er gut drauf ist, ist er ein feiner Gesell, aber wenn der schlecht drauf ist, ist mit ihm nicht zu spaßen. Ich hatte das schon am eigenen Leib erlebt, und einige Leute berichteten von geradezu markerschütternden Zornesausbrüchen des Breissner, wenn ihm was auf die Nerven ging. Offenbar hat er darüber hinaus noch weitere Fähigkeiten.

»Wie kommst du denn darauf?«, fragte ich den Shanti.

»Mir ist gerade ein indische Geist erschienen, er hat mir diesen Ratschlag erteilt.«

»Gibt es nicht noch eine andere Möglichkeit?«

»Nein. Einzige Möglichkeit.«

»Na gut. Ich mach mich lieber gleich auf die Socken.«

»Ja, denn wenn dein Kopf ist heil, du kannst haben tausend Turbane.«

Ich wusste zwar nicht, was der Shanti damit meinte, aber ich musste dieses Wagnis auf mich nehmen. Und zwar sofort, denn abends wollte ich zu der sonderbaren Veranstaltung, und den Breissner nachts heraufzubeschwören traute ich mich, ehrlich gesagt, nicht. Am ehesten könnte ich die Berg-Mystik-Tour mit der Asiatin absagen. Obwohl? Mir kam ein Einfall …

»Dann danke ich dir sehr, lieber Shanti!«, sagte ich. »Ich hoffe, ich werde Erfolg haben!«

»Gerne, Toni. Ich hoffe auch. Weil wer geht auf die Jagd nach einem Tiger, muss rechnen, einen Tiger zu finden.«

»Ich werds mir merken. Habe die Ehre.«

Geister

Die Bergwelt ist voller Wunder und Mysterien. Seit Anbeginn meines Lebens zieht es mich an Wildbäche und Quellen, ich liebe es, dem Rauschen des Wassers zuzuhorchen, und das Glitzern im Sonnenschein lässt mein Herz höher schlagen. Wenn dazu auch noch die Vögel zwitschern, danke ich dem HERRN.

Unzählige Sagen und Mythen gibt es in den Bergen. Manch einer der alten Bergbewohner behauptet, hinter Wasserfällen Berggeister, Elfen oder auch Wolpertinger[158] gesehen zu haben. Die Elfen täten mich, ehrlich gesagt, am meisten interessieren, aber die habe ich noch nie getroffen. Wolpertinger und Geister dafür schon öfters. Die meisten Berggeister sind eigentlich durch die Bank gutartig und halten sich schon aus Respekt eher im Hintergrund. Diese Welt wollte ich nun meinem fernöstlichen Gast zeigen.

Die junge Asiatin saß neben der Anmeldung auf einem der Stühle und las in einer Frauenzeitschrift. Sie trug einen orangefarbenen Anorak und eine schwarze Hose, dazu kleine Bergschuhe. Alles an ihr war klein, außer, wie gesagt, der Bu-

[158] Alpenländische Fabelwesen

sen. Sie hatte sich die Augen reizend geschminkt und sah sehr süß aus, mit rosigen Wangen und einem erfrischenden Lächeln. Keine Augenringe. GOTT sei Dank.

»So, Sie wollen also die Berge erkunden?«, fragte ich charmant, wenngleich ich doch innerlich ganz schön unter Strom stand.

»Ja, sehr gerne!«, sagte sie.

»Ich heiße, wie gesagt, Wildbach Toni. Und Ihr Name war glaub ich Zhang Li Fang, nicht wahr?«

»Richtisch. ›Wildbach‹ ist ein sehr schöner Nachname«, sagte Zhang Li Fang.

»Danke schön«, sagte ich tief gerührt, und ich hätte ihr gerne erklärt, dass das gar nicht mein Nachname ist und ihr die Geschichte meiner Geburt und vielleicht auch noch von der Meinungsverschiedenheit meiner Urahnen über den Namen »Toni« erzählt, aber das war mir in dem Moment doch etwas zu umständlich. Wir mussten ja schließlich zum Breissner.

»Und was bedeutet Zhang Li Fang?«

»Es bedoitat so viel wie ›duftende Blüte‹.« Das stimmte, sie hatte einen unglaublichen Duft. »Aber froindlische Leute sagen zu mir meine persönlische Namen. Nämlisch kurz ›Fang‹.«

»Ach so, sagt man bei euch auch den Rufnamen am Schluss?«

»Rischtisch.«

»Das ist bei uns in der Bergregion gleich. Der Herr, der vorhin an der Rezeption war, ist der Zirngiebl Mike. Da nennt man auch den Familiennamen zuerst und sagt den Vornamen am Schluss. Interessant.«

»Das macht man, um seine Ahnen zu ehren.«

»Exakt. Deswegen macht man das!«

Ich freute mich immer mehr auf unseren gemeinsamen Ausflug.

»Was wollen Sie denn sehen von den Bergen?«, fragte ich.

»Ich wurde gerne sehen die Mysterium in die Berge«, antwortete sie und lächelte sehr süß, wodurch ihre Augen ganz klein wurden. Sie hatte sehr schöne Zähne.

»Oh, interessant. Wir sagen ›du‹, oder?«

»Gerna.«

»Wenn du möchtest, können wir eine kleine Wanderung ins Berginnere unternehmen, dort haben wir die absolute Stille und können in die spirituelle Welt der Berge eintauchen.«

Dass ich den Breissner suchen wollte, der der Sage nach weit im Inneren des Bergs wohnt, behielt ich vorerst für mich.

»Das wurde mir viel Freude bereiten«, sagte die Fang zu meiner Erleichterung.

»Sehr schön! Können wir gleich los?«

»Ausgesaischnat.«

»Dann los.«

»Isch freue misch.«

Also ging ich mit der Fang los. Der Himmel war immer noch bewölkt, aber der Regen hatte zum Glück aufgehört. Ich dachte mit leichtem Schaudern an das kommende Erlebnis mit den Berggeistern. Die Fang bemerkte davon nichts, sondern schaute sich begeistert um.

»Schön haben wirs hier oben, gell?«, fragte ich, um ein bisschen mit ihr ins Gespräch zu kommen.

»Ja. Alles ist sehr schön. Mit viel Harmonie. Und gute Relationen. Das Harmonisieren von die Lebensraum in mein Heimat wir nennen FENG SHUI«, sagte die Fang. »Das bedeutad, dass man alle Dinge um sisch herum zueinander abstimmt und ordnet auch nach stilvolle Gesichtsponkte.«

Das klang für mich zwar eigentlich, als wäre es ein Schmarrn, aber wenn es dieses Feng Shui auch bei uns in den Bergen gab, wollte ich mir das doch einmal anhören, um es möglicherweise bei meinen zukünftigen Bergtouren einzustreuen.

»Und in den Bergen gibt es das auch, das Feng Shui?«, fragte ich.

»Ja, sogar die Wurzeln des Feng Shui liegen in eine von Bergformationen dominierte Landschaft. Feng Shui ist also geboren in Bergen. Hier beruht es nicht auf alte Wissen oder lange Tradition, sondern es kommt direkt von Natur selbst.«

»So, so. Des klingt ja interessant«, antwortete ich tatsächlich interessiert. »Magst du mir des ein bisschen genauer sagen?«

Da ist die Fang richtig aufgeblüht und hat mir erzählt, dass die Berge im Feng Shui von Anfang an eine sehr wichtige Rolle spielten. Wobei man im Feng Shui unter einem Berg nicht nur einen realen Berg versteht, sondern auch Häuser, Bäume oder andere große Gegenstände. Berge seien Symbole für die Verbindung zwischen Himmel und Erde. Das wusste ich natürlich längst, weil Menschen, die dem Himmel und ihrem GOTT näher sein wollten, bestiegen schon immer Berge.

»Da hast du vollkommen Recht, liebe Fang, und darum sind wir Bergmenschen hier heroben auch so fröhlich und glücklich«, sagte ich, weil als Bergführer wollte ich ihr halt auch ein bisschen was über meine Heimat erzählen, Feng Shui hin oder her. »Des ist so, weil der Berg zeichnet sich ja vor allem dadurch aus, dass er höher gelegen ist als der Rest. Man kann den Berg vom Tal aus betrachten, und vom Berg kann man ins Tal runterblicken. Wenn man auf den Berg hinaufschaut, fühlt man Ehrfurcht und Bewunderung. Schaut man hinab, spürt man Erhabenheit und Stärke. Daher ists auf dem Berg auch besser als im Tal. Weil, wenn man drunten die ganze Zeit nur ehrfürchtig in der Gegend herumrennt, wird man auf die Dauer schweigsam und ein fader Zipf. Zumindest bezeichnen einen dann gewiss nicht allzu viele Leute als Schmähtandler[159]. Und wir hier heroben sind eben genau das Gegenteil: Wir bringen in jede Ansammlung von Leuten eine Hurra-Stimmung hinein und blasen niemals Trübsal. Deswegen geht es uns hier heroben auch so gut. Man kann sagen, das hier ist das reinste Paradies!«

»Da hast du Recht, liebe Toni«, sagte sie und lächelte, während sie energisch mit ihren kleinen Füßchen neben mir hermarschierte.

»Der Berg hat seine eigene Logik«, fuhr ich fort, »und wenn man richtig zuhorcht, kann man jahrtausendealtes Wissen erlernen. Nicht nur über Mystik. Jeder Berg ist ein großer Philosoph. Das Rothorn zum Beispiel vermittelt durch seine sanft geschwungene Form, die an den Busen einer jungen Nymphe erinnert, aber auch wegen der ausgedehnten Skigebiete, der urigen Hütten und der wirklich sehr bequemen und modernen Gondeln für mich die Position des Idealismus. Ganz anders das Matterhorn, das durch seine Rampen und Steilwände eher die Lehren des Nihilismus vertritt. Hier gibt es auch kaum Berggeister, weil sie sich vom Matterhorn nicht ernst genommen fühlen. Jeder Berg hat eine eigene Logik und funktioniert nach seinen eigenen Regeln. An die man sich tunlichst zu halten hat.«

159 Lügner, Aufschneider, Angeber

»Rischtisch. Es gibt alte Regeln, und wenn man sie befolgt, lassen sie das Chi fließen. Die Energie von Leben«, sagte die Fang.

»Ganz genau, liebe Fang. Dann läuft alles rund. Wie ich immer sag: Wenn man sich an die Regeln hält, ist der Berg euer Freund!«

Wir unterhielten uns blendend und fanden viele Gemeinsamkeiten zwischen unseren Kulturen heraus. Obwohl mir das mit den Bergen und Tälern in der Großstadt immer noch etwas sonderbar vorkam.

Nach gefühlten fünf Minuten kamen wir am Eingang der Höhle an, in der schon meiner Vorväter Vorväter die alten Geister angerufen haben. Die Höhle glich einem Tierbau. Kurz nach dem Eintreten musste man sich aber wegen einer plötzlichen Abschüssigkeit etwa 15 Meter abseilen, dann ein wenig durch einen dunklen, engen Korridor krabbeln – und schon war man am Ziel. Die Höhle selbst schätzte ich aufgrund der Akustik auf etwa 50 m^2 Grundfläche und recht hoch ein. Es roch nach Moos, feuchtem Stein und frischem Quellwasser.

Ich bin gerne im Berg drin. Die Fang allerdings hatte beim Abseilen erst Angst bekommen und mich im engen Korridor dezent darauf hingewiesen, dass sie die Hand nicht vor den Augen sehen könne und gefragt, ob ich denn keine Taschenlampe dabei hätte. Ich habe mich sehr väterlich verhalten und ihr versichert, dass ihr nichts geschehen werde. Obwohl man sich im Inneren des Berges da nie ganz sicher sein kann.

Als wir in der Höhle standen, hat sich das Problem mit der Dunkelheit dann eh relativ bald gegeben. Absolute Dunkelheit ist in Wirklichkeit nämlich nur eine Sinnestäuschung, man gewöhnt sich schon nach wenigen Minuten daran und sieht wieder was: diffuse Farben, blitzartige Reflexe, wabernde Schemen. Es ist schon ein eindrucksvolles Schauspiel. Irgendwann hört man dann auch Dinge, die man nicht zu träumen gewagt hätte: ein Gluckern, manchmal ein Tropfen oder ein Brummen, den Flügelschlag von Fledermäusen, das Getrappel von Bergmäusen, Felsmäusen und Gesteinsmäusen.

Nach kurzer Zeit entspannte sich die Fang, und wir lauschten und starrten Seite an Seite in die bunte Dunkelheit hinein. Ich bin ja oft mutterseelenallein im Berg drin, weil man da die Tiefe des Daseins spürt und ganz und wahrhaftig mit der Welt im Reinen ist. Und wenn mans nicht ist, wird mans dort automatisch. Man spürt, dass man nur ein kleiner Wurm ist in GOTTES Reich, und begreift plötzlich den Sinn eines jeden Käfers, einer jeden Taube, eines jeden Fisches, eh eines jeden Tieres, einer jeden Pflanze und eines jeden Menschen.

»Des, liebe Fang, ist das Herz vom Berg. Wir sind jetzt genau zwischen Himmel und Erde«, sagte ich mit tiefer, ruhiger Stimme.

Da hat die Fang mit ihrer kleinen, weichen Hand meine kräftige Hand genommen und festgehalten. Ich dachte mir: Hoppala! Sobald ich eine schöne, alleinstehende Frau sehe, kann ich mich nur schwer zurückhalten, vor allem, wenn sie sich dann auch noch an meiner Hand festhält, da löst das in mir einen Automatismus aus. Auch wenn es bei der Fang zu meiner eigenen Überraschung nicht ganz so akut war wie sonst. Und ich war mir jetzt auch gar nicht sicher, ob sie sich überhaupt so einfach rumkriegen lassen würde. Aber ich dachte mir: Schau ma mal.

Ich hatte eine Fackel mit dabei, die ich absichtlich jetzt erst anzündete und in eine sich seit Urzeiten dort befindende Halterung an der Wand steckte. Im warmen Feuerschein erklärte ich der Fang kurz die wesentlichen Merkmale der Höhle, die Beschaffenheit der Steine, die Stalagmiten und Stalaktiten. Dabei ließ ich ihre Hand nicht los, und als ich schließlich damit begann, ihr die Unterschiede in der Luftfeuchtigkeit anschaulich zu erläutern, drehte ich mich ganz zu ihr um und nahm auch noch ihre zweite Hand.

»Durch das Berühren der Hände und wegen der individuellen Körpertemperatur«, sagte ich und schaute der Fang tief in die Augen, »entsteht zwischen unseren Handflächen ein geringer, kaum spürbarer Anteil an Wasserdampf. Dies ist die relative Luftfeuchtigkeit.«

Die Fang hat mich mit großen Augen angeschaut, und ich habe sanft ihre kleinen Hände geküsst und dabei leicht ihre Haut benetzt.

»Dies ist die absolute Luftfeuchtigkeit«, sagte ich.

Dann habe ich sie zu mir hergezogen und ihr einen saftigen Zungenkuss gegeben.

»Das war jetzt die maximale Luftfeuchtigkeit«, sagte ich.

»Interessant«, sagte die Fang und lächelte.

»So was lernt man nicht auf den Universitäten«, sagte ich zurücklächelnd. »So was lernt man nur in der Praxis. In Universitäten lernt man, wie man am besten als Single in der Großstadt lebt, die Realität lernt man in der Natur kennen. Auf der Eisrampe eines Viertausenders. Gehts dir gut, Fang?«

»Ja, es geht mir sehr gut. Ich fuhle mich beschutzt von dir, liebe Toni.«

»Die Berge sind das Schönste, was es für mich gibt.«

Ich schloss kurz die Augen und war mit einem Mal ganz

glücklich. Die Fang hatte so eine milde Art, und bei all dem Durcheinander, das ich in den letzten Stunden durchgemacht hatte, tat es einfach gut, jemanden wie die Fang an der Seite zu haben.

»Isch kann dir aug sagen, weshalb das so ist. Du liebst die Harmonie. Und die Berge sind von die Schopfer beraits nach die Regeln von Feng-Shui angeordenat, der Lehre der Harmonisierung vom Lebensraum. So kann das Chi, die Lebensenergie, frai fließan. Die Inneneinrischtung von eure Hütten, die Pfade auf die Berge, eure Hochstande und die schone Vogelhausal: alles Feng Shui.«

In diesem Augenblick wurde mir die tiefe innere Verbindung zwischen der Fang und mir und unseren Kulturen erst richtig klar, die ich bereits gespürt hatte, als ich die Fang das erste Mal erblickte.

»Das ist unglaublich!«, sagte ich. »Wir bei uns heroben sehen das ganz genauso, nur können wir es nicht mit solch schönen Worten ausdrücken!«

»Die Feng Shui von die Berg kann man erkennan an die Anordnung von Brocken aus Gestain in Susammenhang mit die Silhouette von Gipfel an Himmelszelt, die sanfte Schwung von Hügel und die einsigartige und perfekt gestaltate Susammensetzung von diese Elemente. Jede Busch, jede Biegung, jede Kar[160] hat eigene Bedeutung in kosmische Gefüge. Wenn Tisch in Zimmer gestellt wird nach Osten, die Energie von die Chi fließt in Einheit mit Welt. Dann alles ist in harmonische Ordnung.«

Sie lächelte verträumt und bekam jetzt ganz süße, rosafar-

[160] kesselförmige Eintiefung an einem Berghang

bene Wangen. Ich hielt sie immer noch in den Armen, aber ich wusste irgendwie, dass es nicht richtig wäre, jetzt mit ihr Sex zu haben. Weil momentan bestand meine Aufgabe darin, genau so eine harmonische Ordnung wieder in unser Dorf zu bringen, indem ich den Breissner herbeirief – und zwar so schnell wie möglich. Man muß auch einmal Nein sagen können.

Da war mit einem Mal jede sexuelle Erregung verflogen, und ich merkte, dass ich die Fang einfach nur recht gern mochte. Und ich war mir sicher, dass sie mir bei der Sache mit dem Breissner wertvollen Beistand leisten würde.

»Es ist sehr schön mit dir, Toni!«, sagte die Fang.

»Das kann ich nur zurückgeben, liebe Fang. Wart amal, Fang, ich muss dir noch was sagen.«

»Was denn, Toni?«

»Weißt du, ich bin aus einem bestimmten Grund hierhergekommen.«

»Ja? Was für eine Grund?«, fragte sie und legte ihren Kopf leicht schief.

»Bei uns in der Gemeinde herrscht derzeit eine sehr schwierige Situation. Unser ganzes Dorf ist in Disharmonie gestürzt. Weil unser Dorffrieden, also ein Fähnchen, vom Marktplatz gestohlen wurde. Ein Fähnchen, das Zwist und Missgunst fernhält.«

»Ein Schutzzauber?«

»Ja! So ähnlich. Ich brauche dringend Hilfe. Und daher möchte ich einen der Berggeister herbeirufen.«

»Berggeiß?«

»Geist. Einen Geist.«

»Einen Gaist?«

»Ja, es gibt so was bei uns in den Bergen.«

»Bei uns gibt es aug Gaister. Aber wosu du wills rufe die Gaist?«

»Weil er mir helfen soll.«

»Ist diese Gaist hoffentlisch eine gute Gaist?«, fragte sie etwas ängstlich und riß dabei die Augen so liebreizend auf, dass ich ihr einfach einen Schmatz geben musste.

»Ja, es gibt in den Bergen keine bösen Geister, höchstens solche, die ein paar Streiche aushecken, wie Kinder. Die Bösen haben wir alle im Lauf der Jahrhunderte verjagt.«

»Dann ist es in Oadnung. Dann isch komme gern mit dir su die Gaist.«

Ich hatte den Breissner in meinem Leben schon zweimal getroffen und beide Male überlebt, ich wusste außerdem von meinem Vater einiges über ihn, auch dass er ein durchaus GOTTgefälliger Geist ist und man relativ vernünftig mit ihm reden kann, wenn er nicht grad grantig ist. Außerdem hatte mir mein Vater beigebracht, wie man den Breissner herbeiruft.

Ich löste mich von der Fang, nahm die Fackel und hielt sie über mein Haupt.

»*Gute Geister in der Stille, kommt herbei, das ist mein Wille!*«, rief ich. Dieser Zauberspruch geht dem Herbeirufen von freundlichen Geistern häufig voran. »*Zaum und Zaus und Sausewind, Breissner, eil herbei geschwind!*«, vollendete ich meine Beschwörung.

Es zischte kurz, und plötzlich fiel etwas von oben herab, direkt vor unsere Füße. Es war ein kleiner Kerl mit einem weißen Bart: der Fabunzel. Das ist ein Geist, der meist unterhalb der Baumgrenze erscheint. Er lockt Gipfelstürmer in einen

Hinterhalt, auf dass sie immer einen anderen Weg gehen und irgendwo anders rauskommen, nur nicht auf dem Berggipfel.

»Du bist der Fabunzel, oder?«, fragte ich.

»Jou«, sagte der Fabunzel. Seine Stimme war fiepsig und leicht heiser.

»Lieber Fabunzel, unser Zacherl ist gestohlen worden. Kannst du mir sagen, wer das haben könnte?«

Eigentlich hatte ich ja den Breissner herbeigerufen. Aber wo ich den Fabunzel schon einmal dahatte, konnte ich ihn ja auch gleich einmal fragen.

»Vielleycht!«, krächzte der Fabunzel und ging einen Schritt nach hinten.

Geister, die einen nicht gut kennen, halten gerne einen Sicherheitsabstand ein. Da die meisten Geister raffinierte Kerlchen sind und nicht immer gleich mit der ganzen Wahrheit rausrücken, wenn man nicht genau nachfragt, ging ich auf Nummer sicher.

»Könnt es vielleicht der Traubeck Bauer haben?«

»Neyn!«

»Oder der Ferdi?«

»Neyn!«

»Magst du mir sagen, wer es hat? Ich bitt dich recht schee.«

»Neyn!«

»Und weißt du, wo der Breissner ist?«

»Neyn!«

»Dann wars das schon wieder. Machs gut.«

Es zischte erneut, und der Fabunzel war weg. Ich versuchte es einfach noch mal.

»*Zaum und Zaus und Sausewind, Breissner, eil herbei geschwind!*«

Es donnerte, und in einer Rauchwolke erschien ein Riese mit einem umgehängten Ziegenfell und einer knolligen Schnapsnase. Der Kranabenz. Er ist vermutlich der wildeste der Geister und ein wirklicher Unhold. Der Kranabenz ist bekannt für seine optischen Täuschungen. So lässt er beispielsweise die Schweinshaxen beim Traubeck Bauern größer aussehen als die vom Schlemmerwirt. Oder, was noch gemeiner ist: Er verwandelt schöne junge Mädchen während einer Lustnacht in hässliche Waschweiber, sodass es schon passiert ist, dass dem Mann mitten im Liebesspiel auf einmal »alles zusammengefallen« ist. Das weiß ich natürlich nur aus entfernten Erzählungen.

»Serwas Kranabenz.«

»Serwas. Was gibts?«, fragte der Kranabenz mit einer enorm tiefen Baritonstimme. Er war etwa zwei Meter von uns entfernt. Ebenfalls Sicherheitsabstand.

»Weißt du, wer das Zacherl hat?«

»Wer weiß?«, brummte er und schwebte ein bisschen vor uns herum.

Die Fang starrte ihn wie hypnotisiert an.

»Der Traubeck Bauer und der Ferdi warens nicht, gell?«

»Richtig.«

»Auch nicht der amerikanische Investor?«

»Gewiss, der nicht.«

Jetzt schaute die Fang mich überrascht an, doch ich ging nicht darauf ein, weil ich keine Zeit hatte, ihr die Geschichte mit der Odelgrube zu erzählen.

»Echt jetzt?«

»Wenn ichs dir sag.«

»Das ist aber schon komisch.«

»Oft trügt der Schein.«

»Das ist wahr.«

»Ja, so ist das.«

»Der Ferdi hats Zacherl wirklich nicht gnommen?«

»Nein. Der hats wirklich nicht gnommen.«

»Wer hats denn?«

»Weiß ich nicht.«

»Aber du weißt, wer es *nicht* hat, oder?

»Sag ich doch. Glaubst du mir etwa nicht?«

»Freilich! Aber weißt du, wo der Breissner ist?

»Nein.«

»Dank dir schön. Serwas.«

Donner. Blitz. Rauch. Weg war der Kranabenz. Ich versuchte es ein drittes Mal.

»*Zaum und Zaus und Sausewind, Breissner, eil herbei geschwind!*«

Ziemlich geräuschlos erschien ein kleinwüchsiger Geist. Es war der Schmeickerl, ein putziger Geselle, der die kleinen Felsen kullern lässt und schon so manchem Bergsteiger einen schönen Streich gespielt hat, indem er mit dem Mund das Geräusch von Donner imitierte. Da reißt es einen schon nicht schlecht, wenn plötzlich mitten beim schönsten Sonnenschein und blauem, wolkenlosem Himmel ein Donner zu hören ist.

»Ja, HERRGOTT, funktionieren denn meine Zaubersprüche nimmer?«, fragte ich langsam etwas erzürnt.

»Was hätt ma denn braucht?«, fragte der Schmeickerl.

»An Breissner hätt ma braucht.«

»Da musst du am Anfang statt *Zaum und Zaus und Sausewind* was andres sagen. Nämlich *Halfter, Zucht und Sausewind.* Das war der Fehler.«

»Oh, danke schön.«

»Gern geschehen. Noch was?«

»Ja, weißt du zufällig, wer das Zacherl hat?«

»Tut mir leid, da kann ich nicht weiterhelfen.«

»Macht nix.«

»Habe die Ehre.«

»Sers[161].«

Nun war mir eigentlich überhaupt nicht mehr mulmig, sondern ich fühlte mich allmählich wieder relativ sicher. Die Fang mit ihrer ruhigen Art tat mir an meiner Seite gut.

»*Halfter, Zucht und Sausewind, Breissner, eil herbei geschwind!*«, rief ich.

Man hörte ein kurzes Knacken, dann ein Rascheln, dann ein Pfeifen. Eine Gestalt bewegte sich aus der Dunkelheit auf uns zu. Die Fang krallte jetzt doch ihre Hände in meinen Arm. Im Schein der Fackel erkannte ich den Breissner in Gestalt einer erhabenen Gams mit hellbraunem Fell, etwas größer als gewöhnliche Gämsen. Er schritt langsam auf uns zu und gab dabei ein leicht röchelndes Geräusch von sich. Jetzt stand er direkt vor uns. Sein Geweih war wunderschön geschwungen, und die Augen glänzten zum Glück milde.

»Grüß dich GOTT, Breissner«, sagte ich höflich.

»Grüß dich GOTT, Toni«, sagte der Breissner mit seiner samtigen, angenehmen Stimme.

»Was kann ich für dich tun?«

»Mei, Breissner, vor einem Jahr ist am Kirchweihtag das Zacherl verschwunden. Seither ist der ganze Ort zerstritten, und keiner traut mehr dem andern recht über den Weg.«

[161] Servus

»Das ist aber ein großes Unglück«, sagte nachdenklich der Breissner. »Und jetzt bist zu mir kommen, damit ich dir sag, wo des Zacherl abblieben is.«

»Genauso ist es, ich hätte es selbst nicht besser formulieren können.«

»Danke schön. Ich kann dir da schon weiterhelfen. Aber du musst zuerst ein Rätsel lösen.«

»Ach komm, Breissner, lass doch den Schmarrn. Sags mir halt ohne Rätsel!«

»Nein. Umsonst ist nicht amal der Tod.«

»Ja ja, weil der kostets Leben. Also gut. Dann schieß los.«

»Obacht:

S ist kein Geier, ist kein Falk,
mag nicht Sandstein, mag nicht Kalk,
ist im Kampf schwer zu besiegen,
kann bei Sonn und Regen fliegen.
Große Klauen, große Flügel,
seine Heimat sind die Hügel,
und nun sage mir mit List,
was das für ein Wesen ist.«

Ich überlegte.

»Kann ich mehrmals antworten?«

»Nein, nur einmal.«

»Und fragen?«

»Des geht.«

»Hmmm. Trifft das Wesen ungern seinesgleichen?«

»Da hast du Recht.«

»Haust das Wesen gern auf fernen Inseln?«

»Auch das ist richtig.«

»Dann weiß ich die Antwort! Es ist der Vogel Greif!«

»Tadellos, Toni!«, sagte da der Breissner anerkennend.

Die Fang schaute mich mit großen Augen an. Das hätte sie wohl nicht von mir erwartet.

»War doch gar ned so schwer, Toni, oder?«

»Nein, stimmt. Nun sag mir bitte, wer das Zacherl hat!«

»Guad. Kann des sein, dass da ein Investor sein Unwesen treibt bei euch im Ort? Dass da einer ein Riesengeschäft plant bei euch? Und hofft, dass er ein leichtes Spiel hat, wenn alle zerstritten sind miteinand?«

»Also, der Kranabenz hat gesagt, der Investor aus Amerika wars nicht.«

»Der wars ja auch nicht. Gut, dann frag ich anders. Kann des sein, dass jemand sehr intensiv nach einem Grundstück gfragt hat? Und ein Geschäftsvorhaben durchsetzen will. Auf Biegen und Brechen. Ein Fremder, der sich langsam aber sicher ins Dorf einnisten will, wie eine Laus? Kann des sein?«

»Geh weida, ja, da ist so eine Werbefirma! Des mit dem Grundstück weiß ich ned, aber die wollen Kaffeefahrten bei uns veranstalten. Und was weiß ich was noch!«

»Guad, Toni! Der Chef von der Firma ists gwesn! Der hats gnommen, des Zacherl!«

»Bist du dir da sicher?«

»Todsicher. Der hats gnommen. Und um das alles ein bisschen abzukürzen: Er heißt Magnus Fürst, wohnt beim Traubeck Bauern, und er hat etwas arg Schlimmes vor.«

»Sauber. Was hat er denn vor?«

»Mei, Toni. Also a bisserl was musst du jetzt schon noch selber rausfinden. Ich sag nur: Er führt Arges im Schilde. Mir wird speiübel, wenn ich dran denk.«

Beim letzten Wort lachte der Breissner laut auf und machte wellenartige Bewegungen mit seinem Bauch, ganz so, als würde er sich gleich übergeben.

»Und du muassts verhindern, Toni! Des isch dei Aufgab!«

»Woll. Dank dir schön!«

»Keine Ursach!«

Der Oberwerbefritz! Magnus Fürst! Natürlich! Durch die Entzweiung der Leute hatte er leichten Zugang zum Dorf, konnte jederzeit seine Kaffeefahrten veranstalten und bekam inzwischen vermutlich alle für ihn notwendigen Genehmigungen! Wenn alle zerstritten sind, wehrt sich keiner wie sonst in trauter Gemeinsamkeit gegen Eindringlinge!

»Du wart amal, Toni. Nix für ungut. Aber da wär no was.«

»Was denn noch?«

»Du hast doch an guten Draht zum Hochwürden, oder?«

»Das ist in der Tat richtig. Kann ich da was für dich tun?«

»Schon.«

»Was soll ich denn mit dem Hochwürden besprechen?«

»Er soll halt nicht immer so streng mit uns sein und uns immer gleich verjagen. Da gibt es wahrlich schäbigere Geister, da versteh ichs ja. Aber mir Berggeister sind doch eigentlich friedlich und wollen nur ein wenig Gaudi haben.«

»Ich kanns ihm gern ausrichten.«

»Mei, des wär echt nett.«

»Gern.«

»Vergelts GOTT. Auf Wiederschaun.«

»Auf Wiederschaun.«

Die Gams trottete geräuschlos davon und verschwand in der Dunkelheit. Ich war überglücklich. Das war doch wirklich gut gelaufen.

Magnus Fürst. So eine miese Drecksau! Aber dem wollt ichs schon zeigen und ihn kräftig vermöbeln! Ich schaute auf meine Armbanduhr, viel Zeit bis zur Kaffeefahrt blieb mir nicht.

»Komm Fang, mir gehen«, sagte ich und eilte zurück ins Dorf, Hand in Hand mit der Fang.

Buße

Beim Zurückgehen wurde mir nach und nach alles klar. Der Fürst hatte von Anfang an gewusst, dass er bei uns mit seinen hinterhältigen Gaunereien nicht einfach so durchkommen würde. Drum hat er das Zacherl gestohlen, um im Dorf Unmut und Zwietracht zu säen, sodass die Touristen sich nicht mehr zu uns hoch trauen, was wiederum die Gemeindekasse leeren und die Leute empfänglich machen würde für seine windigen Verheißungen. Empfänglich für Lockrufe aus der Welt der Städte, für Geld, Gier, Neid, Hass, Bequemlichkeit und Gefallsucht. Empfänglich für all jene Dinge, die ich versuchte, den Touristen auf meinen Bergtouren auszutreiben. Und als der Fürst sein Ziel erreicht hat und die Verzweiflung im Dorf schließlich auf dem Höhepunkt war und sich alle nur noch stritten, hatte er freie Bahn für seine Gaunereien gehabt. Des war schon ein Hund! Aber was genau hatte er eigentlich vor? Ging es ihm nur um diese Werbeveranstaltungen? Und was war das für ein Bauvorhaben? War das etwa alles erst der Anfang?

Darüber mochte ich jetzt noch gar nicht nachdenken. Nun galt es zunächst, den Fürst zu stoppen und das Zacherl zurückzuholen.

Es war schon fast dunkel. Die Fang und ich haben beim Abstieg nicht viel geredet. Ich habe ihr nur kurz die ein oder andere Legende von dem ein oder anderen Zauberwesen zusammengefasst, wenn wir gerade an dessen jeweiligem Erscheinungsort vorbeikamen. Immerhin hatte ich ihr eine Tour versprochen, und sie sollte nicht auch noch unter dem Zacherl-Fluch leiden. Sie hat nett gelächelt und nicht viel nachgefragt, weil sie ja wusste, dass mich gerade andere Gedanken umtrieben.

Als die Fang und ich endlich im Dorf ankamen und gerade zum Schlemmerwirt abbiegen wollten, kam uns das Koch Tinerl entgegen, die soeben den frischen Käse fürs morgige Frühstück zum Schlemmerwirt gebracht hatte. Das war natürlich kein glücklicher Umstand, und das Tinerl bekam sofort einen hochroten Kopf und sah mich stinksauer an. Ich blickte auf die Fang, die sich gemütlich bei mir untergehakt hatte, und ahnte, dass ich nun was zu hören bekommen würde.

»Geh doch schon amal vor zum Schlemmerwirt, ich muss noch etwas klären«, sagte ich zur Fang und hob ihren Arm zuvorkommend von meinem, um sie aus der Schusslinie zu bekommen. Sie blickte mich überrascht an.

»Ist das deine Frau?«

»Nein! Ich bin nicht verheiratet!«

»Aber es ist deine Verlobta? Oder Froindin? Oder Lebensgefährtin?«

»Auch nicht!«

»Is sie wütend wegen mir?«

»Ich weiß nicht.«

Das Tinerl hatte uns schon fast erreicht. Ihre Augen sprühten giftige Blitze.

»Bis dann, Frau Zhang Li Fang. Und ruhens sich schön aus! Wegen dem Geld für die Tour reden wir morgen«, sagte ich so laut, dass das Tinerl meinen geschäftsmäßigen Tonfall hören konnte.

»Ausruhen?«, fragte mich die Fang irritiert. »Wieso ausruhen? Ig bin gar nisch müda.«

»Wir sehen uns morgen.«

»Wieso denn morgen?«

»Du bist nicht von hier, und ich kann dir leider nicht alle Zusammenhänge erklären. Bitte akzeptier das.«

Fang sah mich verwirrt an und nickte kurz. Sie schien etwas traurig zu sein. Dann ging sie davon, und mir wurde ein wenig schwer ums Herz. Aber dafür war jetzt keine Zeit.

Das Tinerl hatte mich erreicht. Ihre Augenringe waren nun beinahe schwarz. Das würde gewiss kein angenehmes Gespräch werden.

»Serwas Tinerl. Bitte mach jetzt keine Szene. Glaub mir, des ist nicht so, wie es -«

»Toni, sag amal, du hast ja wohl den Oberknall!«

»Tinerl, bitte, lass uns wann anders reden. Ich muss sofort zum Schlemmerwirt und -«

»Moanst du, dass des so einfach geht? Heit pack i as Tinerl, weil die geht ja oiwei her, dann pack i irgenda Touristin aus Asien, morgen pack i dann a andere Touristin, dann wieders Tinerl oder wia schaugt des aus, du Arschloch?«

»Naa, des stimmt ja gar ned, und des hat mit dir überhaupt nix zu tun!«

»Freilich! Hat nix mit mir zu tun! Alles super in Ordnung! Der Toni hat mit *überhaupt* nix was zum tun! Er is der feine Bergheld, ders mit einer jeden treibt und der sich *alles* rausnehmen kann und mit jedem gut Freund is! Mit dir bin i *so was* von fertig, du foische Drecksau, du verlogene!«

»Tinerl. Bitte! I hab dich doch so unbandig lieb und möcht dir koan Kummer bereiten, und des war auch gar nicht -«

»Kummer? Kummer? Du Saukrippl, du varreckta! Gehts no? Gehts no? Sag amal: Gehts eigentlich no!«

Es war klar, dass das Tinerl gleich durchdrehen würde, weshalb ich lieber schnell das Thema wechselte.

»Tinerl! I woaß jetz, wer des Zacherl gnumma hat!«

»Des is mir so was von *dermaßen* wurscht, was mit dem depperten Zacherl los is! Du bist so ein Hanswurscht, so ein dummer, dass i echt nimmer woaß -«

»Tinerl, bitte, glaub -«

»I glaub dir gar nix mehr. Mir san geschiedene Leit!«

Und weg war sie. Sie stand inzwischen massiv unter dem Fluch des Zacherls. Man konnte gar nicht mehr normal mit ihr reden. Ich musste so schnell es ging zum Schlemmerwirt, diesen Fürsten stellen und das Zacherl zurückfordern. Wobei es mich immer noch wurmte, dass das mit den schwarzen Augenringen nirgends in der Zacherl-Legende vorkam. Irgendwas passte da nicht zusammen. Außerdem waren die Trudi und die Heidi ja auch ständig am Keifen, und die beiden hatten zumindest gestern noch keine Augenringe gehabt. Warum also hatten der Zirngiebl Thomas, der Zirngiebl Mike und das Tinerl die Augenringe, und die Heidi und die Trudi nicht? Und das Tinerl hatte heute Nacht auf der Alm auch noch keine gehabt. Dafür aber der Traubeck Rudi und der Ferdi. Beim Totengräber war ich mir immer noch nicht ganz sicher, wie ich das deuten sollte. Meine leichten Augenringe sind mir erst beim Schlemmerwirt aufgefallen. Und die vom

Tinerl auch. Vielleicht hatten die schwarzen Augenringe ja etwas mit dem Schlemmerwirt zu tun. Aber da passte wiederum die Heidi nicht ins Bild.

Herrschaftszeiten! Ich blieb wie vom Blitz getroffen stehen. Der Zirngiebl Thomas, der Zirngiebl Mike und das Tinerl waren alle für die Werbeveranstaltung gewesen. Die Traubecks beherbergten diese Betrüger sogar. Die Heidi und die Trudi waren gegen die Werber. Die Augenringe hatten also vielleicht gar nichts mit dem Zacherl-Fluch zu tun, sondern mit den Werbefritzen! Und ihrem unguten Einfluss aus der Stadt. Wer Augenringe hatte, stand unter dem Einfluss vom Fürsten! Nicht vom Zacherl! So viel war mir jetzt klar. Vielleicht waren diese Augenringe auch ein Zeichen, dass man unleidig[162] wird und korrupt, dass man nach und nach zum Stadtmenschen mutiert! Mich schauderte kurz. Aber, dachte ich dann, warum hatte ich erst heute Augenringe bekommen, wo ich doch bisher auch für die Veranstaltung war und erst gestern einen Sinneswandel hatte? Irgendein Detail war mir noch nicht klar.

Mir schwirrte der Kopf, und ich glaubte ein leichtes Piepsen im Ohr zu vernehmen. Bekam ich jetzt von dem ganzen Stress auch noch einen Tinnitus? Eins nach dem anderen! Zuerst mussten wir vom Werbe-Fürst das Zacherl rausfordern. Dann konnten wir die Werbefritzen vertreiben. Und mit ihnen hoffentlich die Augenringe. Ich lauschte. Das Piepsen hatte wieder aufgehört. Ich hoffte, dass der Mike noch nicht zu vielen Leuten von meinem peinlichen Reinfall beim Ferdi erzählt hatte, weil sonst würde mir womöglich gar keiner mehr glauben. Auf den Mike konnte ich bei der ganzen Sache wahr-

[162] unangenehm, launisch, reizbar

scheinlich eh nicht mehr zählen, aber wenn die anderen auch noch an meinem Wort zweifelten, dann hatte ich ein echtes Problem. Ich nahm mein Handy und rief beim Schorsch an, weil der war gewöhnlich neutral und hörte nicht auf irgendwelches Gerede.

»Jou!«, meldete er sich schneidig.

»Schorsch! Der Werbe-Arsch hat des Zacherl klaut. Wann kannst da sein?«

»Zehn Minuten!«

»Guad«, sagte ich und beendete das Gespräch.

Echte Kerle brauchen nicht viele Worte, wenn es um die Wurscht geht. Aber ich brauchte neben dem Schorsch noch Verstärkung. Der Fürst würde sicherlich nicht unvorbereitet und ohne Back-up erscheinen. Und vier seiner Gorillas hatte ich ja schon gesehen.

Als ich im Schlemmerwirt ankam, waren die Zirngiebl Zenzi und der Zirngiebl Thomas gerade dabei, sich gegenseitig an die Gurgel zu gehen. Beide hatten derbe Schatten unter den Augen und die Hände fest um den Hals des jeweils anderen gewickelt. Sie bemerkten mich gar nicht, so zornig waren sie. Da wollte ich lieber nicht zwischen die Fronten geraten. Und mit denen war im Moment eh nichts anzufangen. Es musste noch andere Verbündete geben.

Ich schaute aus dem Fenster, doch außer der immer noch oder schon wieder stattfindenden Schlägerei zwischen den Händlern am Marktplatz und den sich gegenseitig anfallenden Dörflern sah ich außer dem Shanti keine gutmütige Menschenseele. Der allerdings winkte mir friedlich von seinem Stand aus zu, als er mich durch das Fenster zu ihm rüberschauen sah. Ich lächelte friedlich zurück, wusste aber, dass der Shanti zu lieb war für das, was ich mit den Werbefritzen vorhatte.

Da sah ich, wie zwei große Reisebusse ankamen und vor dem Schlemmerwirt Halt machen. Zahlreiche Rentner strömten heraus. Zu meinem Entsetzen hatten sie alle dunkle Augenringe. Des konnte ja was werden. Die alten Leute wurden von den beiden jungen Burschen in den dunklen Anzügen, die vorher die Zettel verteilt hatten, allesamt in Richtung des großen Festsaales bugsiert, wo jener Veranstalter die bereits erwähnte Verkaufsshow abzuhalten gedachte. Ich nutzte die Gelegenheit und ging auf die beiden jungen Herren zu.

»Grüß GOTT. Sagts amal: Is der Herr Fürst denn scho da?«, fragte ich scheinheilig.

»Nee, der kommt gewöhnlich erst kurz vor knapp«, sagte der Kleinere der beiden. »Wir sind aber auch so ganz gut aufgestellt. Möchten Sie als Gast an der Veranstaltung teilnehmen?«

»Ja freilich«, sagte ich.

»Sind Sie bereits angemeldet?«, fragte der Größere geschäftig. »Der frühe Vogel fängt den Wurm.«

»Leider nein«, sagte ich traurig. »Aber ging sich da noch was? Für mich und ein paar Kumpels?«

»Natürlich. Wir haben auf unserer Liste noch Kapazitäten frei«, sagte der Größere noch geschäftiger. »Der ein oder andere Sitzplatz wäre schon noch zu haben.«

»Wunderbar! Wir kommen dann gleich«, antwortete ich und wandte mich ab.

Ich hatte noch knapp eine halbe Stunde und nur einen Verbündeten, der erst in ein paar Minuten eintreffen würde. Es sah nicht gerade rosig für mich aus.

Da kamen die Schipfer Trudi mit einem mürrischen Gesicht und neben ihr die Zirngiebl Heidi mit einem Korb frischer Semmeln zum Schlemmerwirt geeilt. Sie hatten beide immer noch keine Schatten unter den Augen. Ich atmete erleichtert auf. Geistesgegenwärtig passte ich sie ab und bugsierte sie in den kleinen Schankraum.

»Ihr müssts ma helfen!«, flüsterte ich.

»Was hast denn, Toni? Was bist denn so aufgeregt?«, fragte besorgt die Heidi.

»Ich weiß, wer des Zacherl hat!«

»Waaas? Wer hats denn?«, fragte die Trudi, und ihre mürrische Miene heiterte sich ein wenig auf.

»Die Drecksau von der Werbeveranstaltung. Fürst hoasst er!«, zischte ich.

»Da leckst mi!«, sagte die Trudi.

»Wie bitte? Fürst? Der Magnus Fürst? Mit seiner uns alle rettenden Kaffeefahrt?«, fragte die Heidi mit angenehm ironischem Tonfall. »Da schaug her. Hat sich des Zacherl untern Nagel gerissen, damit er sich hier einnisten kann mit seinem Glump[163]! Blöd ist er ja nicht.«

»Magnus Fürst!«, sagte die Trudi verächtlich. »Der große Retter des Dorfes! Der hinterfotzige Sauhund hat für morgen Nachmittag an Termin mim Päda wegen seiner Baugenehmigung! Des Aas will hier heroben irgendwas bauen. Und der Päda ist ganz hin und weg von der Idee, der Depp. Sagen tut er mir aber nix, weil er weiß, wie ich zum feinen Herrn Fürst stehe.«

»Eine Baugenehmigung? Habt ihr deszweng gestern die

163 Zeug

Dorf-Atlanten gebraucht?« Mir lief ein eisiger Schauer den Rücken runter.

»Scho«[164], antwortete die Trudi knapp.

»Und du weißt nicht zufällig, um was für eine Baugenehmigung es da genau geht, oder?«, fragte ich sie.

»Naa. Was weiß ich, was der mecht! Frag lieber meinen Herrn Gemahl. Der sagt die ganze Zeit, dass der Fürst ein Geschenk GOTTes ist. Dass er wie vom Himmel gerufen kommt!«, äffte die Trudi ihren Mann nach. »Aber wannst mich fragst, will der irgendwas oben am Berg bauen. Morgen geht der Päda mit ihm rauf zum Sennwanderhaus. Aber nix gwiss woaß i ned.[165] Mit meinem Mann ist ja kein normales Wort mehr zu reden, seit der nur noch das Geld vom Fürst im Kopf hat.«

Mir graute. Das Sennwanderhaus. Sofort hatte ich eine Vision.

Vor meinem inneren Auge sah ich betonierte Parkplätze voller Reisebusse und gespickt mit tiefergelegten Golfs, aus deren Fonds dumpfe Bässe dröhnten und in denen fade Zipfe mit kurzgeschorenen Haaren saßen, neben sonnenbankgebräunten Damen, die mit falschen Fingernägeln ihre Fönfrisuren richteten. Ich sah dort, wo einst das Sennwanderhaus stand, ein Fast-Food-Restaurant und stinkendes Fleisch und labbrige Pommes. Ich sah digitale Ziffern auf Registrierkassen. Ich sah Menschen mit Headsets vor Fritteusen voller ranzigem Fett. Ich sah meine Freunde, aufgedunsen und laut grölend, wie sie sich Milchshakes bestellten. Und ich sah den Schlemmerwirt,

164 »Ja«

165 Aber ich bin mir nicht sicher.

meinen Schlemmerwirt, verwaist und mit vernagelten Fenstern. Ein eisiger rauer Wind wehte durch die Dorfgassen. Und dann sah ich mich, wie ich neben dem Tinerl auf Crosstrainern schwitzte und auf einen Bildschirm an der Decke glotzte, in dem Musikvideos mit Halbwüchsigen zu sehen waren, die sich permanent in den Schritt fassten. Dann war die Vision vorbei.

»Des Zacherl hat wirklich alle total deppert gemacht!«, ärgerte ich mich. »Der Fürst darf hier auf keinen Fall einen Fuß auf den Boden bekommen. Dass man so was überhaupt in Erwägung zieht!«, regte ich mich noch mehr auf. »Wie soll der denn unser Dorf retten?! Das macht der doch alles nur, um sich an uns und unserer schönen Bergwelt zu bereichern! Wir sind die Gelackmeierten!« Ich redete mich immer weiter in Rage. »Er wird uns ausnehmen wie die Milchkühe! Das wär nicht unsere Erlösung, sondern unser Untergang!! Wir müssen ihn stoppen!!!«

Ich stand wild schnaufend da und hätte den Fürst am liebsten sofort und mit bloßen Händen erwürgt. Da merkte ich, dass ich schon wieder stark unter dem Zacherl-Fluch stand, und in blinder Raserei würde ich dem Fürsten sicherlich nicht beikommen.

»Meine Rede!«, pflichtete mir die Trudi bei und klopfte mir beruhigend auf die Schulter. »Das sag ich dem Päda schon die ganze Zeit. Aber er hört einfach nicht auf mich. Ich mag meinem Mann ja nicht die gute Laune verderben, aber Geschäfte mit Dieben machen, das lass ich ihm nicht durchgehen!«

»Sei nicht zu bös mit ihm«, beschwichtigte die Heidi nun die Trudi. »Der Päda meints ja eigentlich nur gut.«

Da hatte die Heidi natürlich Recht, aber trotzdem lässt man sich mit so einer Bagage nicht ein.

»Trudi, sag amal«, wandte ich mich an die Bürgermeistergattin. »Ich hab den Päda jetzt schon länger nicht mehr gesehen, aber er hat nicht zufällig schwarze Ringe unter den Augen?«

»Doch!«, sagte die Trudi verblüfft. »Seit Wochen sieht er aus, als würde er gar nimmer schlafen. Des darfst jetzt nicht rumerzählen«, sagte die Trudi und senkte die Stimme, »aber ich hab sie ihm die letzten paar Tage immer ein bisschen weggeschminkt, weil sie gar so schiach[166] geworden sind. Aber seit gestern kann er mich amal kreuzweis. Soll er doch mit schwarze Balken im Gesicht rumlaufen, die passen dann wenigstens zum Brett vorm Kopf.«

»Das dachte ich mir!«, rief ich triumphierend. »Ich glaube nämlich, dass alle, die unter der Fuchtel vom Fürst stehen, diese dunklen Augenringe bekommen!«

»Augenringe? So was wie die Sommerfrischler sie haben, wenn sie hier ankommen?«, fragte die Heidi. Sie war jetzt völlig verwirrt. »Jetzt spinnst aber scho, Toni? Wie soll denn des gehen? Also, des Zacherl ist unser Dorffrieden, und des hat nun amal eine gwisse Macht über uns. Dass mir uns wega dem gegenseitig an die Gurgel gehen, is verständlich, des lass ich mir noch eingehen, aber dass der Fürst alle Leut schwarze Augen herbeizaubert, des hört sich mir schon a bisserl arg gspinnert an!«

Die beiden Frauen sahen mich zweifelnd an.

»Nein, vertrauts mir. Ich weiß noch nicht, wie genau das alles zusammenhängt. Aber ich weiß, dass der Fürst das Zacherl hat. Und ich weiß, dass alle, die mit dem Fürst zu tun hatten, saumäßige Augenringe haben, und ich glaub, dass der Fürst uns alle in Stadtmenschen verwandeln will. Ge-

[166] hässlich

nau blick ichs no ned.[167] Aber ich bin mir sicher, dass alles gut wird, wenn wir das Zacherl wiederhaben und den Fürst verjagen! Dafür müssen wir ihn aber jetzt erst amal stellen. Seids ihr dabei?«

»Woll! Die Tour werma ihm gehörig vermasseln«, sagte die Heidi.

»Wir wolln den Zipfe in gemeinschaftlicher Arbeit vor vollendete Tatsachen stellen!«, sagte die Trudi. »Und wie mach ma des?«

»Des weiß ich noch nicht. Ich such erst noch ein paar Mitstreiter. Der Schorsch ist schon auf dem Weg«, antwortete ich wahrheitsgemäß. »Der Fürst hat nämlich vier Gorillas bei sich. Und wer weiß, wen noch.«

Die Heidi sah mich fragend an.

»Gorillas wie Bodyguards. Security. Weißt schon«, erklärte ich schnell. »Der kann sich halt nicht selber wehren.«

In dem Moment traf der Päda beim Schlemmerwirt ein. Seine Augen lagen tief in den Höhlen, und die Ringe darunter waren rabenschwarz. Er beachtete uns nicht und ging mit eckigen Bewegungen schnurstracks in den Eingangsbereich vom Schlemmerwirt, um die Rentner per Handschlag und schiefem Lächeln zu begrüßen. Ich beobachtete ihn dabei und sah eine Mischung aus Unterwürfigkeit, Erschöpfung, Not und Gier auf seinem Gesicht, und da tat er mir plötzlich sehr leid. Er war dem Fürsten vollkommen verfallen. Das musste ich schnellstens ändern.

Als die Rentner alle drinnen waren, winkte ich ihm zu, lotste ihn in den Schankraum und erklärte ihm in kurzen Zü-

[167] Ich habe es noch nicht ganz durchschaut.

gen, was ich wusste. Immerhin war der Päda unser Bürgermeister, Augenringe hin oder her.

»Was erzählst du da? Bist dir da ganz sicher? Der gute Herr Fürst?«, fragte der Päda. »Des kann ich gar nicht glauben. Des is doch so ein feiner Kerl! Ich hab in letzter Zeit viele gute Gespräche mit ihm geführt! Außerdem hat er mir ein paar wirklich famose Pläne zur Sanierung unserer Gemeindekasse vorgelegt.«

»Feiner Kerl? Famose Pläne?«, fragte die Trudi, die neben mir stand. »Dir hau i glei oane auf dei Rindsrübn, du![168] Sag halt endlich, was er bauen will.«

»Raus mit der Sprache!«, zischte ihn die Heidi an, die sich ebenfalls an meine Seite gestellt hatte.

Der Päda wirkte jetzt ein wenig verlegen, riss sich aber zusammen und setzte ein geschäftsmäßiges Gesicht auf.

»Na ja, so ein Fast-Food-Restaurant passt auf den ersten Blick vielleicht nicht hundertpro zu uns und unseren Traditionen, aber der Fürst meinte, das würde ordentlich Kundschaft und ein wenig Leben ins Dorf bringen. Junge Leute. Kaufkraft. Frischen Wind.«

Der Päda gestikulierte bei seiner kleinen Rede unkoordiniert mit den Händen, fast so als würde er mit einem imaginären Gegner kämpfen.

Ich war wie versteinert. Noch einmal lief die Vision vor meinem inneren Auge ab. Ich hatte mich nicht getäuscht: Unser Untergang stand bevor.

»Und irgendwas muss ich ja machen, um unser Dorf zu retten«, versuchte sich der Päda zwar rauszureden, aber seine Augenringe waren schon ein bisschen heller geworden. »Sonst

[168] Ich hau dir gleich eine rein.

tut ja keiner was. Ihr schreit doch die ganze Zeit nur rum und streitet euch! Habt ihr vielleicht eine bessere Idee?«

»Nein. Aber wir sind ja auch keine Politiker«, sagte ich mit gezwungen sanfter Stimme. Ich musste mich beherrschen, ihm nicht auf der Stelle den Garaus zu machen. »Ich bin mir sicher, dass unsere Krise nicht am fehlenden Geld, sondern am fehlenden Zacherl liegt. Und dass alles wieder gut wird, wenn wir es wiederhaben. Wenn alle wieder zusammenhalten. Dann können wir uns gemeinsam überlegen, was wir tun können, um das Dorf zu retten. Modernisieren, okay. Aber es muss zu uns passen. Zu unserer Welt, zu unseren Traditionen. Wir müssen es selbst in die Hand nehmen. Alle zusammen. Wir brauchen keine Geschäftemacher hier. Und ganz bestimmt keinen Dieb! Wir brauchen das Zacherl!«

Der Päda schien nachdenklich. Ganz so, als hätten meine Worte eine Glocke in ihm angeschlagen, derem Ton er nun aufmerksam lauschte.

»Und woher weisstas, dass er das Zacherl hat?«, fragte er schließlich.

»Der Breissner hats ma gsagt!«

»Der Breissner? Ja, da schau her! Wo hastn den troffen?«

»Herbeigholt hab ich ihn!«

»An Breissner? Ja, wia des?«

»Des is a längere Gschicht! Jedenfalls hats der Breissner gwusst.«

»Woher hat jetz der des gwusst?«

»Des woaß i ned! Er hats halt gwusst!«

»Hast du da Zeugen? Ich hab vorhin mit dem Mike geredet…«, sagte der Päda misstrauisch.

»Ja. Ig war dabei. Der Toni sagt die Wahrheit«, sagte da die

Fang, die plötzlich in der Tür zum Schankraum stand. Sie hatte alles mitangehört, und ich war gleich doppelt froh, dass ich sie mit zum Breissner genommen hatte. Ich hätte ja eigentlich leichten Unmut ihrerseits erwartet, weil ich sie vorhin so unsanft weggeschickt hatte, doch zu meiner Überraschung war die Fang sanft wie ein Rehkitz.

Der Päda schwieg eine Weile.

»Wer ist jetzt sie?«, fragte er dann misstrauisch und schob sein Kinn in Richtung Fang.

»Des ist die Frau Zhang Li Fang. Sie ist eine angesehene Ethnologin aus Heidelberg, und ich hab zusammen mit ihr den Breissner besucht.«

»Den Breissner?«, fragte er schließlich. »Ageh? Ich woaß ned, Toni. Ich hab wirklich an guadn Eindruck vom Fürst.«

Er blickte erst die Fang, dann mich, dann die Heidi und dann seine Frau an. Es kam mir so vor, als würden die Ringe unter seinen Augen noch ein bisschen heller werden.

»Guad. Ich glaub dir. Man sollte ihn zur Rede stellen. Und wenn er's gnommen hat, unterschreib ich ihm die Baugenehmigung nicht. Mit Dieben will ich nix zu tun haben. Aber wenn du an Schmarrn erzählst und er unschuldig ist, dann bekommt er sie. Bei allem Respekt, Toni, wir müssen handeln, und wenn wir unser Dorf retten wollen, brauchts mehr als hübsche Wimpel und schöne Worte! Immerhin geht es hier um unsere Heimat.«

Er sah mich scharf an. Seine Augenringe waren jetzt ganz entwichen.

»Also meinen Segen habts. Aber mitkommen werd ich lieber nicht, weil wenn was schiefgeht oder der Toni sich irrt, muss jemand nachher die Wogen glätten.«

»Des kriang ma scho hi«[169], sagte ich zuversichtlich.

»Und du«, wandte sich der Päda jetzt an die Trudi, »lässt mich meinen Job machen, solang du keine bessere Idee hast als Tupperpartys, um hier an Zug reinzubringen.«

Die Trudi wollte schon Widerworte geben, überlegte es sich dann aber doch anders.

»Immer dasselbe«, sagte der Päda und sah mich dabei wissend an. »Wenn koa Aufsicht da is, machen d Weiber nur an Bledsinn.«

Wir hatten unseren Bürgermeister zurück.

»Was isch da los?«, donnerte eine grantige Männerstimme. »Was machts ihr da?«

Der Zirngiebl Thomas stand in der Tür und schaute zu uns herein. Sein Seehundsbart bebte vor Zorn, aber wenigstens hatte er keine Augenringe.

»Thomas, griaßdi, du kommst grad wia grufen!«, rief ich erfreut. »Du muasst uns helfn.«

»Nix muass i«, konterte der Schlemmerwirt grimmig.

»Da hast Recht«, sagte ich in betont mildem Tonfall. »Aber i woaß, wer des Zacherl gnumma hat.«

»So, so?«, fragte der Thomas und blickte nicht mehr ganz so finster drein. »Dann verzähl amal.«[170] Und ich erklärte ihm die ganze Sache.

Natürlich konnte ich auf meinen besten Freund seit Schulzeiten zählen.

169 »Das bekommen wir schon hin.«

170 »Dann lass mal hören.«

Kurz darauf traf endlich auch der Action Schorsch ein. Jetzt waren wir immerhin schon zu siebt: die Schipfer Trudi, der Schipfer Päda, die Zirngiebl Heidi, der Zirngiebl Thomas, die Zhang Li Fang, der Action Schorsch und ich. Zusammen beratschlagten wir unsere Vorgehensweise.

»Woher weißt du denn, wer es war?«, fragte der Schorsch mich.

»Vom Breissner. Nun ist es verbürgt, dass es der Fürst war!«

»Kann ned der Breissner aa amal an Schmarrn verzähln?«, bohrte der Schorsch nach.

»Wenn ma ned amal den Berggeistern mehr glauben kann, wem dann?«, konterte ich.

»Da hast jetzt du wieder Recht. Also – Strategie: Wenn der Fürst die Bühne betritt, stürzt sich der Toni auf ihn und hoitn[171] fest«, plante der Schorsch. »Und ich schlag ihn hernach so lang, bis er mit der Wahrheit rausrückt.«

»Keiner wird gschlang!«, sagte die Heidi. »Er solls rausrücken, des Zacherl, und dann soll er sich verzupfen, der Verbrecher.«

»Aber irgendeine Strafe müss ma uns schon ausdenken für ihn!«, sagte der Schorsch.

»Teern und federn, so wie mans mit Verrätern macht«, schlug ich vor.

»Und in heißem Öl kochen«, ergänzte der Päda.

»Auspeitschen«, setzte ich noch einen drauf.

»In a Odlgruam nei mit dem Hamme!«[172], sagte der Thomas schließlich.

»Auf jein Foull sehr schwer verletzen miassts ihm«[173], mur-

[171] hält ihn

[172] »In eine Odelgrube rein mit dem Hammel.«

[173] »Auf jeden Fall müsst ihr ihn schwer verletzen.«

melte jemand in seiner ganz eigenen Grammatik durch den Bart hindurch.

Da erst bemerkten wir, dass der Zirngiebl Hupfi hinten in seinem Eckerl saß. Wir brachen in lautes Gelächter aus, nur die Fang schaute überrascht von einem zum anderen. Sie konnte ja nicht wissen, was es heißt, wenn man den Vollbarter auf seiner Seite wusste.

»Jetzt beruhigts euch amal«, sagte die Trudi umsichtig. »Erst müssen wir ihm das Zacherl abnehmen. Sonst nützt es alles nix!«

»Und er ist nicht alleine«, merkte ich an. »Er hat mindestens vier Security-Burschen dabei, und wer weiß, wen noch. Außerdem scheints mir, als wären auch die Senioren unter seinem Bann. Sie mögen zwar alt und langsam sein, es sind aber halt auch recht viele. Wer weiß, wozu die fähig sind, wenn sie nicht ihre versprochenen Heizdecken bekommen. Wir brauchen unbedingt Verstärkung.«

»Wo ist eigentlich der Mike?«, fragte der Schorsch geistesgegenwärtig.

»Der hat keine Zeit, weil er bei den Vorbereitungen im Festsaal mithelfen muss«, antwortete die Heidi.

»Und die Zenzi hab ich weggeschickt, damit sie sich woanders weiterstreiten kann«, sagte der Thomas.

»Aber wir brauchen noch mehr Leute! Sonst ist es vorbei mit unserem schönen Dorf!«, rief ich nun langsam doch etwas wütend. »Irgendwer muss uns jetzt helfen, Herrschaftszeiten!«

»Guten Abend, Wildbach Toni! Wollen Sie den erfolgreichen Abstieg mit uns begießen?«, fragte da aus dem Nichts heraus eine kräftige Männerstimme.

Ich drehte mich um und blickte in drei bekannte und frische Gesichter: Der Glatzkopf, seine Freundin und der Kinnbart mit einem Gips am rechten Arm standen vertraulich lächelnd in der Tür zum Schankraum.

»Äh, stören wir?«, fragte die Freundin vom Glatzkopf beim Anblick unseres kleinen Trupps.

»Geschlossene Gesellschaft«, sagte die Trudi knapp.

»Neinnein, nur hereinspaziert«, sagte ich schnell und machte einen Schritt auf meine frischgebackenen Bergmenschen zu. »Ihr kommts wie gerufen!«

Ich wagte einen raschen Kontrollblick – und GOTTlob war nicht der leiseste Schatten unter ihren Augen zu sehen.

»Wir haben unseren Patienten von der Krankenstation abgeholt. Der Doktor kommt auch gleich noch vorbei, um gemeinsam mit uns anzustoßen. Der ältere Herr hat sich gleich nach unserer Ankunft im Schlemmerwirt verabschiedet, um sein neues Quartier im Traubeckhof zu beziehen und sich nach all den Anstrengungen dort ein bisschen hinzulegen, er fällt sozusagen aus«, sagte der Glatzkopf.

Schade, den Alten hätten wir gut gebrauchen können. Naja, egal, die anderen drei taten es auch. Und der Herr Doktor kam ja ebenfalls.

»Aber wir würden gern noch einen lüpfen«, ergänzte der Kinnbart unternehmungslustig.

»Gleich! Erst müss ma was anderes erledigen. Ich erklärs euch. Kommts amal her und hörts zu«, sagte ich in einem verschwörerischen Ton.

Endlich hatte ich einen Plan.

Garderobe
Bühne
Magnus Fürst
Schmitz
Freundin vom Glatzkopf
Fang
Heidi
Trudi
Timo
Der Herr Doktor
Toni
Schorsch
Mirko
Glatzkopf
Mike
Kinnbart
Hüpfi
Thomas
Alex
Fred

Im Dienste der Gesundheit

Allmählich war der große Festsaal des Schlemmerwirts ordentlich gefüllt, und ich hielt nach dem Veranstalter Ausschau. Der Päda hatte mir, bevor er heimgegangen war, noch kurz beschrieben, wie der Magnus Fürst aussah, nämlich wie fast alle Männer hier im Saal: volles graues Haar, adrett gekleidet, aufrechte Haltung und blaue Augen. Die Suche war dadurch gar nicht so leicht, da er sozusagen ein Senior unter Senioren war. Es waren viele Damen und Herren älteren Semesters aus dem gesamten deutschsprachigen Raum versammelt. Eine Gruppe Schweizer, einige Rheinländer, ein paar Kärntner und ein ganzer Tisch aus Dresden.

Ich spürte, dass es gleich losgehen würde, und schaute daher noch einmal, ob meine Leute auf ihren Positionen waren. Wir hatten uns nach den Vorgaben von der Heidi strategisch so im Saal verteilt, dass wir die Werbefritzen schnell unter Kontrolle bringen konnten, damit uns der Fürst nicht entwischen würde.

Der Saal war wie für ein großes Bankett bestuhlt und die Tische mit Papiertischdecken in alpinem Rautenmuster geschmückt. Auf jedem der Tische stand ein kleines Kerzerl und vor jedem Senior lag ein gefaltetes Programm aus.

Wir hatten uns geschickt im Raum verteilt. In der ersten Tischreihe, vorne bei der Bühne, saßen die Damen: die Trudi mit der Heidi an einem der Tische am linken Rand und die Fang mit der Freundin vom Glatzkopf am rechten Rand. Zwei Tischreihen weiter hinten saßen der Herr Doktor ganz links, ich in der Mitte und der Schorsch ganz rechts. Weiter hinten im Saal hatte sich der Kinnbart zum Zirngiebl Mike gesetzt, der ganz schwarze Augenringe hatte und der Veranstaltung freudig entgegenfieberte. Ganz hinten links an der Eingangstür zum Festsaal saß der Glatzkopf, ganz rechts der Thomas. Nicht einmal der Hupfi wollte sich das Schauspiel entgehen lassen und hatte sich ganz hinten im Saal mitten unter die Rentner gemischt.

An den Außenwänden standen einige mit weißen Tischdecken versehene Tapeziertische mit Trinkgläsern und kreisrund angeordneten Flaschen-Arrangements aus hellem Bier, Weißbier, Pils, Radler, Limonade und Mineralwasser. Allerdings andere Sorten als sonst beim Schlemmerwirt. Darüber hingen Preislisten in Großschrift. Alle Getränke 3,50 € – unverschämt teuer dafür, dass mans sich selber einschenken musste. Die Getränke stammten von mir unbekannten Herstellern und hatten so wohlklingende Namen wie »Schönaicher Tannenbräu« oder »Grubtaler Felsenquelle«. Das Bier hatte verheißungsvolle Zusatzbezeichnungen wie »Premium Qualität« oder »mit feiner Urwürze«. Es war die reinste Abzocke!

Direkt neben mir am Tisch saßen zwei blauhaarige Frauen. Sie hatten beide je eines der Programme in der Hand. Ich spähte zu ihnen hinüber und erkannte auf der Vorderseite des Programms eine minderwertige Aufnahme vom Schlemmerwirt samt Bergen im Hintergrund. Ich wollte mir das Ganze gern einmal genauer ansehen und fragte, ob ich einen Blick darauf werfen dürfe. Die eine Dame gab mir ihr Exemplar. Darauf stand:

»Sie haben gewonnen! Genießen Sie mit uns einen traumhaften Tag in den Bergen. Beim Schlemmerwirt wird nicht nur geschlemmt, sondern da ist auch die Gemütlichkeit zuhause. Der Gewinner erhält 4.000,- € in bar am Tag der Veranstaltung ausbezahlt. Außerdem bekommt jeder Gast einen 6 kg schweren Schlemmerkorb, gefüllt mit den feinsten Spezialitäten: 1000 g Wurst, 1 kg Schinken, 250 g Butter, 1 Pfund Kaffee, 2 kg Schweinebraten und Qualitätswein für zuhause. Erleben Sie die Live Promotion Show des TV Club EUROPA, bei der wir Ihnen zahlreiche hochwertige Produkte vorstellen werden.«

Unglaublich! Ich schaute zum Schorsch rüber, hielt den Zettel in die Höhe und schüttelte nur den Kopf. Er borgte sich einen Zettel von seinem betagten Tischnachbarn und verstand mich sofort. Da ging die Eingangstür auf, und die Neuankömmlinge eines weiteren Reisebusses gesellten sich zu uns in die Gemütlichkeit. Dieses Schauspiel wiederholte sich noch zweimal, dann war die Bude gerammelt voll. Ich schätze, so um die 150 Leute warteten gespannt darauf, dass es endlich losging.

Schon beim Eintreten in den Saal hatte ich die beiden jungen Zettelverteiler und die beiden Gorillas vom Traubeckhof bemerkt. Allesamt mit tiefschwarzen Augenringen. Sie hielten sich momentan auf der Bühne des Festsaales auf, einer hantierte an einem mittig platzierten Mikrophonständer samt Mikrophon herum, die drei anderen bewachten die »Präsentationsfläche«, denn links und rechts vom Mikrophon standen zwei große Tische. Ich gab den beiden blauhaarigen Frauen ihr Programm zurück und ging nach vorn, um mir genauer anzuschauen, was es da so alles gab. Die Tische waren vollgepackt mit unsäglichem Tand, den man sonst nur in Reste-Shops kaufen kann: Werkzeugkoffer, deren Inhalt man mit bloßem Auge die Untauglichkeit ansehen konnte, ein windiges Messerset hieß »Brillant«, auf der Verpackung einer hellgrünen Vase stand »Elegance«, ein schäbig aussehender Taschenrechner im Stile eines Mobiltelefones nannte sich »Technic Calculator Handy« und vier poplige Weingläser hörten auf den Namen »Opatija«.

Was hatten wir uns da nur in den Schlemmerwirt geholt?

Da wurde das Licht gedämpft, ich ging schnell zurück und setzte mich auf meinen Platz. Die beiden Gorillas eilten in den hinteren Bereich des Saales. Ein ausgesprochen unseriös wirkender Herr im dunklen Anzug betrat die Bühne. Er stellte sich ans Mikrophon und blickte aus tiefschwarz unterringten Augen und mit einem falschen Lächeln auf den Lippen in die Menge. Er war um die vierzig, also zu jung, um der Fürst zu sein.

»Guten Tach, liebe Gäste. Mein Name ist Schmitz«, stellte er sich in norddeutschem Akzent vor. »Es ist schön, dass Sie da sin und unsrer kleinn Informationsveranstaltunk beiwohn. Ich wünsch Ihn ein erholsam und angenehm Urlaubstach! Rechts von mir steht Timo, zu meiner Linken der Mirko, unn die beiden jungen Herrn ganz hinten im Saal heißen Alex und Fred.«

Mirko und Timo, die beiden Zettelverteiler, standen rechts und links vor der Bühne und deuteten einen Knicks an. Die beiden Gorillas vom Traubeckhof in den beiden Ecken hinten im Saal verbeugten sich leicht. Alle vier standen hinter Servierwägen, auf denen sich haufenweise weitere Produkte und jeweils eine Handkasse befanden.

Herr Schmitz wies nun auf die später stattfindende Pause plus einem »leckren Snack« hin, nicht ohne zu erwähnen, dass dieser Snack für jeden Gast »nich vier, nich drei, nein, sage und schreibe nur zwei Euro pro Nase« kosten würde. In der Tat ein »echtes Schnäppchen«. Die Rentner bestellten eifrig vor. Ich und meine Leute nicht.

Interessant war das schon, wie leicht sich die Leute hier freiwillig abzocken ließen! Ich suchte weiter den Saal nach Magnus Fürst ab. Wo war der bloß? Hatte er sich unter die Rentner gemischt? Oder kam er am Ende gar nicht? Hatte er uns im Saal erkannt und sich seinen Teil gedacht?

Nun erklärte Schmitz den Ablauf und seine Mission. Er wolle im Dienste des Wohlbefindens aller Gäste auf ein paar »ganz tolle Produkte« hinweisen und erklärte, schon viele solcher Veranstaltungen moderiert zu haben und »die Gäste waren, toi, toi, toi, ich sach mal: sehr zufrieden!« Jeder, der hier angeschrieben und zu der Veranstaltung eingeladen wurde, sei durch ein »ganz bestimmtes Verfahrn« ausgewählt worden. »Persohn, die bei andren Veranstaltungen aufgefalln sin, Persohn, die man für solche Sachn einladn kann, ganz besondre Persohn, die auch wirklich Interesse an tolln Produktn und ihrem eignen Wohlergehn haben.«

Um genau die ging es dem Herrn Schmitz. Obwohl es eher wie eine Drohung klang.

Ich ließ mich allmählich etwas von dem Gerede einlullen. Sprachlich begabt war er ja, der Herr Schmitz. Das musste ich zugeben. Jetzt lenkte er seine Rede auf das Thema Gesundheit. Das interessierte mich nun wirklich.

»Wir Bewohner des deutschsprachigen Raumes sin Tablettnfresser Nummer eins. Da verschreibt der Arzt mal dieses Mittel, dann wieder ein andres, dann noch ein drittes, viertes. Seien wir doch mal ehrlich – teilweise weiß man doch gar nicht mehr, was man da täglich zu sich nimmt.«

Durch den Saal gingen beipflichtendes Raunen, leises Gemurmel und zustimmendes Nicken. Hin und wieder glaubte ich das leise Fiepen eines falsch eingestellten Hörgerätes zu vernehmen.

»Heute Abend«, eröffnete uns Schmitz, »ist die letzte Veranstaltunk einer langen erfolgreichn Werbereihe, daher könn wir Ihn heute ganz besonders tolle Produkte zu wirklich ganz phantastischen Preisen anbieten. Da is für jeden was dabei, das kann ich Ihn versprechen!«

Ich blickte nach rechts zum Schorsch. Wir waren jederzeit bereit zuzupacken, wenn Magnus Fürst auftauchen sollte. Und er würde auftauchen, davon war ich fest überzeugt.

Herr Schmitz stellte uns unterdessen einige Wollwaschmittel, Polituren, Teebaum-Salben und Überdecken vor, die das zusehends enthusiastische Publikum ohne mit der Wimper zu zucken sämtlich aufkaufte, und zwar zu stolzen, aber wie von Herrn Schmitz immer wieder betont, »fairen Spezialpreisen«. Er hielt jeweils das zu erwerbende Produkt in die Höhe und erklärte etwas dazu. Dann schoben die vier Mitarbeiter ihre Wägelchen in der Gegend rum und verscheuerten den Quatsch. Auf einer Flasche Aloe-Vera-Matratzenspray, welches man einfach nur auf die Matratze aufsprühen müsse und somit »alle Milben jeder Art« bekämpfen könne, war der

Preis sogar riesengroß aufgedruckt. 76,50 €. Schmitz rühmte sich allerdings, ausgezeichnete Connections zu haben, und bot das Qualitätsprodukt für nur 50,- € pro Flasche an. Ebenso eine Körperlotion mit 100 % Aloe Vera. (Ich überlegte kurz, wie sie denn die für eine Lotion notwendigen Schmierstoffe da hineinbringen konnten, wenn ja bereits 100 % Aloe Vera in dem Produkt enthalten war.) Auch hier ein Aufdruck. 450 ml für 45,- €. Über Herrn Schmitz zum Hammerpreis von nur 34,99 € zu beziehen! Ein Werbepreiskomplettangebot »direkt vom Hersteller«.

Die vier Schergen liefen unverdrossen mit ihren Servierwägen durch die Reihen, verteilten die Ware und kassierten strahlend ab.

»Wir sind hier 1 a aufgestellt, meine Dahm un Herrn. Man könnte fast mein, wir sin hier bei WÜNSCH DIR WAS! Und unsere Preise sind hieb- und stichfest. Nich, dass Sie denken, ich erzähl hier ein vom Ferd! Hahaha! Damit verabschiede ich mich und entlasse Sie zunächst in Ihre wohlverdiente Pause.«

Die kam den Reisegästen natürlich gelegen, denn die Leute hatten natürlich mächtig Appetit und freuten sich auf den angekündigten Schnäppchensnack. Er bestand aus einer kleinen Tüte Kartoffelchips mit Paprikageschmack.

»Guten Appetit!«, wünschte ich den beiden blauhaarigen Frauen.

»Danke«, sagte die eine, zerkaute knirschend eine Handvoll Chips und nahm gleich noch ein überteuertes Bier gegen den Durst, während die andere sich abmühte, ihre Chipspackung zu öffnen.

»Diese dreckige Mistpackung geht nicht auf, die dumme Schweinesau!«, zischte sie. Auf sie hatte sich der Fluch des Zacherls scheinbar bereits krass ausgewirkt. Augenringe hatten ja eh alle.

Da man uns während der Pause nicht aus dem Saal ließ und ich jetzt noch keinen Radau veranstalten wollte, blieben wir alle auf unseren Plätzen sitzen. Meine Leute und ich wussten ohnehin, was wir zu tun hatten. Wenn es so weit war, würde ich kurz durch die Finger pfeifen.

Während ich meinen Blick von einem meiner Leute zum Nächsten wandern ließ, fiel mir etwas Lustiges auf: Wenn man sich eine Uhr vorstellt und die Bühne die Ziffer 12 darstellte, saß der Hupfi auf 6:00 Uhr und der Glatzkopf in etwa auf 7:30 Uhr. Er war somit nicht nur auf Hab-Acht-Stellung, sondern noch dazu auf Halb-Acht-Stellung.

Ich lächelte still in mich hinein, als die Pause vorüber war. Zu meinem Bedauern trat schon wieder Herr Schmitz ans Mikrophon. Das konnte sich noch hinziehen.

»Bevor wir weitermachen, möchte ich Ihnen den Mann vorstellen, der all das hier möglich gemacht hat. Bitte begrüßen Sie mit mir den, haha, Bruce Willis von Lüneburg: Mis-ter Ma-gnus Fürst!«

Da schoss mir das Blut in den Kopf, und ich nahm nur noch ein lautes, rotes Pochen wahr. Noch nicht, Toni, sagte ich mir, noch nicht. Ich wendete langsam den Kopf nach hinten, denn es gibt im Festsaal nur einen einzigen Ein- und Ausgang.

Hinter uns öffnete sich wie auf Befehl die Eingangstür, und unter tosendem Applaus betrat Magnus Fürst den Saal. Mir stockte der Atem. Es war der Alte von meinem Seminar! Das durfte nicht wahr sein! Er war Magnus Fürst!!!

Das war nun wirklich ein starkes Stück! Er trug einen

schwarzen Anzug und hatte ein Haifischlächeln auf den Lippen. Elegant schritt er zwischen den Stuhlreihen nach vorne und schüttelte ein paar Hände, die sich ihm entgegenstreckten. Mir blieb die Luft weg, meine Gedanken rasten. Und ich musste plötzlich an das eigenartige Morgenritual des Alten auf dem Sennwanderhaus denken. Er hatte nicht hüpfend den Morgen begrüßt, sondern vermutlich das Grundstück abgemessen! Plötzlich war mir alles klar. All seine Fragen über unsere Heimat und nach dem Zacherl und die Verdächtigungen gegen den Traubeck und den Ferdi. Der Fürst hatte mich aushorchen und manipulieren wollen. Deswegen war er mit auf die Tour gekommen. Meine Halsschlagader schwoll an vor Wut! Doch als ich das verdatterte Gesicht vom Glatzkopf sah, der ja hinten links am Eingang saß, dachte ich gleich wieder an unseren Plan. Ich musste mich an die genaue Abfolge halten und durfte nicht durchdrehen.

Der Fürst betrat die Bühne und nahm das Mikrophon in die Hand. Schmitz überließ seinem Chef das Rampenlicht und gesellte sich zu Mirko, der sich inzwischen wieder in seine Ecke rechts vor der Bühne verzogen hatte. Beide standen direkt vor der Freundin vom Glatzkopf und der Fang, und nur wenige Meter dahinter saß der Schorsch.

»Guten Abend, meine Damen und Herren, ich bin Magnus Fürst und freu mich sehr, heute Abend hier zu sein! Ich habe da einmal eine Frage, und ich bin mir sicher, Sie können sie mir beantworten: Schätzen Sie doch mal, was ein normales Heilverfahren in Deutschland kostet, meine … sehr … verehrten … Damen … und, jaaaa, die darf man nie vergessen … und Herren!«, ermunterte Fürst uns Zuhörer schmunzelnd und blickte auf einen Punkt, der wohl weit über und hinter seinem Publikum am Horizont zu sehen war. Ich drehte mich um und sah, dass der Hupfi grimmig in seinen Bart murmelte. Das tat er aber so leise, dass es vermutlich für immer sein Geheimnis bleiben wird.

»Alles, was gut ist, kostet nun mal eine Stange Geld! Aber für die eigene Gesundheit muss man schon mal ein bisschen Kapital in die Hand nehmen, nicht wahr?«, flötete Fürst und ließ dabei seine – mit an Sicherheit grenzender Wahrscheinlichkeit dritten – Zähne blitzen. Ich war fasziniert und abgestoßen zugleich.

Und was uns Magnus Fürst nun vorstellte, brach sämtliche Rekorde: ein unfassbar wertvolles Präparat, bestehend aus Mineralstoffen und Vitaminen, angereichert mit Spurenelementen und rundum gesunden Zusätzen. Die mannigfaltigen Vorzüge des Produktes pries er gut und gern zehn Minuten an, bis er die ersten der Gäste so weit hatte. Sie wollten diesen kostenintensiven, aber kostbaren Jungbrunnen um jeden Preis. Kurz darauf waren fast alle bereit, für jenes Präparat ein Vermögen auszugeben. Ein Präparat, das immerhin sowohl ein gewisser »Professor Schmidt von der Heidelberger Prostataklinik« empfohlen hatte als auch von »Franz Beckenbauer« höchstpersönlich »erfolgreich getestet« worden war und deshalb ab Anfang Januar im TV präsentiert werden sollte. Dann kam er dann endlich auf den Preis zu sprechen. Sagte ihn aber noch immer nicht.

»Ich trau mich fast nicht, auf dieses Thema zu kommen, aber es *muss* sein! Sie haben es sich schon gedacht, es geht um den Betrag!«

Ich hätte schön langsam eigentlich das Zeichen zum Angriff geben sollen, aber den Preis wollte ich jetzt doch noch wissen.

Aber statt uns Zuhörer endlich aufzuklären, brachte einer der Gorilla-Lakaien nun einen silbernen Koffer in einem gläsernen Schrein nach vorne und gesellte sich dann wieder an seinen Platz in einer Ecke des Zuschauerraumes. Auf der Bühne zurück blieb der Koffer. Ein Koffer, so glänzend und funkelnd, dass es urplötzlich mucksmäuschenstill wurde im Saal. Dieser Koffer enthielt das mit Spannung erwartete Präparat, das fast alle der Anwesenden wohl bereits fix in ihren Ernährungsplan einkalkuliert hatten. Anders vermochte ich das wissende Kopfnicken des Publikums nicht zu deuten.

Der Stimmung entsprechend, sprach Fürst mit gedämpfter Stimme weiter.

»Es hat im Zusammenhang mit diesem Produkt einzelne Personen gegeben, die über hundert Jahre alt wurden, und das bei bester Gesundheit! Nein, meine sehr verehrten Damen und Herren, das waren keine asiatischen Yogis, die durch Meditation und Atemtechnik dieses Alter erreicht haben. Das waren Deutsche, Österreicher, Schweizer! Leute wie Sie und ich! Rentner und Pensionisten, wie vielleicht auch einige hier im Saal. Menschen mit Krankheiten, die durch die Einnahme falscher Präparate bestimmt nicht besser wurden! Nur, weil man ihnen die *Basis*-Stoffe nicht zugeführt hatte. Und weil die Wissenschaft bis vor ein, zwei Jahren einfach noch nicht so weit *war*, um genau zu wissen, *was* diese Menschen, und vielleicht auch einige unter Ihnen, benötigen! Dr. Leonardo hat diese Zusammenstellung im Laufe vieler Monate nun optimiert, sodass man wirklich sagen kann: Das Produkt ist für wirklich *jeden* Organismus ideal!!!«.

Ich hörte den Herrn Doktor links von mir verächtlich schnaufen. Lange würde er diesen Schwachsinn nicht mehr aushalten. Und wer zum Henker war dieser Dr. Leonardo schon wieder?

»Herts ned auf ihm! Er schmarrad an Stuss!«[174], rief da plötzlich der Zirngiebl Hupfi ganz richtig. Blöd nur, dass ihn niemand verstand.

Der Alte suchte mit den Augen nach dem Störenfried in den hinteren Reihen, kommentierte den Einwurf aber nicht weiter. Er fuhr in seiner Rede einfach fort, sogar dann noch, als er mit seinem Blick kurz bei mir hängen blieb. Der Schorsch knackte mit den Fingerknöcheln.

»Was glauben Sie, wie viel dieser Koffer kostet?«

Irgendwelche Zahlen wurden reingerufen. In der Zwischenzeit zog der Fürst eine große Tafel auf Rollen in die Mitte der Bühne.

»Ich verlier hier immer den Faden, meine Lieben«, sagte er schließlich und schrieb schweren Herzens eine Zahl an die Tafel: **2.798,- €.** »Das ist für manche wohl viel Geld, da schließe ich mich gar nicht aus. Aber die eigene Gesundheit und auch ein sehr, sehr langes Leben wären doch vielleicht, hoffentlich, jedem einen Augenblick des Nachdenkens wert.«

Ein Rentner, der kurz zuvor einen ganz anderen Betrag geraten hatte, betrachtete den hingeschriebenen Geldbetrag und nickte wissend.

Nun kam der Alex-Gorilla plötzlich nach vorne gerannt und gab Fürst einen Umschlag, der offenbar gerade in diesem Moment angekommen war. Komisch, man hatte draußen überhaupt kein Motorenbrummen gehört, ja, nicht einmal Pferdegetrappel. Und unser Postbote kommt in der Regel vormittags.

[174] »Glaubt ihm kein Wort! Das ist alles Blödsinn, was der erzählt!«

Der Fürst öffnete das Kuvert. Er konnte seine Aufregung kaum verbergen.

»Es gibt für die wenigen Koffer, die jetzt, am Ende der Tournee, übrig sind, einen Rabatt von 1.000,- € pro Koffer! Ist das nicht wunderbar?«, platzte es aus ihm heraus. »Also jeder Koffer nur 1.798,- €. Und dies nur heute!«

Die Stimmung im Saal war zum Zerreißen gespannt! Während der Alex wieder zurück an seinen Platz am Eingang lief, forderte Magnus Fürst die Zuhörerschaft auf, die Broschüren auf den Tischen zu betrachten. Auf jeder stand nämlich eine andere mehrstellige Nummer. Und die letzte Ziffer war jetzt wichtig. Da sie ja nun, laut Fürst, bloß noch ein paar dieser wertvollen Koffer mit dem kostbaren Produkt hatten. Fürst holte einen als Wahlurne umfunktionierten Sektkübel auf die Bühne, warf zehn Zettelchen rein und fragte dann, ob nicht eine Dame aus dem Publikum Glücksfee spielen möchte. Da schoss die Hand der Freundin vom Glatzkopf in die Höhe. Der Fürst blickte erst sie, dann mich, dann wieder sie an, verzog aber keine Miene und lächelte weiter sein Haifischlächeln, während sein Blick weiter durch den Raum wanderte und kurz am Glatzkopf und am Kinnbart hängen blieb.

»Ja, die hübsche junge Dame in der ersten Reihe, kommen Sie doch einfach auf die Bühne und machen Sie einige Glückspilze im Publikum … glücklich.«

Der Fürst hatte wohl gerade den Thomas im rechten hinteren Eck entdeckt. Schön langsam musste er Verdacht schöpfen.

Unterdessen sprang die Freundin vom Glatzkopf grazil auf die Bühne, lächelte ein verführerisches Lächeln und zog einen Zettel aus dem Sektkübel.

»Die Drei! Toll!«, las der Fürst vor und bedeutete ihr, sich wieder zu setzen.

Während die ersten Glückspilze sich langsam zur Bühne vorkämpften, sprang die Glücksfee munter zurück auf ihren Platz. Als sie am Schmitz vorbeikam, schenkte sie ihm ein charmantes Lächeln, und der Schmitz konnte seine Augen gar nicht mehr von ihr abwenden. Ich freute mich, dass mein Seminar solch eine positive Wirkung zeigte.

Viele der Gäste hatten die Drei und durften nun den Koffer kaufen.

Ein Rentner am Tisch hinter mir, der die meiste Zeit geschlafen hatte, war durch den plötzlichen Tumult unter den Gewinnern wieder aufgewacht und sah die Zahl, die Fürst zuvor an die Tafel geschrieben hatte.

»Das ist doch Betrug!«, rief er laut. »So viel Geld! Das kann doch wohl nicht sein!«

Da schob der Fürst die Unterlippe nach vorne und blickte den vorlauten Rentner mit eiskalten Augen an.

»Das ... das finde ich jetzt wirklich schlimm«, Fürsts Stimme klang ganz ergriffen. »Dass Sie uns hier ... unterstellen, dass wir Betrüger seien! Das ... kratzt schon, wenn man so was hört. Das ist schon traurig und ... schade!«

Einzelne Personen straften den Reinrufer mit abfälligen Handbewegungen, Buh-Rufen und sogar üblen Beschimpfungen.

»Halten Sie n Mund! Sie ham doch keine Ahnung!«

»Vollidiot!«

»Armleuchter!«

Auch Timo und Mirko, die vor der Bühne standen, sahen aus, als ob sie gleich weinen müssten. Ganz zu schweigen vom

Schmitz, der Mirko mitfühlend auf die Schulter klopfte und dann die Bühne verließ. Nicht, ohne der Freundin vom Glatzkopf noch ein kleines Lächeln zu schenken.

»Wenn wir hier, für Sie, meine Damen und Herren, schon so ein tolles Angebot machen, finde ich es einfach traurig, wenn das einzelne Menschen dann mit Füßen treten!« Magnus Fürst war wirklich aufgebracht!

Da betrat Schmitz mit einem Handy am Ohr wieder die Bühne und gab es aufgeregt an Fürst weiter. Der schaute überrascht und telefonierte, während sich Schmitz wieder zu Mirko gesellte und der Freundin vom Glatzkopf zuzwinkerte.

»Ja … ja … ganz genau. Dieses Problem haben wir gerade … nein, Sie meinen doch nicht etwa, dass … Ist das *ganz sicher*? Meine Güte, Sie glauben ja gar nicht … gut, danke!«

Der Fürst blickte ins Publikum, Augen und Mund überrascht geöffnet.

»Vielen, vielen Dank! Auf Wiederhören!«

Klick. Erwartungsvolles Schweigen im Saal. Fürsts Wangen war leicht errötet. Seine Augen hatten plötzlich so einen verträumten Glanz.

»Meine Damen und Herren, ich kann es kaum fassen!«, stammelte er. »Ich habe eine frohe Botschaft: Es stehen tatsächlich noch *weitere* Werbegelder zur Verfügung, sodass nun wirklich *jeder* von Ihnen, gleich welche Nummer, einen Koffer kaufen kann! Ist das nicht phan-tas-tisch!«

Natürlich orderten alle wie besessen! Koffer über Koffer! Zum Spottpreis von 1.798,- €!

Aber das war noch nicht der Gipfel. Denn das Allerbeste kam noch!

»Jeder, der diesen Koffer besitzt«, klärte uns der Fürst auf, »erhält von uns außerdem eine Ernennungsurkunde zum Gesundheits-Botschafter! Na, wie hört sich das an? Wir schicken Sie, meine verehrten Damen und Herren, in die Welt hinaus, damit Sie von diesem Wunder berichten können und damit auch andere Menschen von dieser wunderbaren Sache erfahren können!«

Ein Sturm der Begeisterung brach unter den anwesenden Senioren aus.

Meine Alarmglöckchen fingen an, heftig zu bimmeln. Gesundheits-Botschafter! Mit so etwas scherzt man nicht in den Bergen! Das sah wohl auch der Hupfi so.

»Abrista miassts zwiefeln, bis dass Bobscherlwasser simmert!«[175], rief er aus vollem Halse.

Er erntete von seinen Altersgenossen einige fragende Blicke, aber ich wusste, was sein Ruf bedeutete: Der Augenblick war gekommen, dem Schmierentheater hier ein Ende zu setzen. Ich pfiff einmal laut durch die Finger, wie verabredet, und die Trudi und Heidi sprangen gleichzeitig auf.

»Attacke!«, rief Trudi.

Beide stürzten sich auf den vollkommen verdattert dreinblickenden Timo, der nur zwei Meter von ihnen entfernt stand, und rangen ihn mit vereinten Kräften zu Boden. Im gleichen Moment eilten der Glatzkopf und der Thomas zu den beiden hinten platzierten Gorillas. Der mit frischen Kräften aus dem Berg aufgetankte Glatzkopf verpasste dem vollkommen überraschten Alex eine Watschen ins Gesicht, und zwar mit so einer Wucht, dass es den armen Kerl von den Füßen holte

[175] Rekruten muss man schleifen, bis ihnen das Arschwasser kocht!

und gegen die gläserne Eingangstür schleuderte, die unter Getöse zerbarst. Der Thomas hatte den Fred auf der gegenüberliegenden Seite des Festsaales derweil ohne weitere Probleme in seinen berühmten Schwitzkasten genommen, aus dem es kein Entkommen gab. Während ich mich auf den Weg zum plötzlich erbleichten Magnus Fürst machte, sah ich aus dem Augenwinkel, wie der Schorsch auf den Mirko zusauste und ihn mit einer harten Rechten zu Boden schickte. Dann sah ich, wie sich die Freundin vom Glatzkopf zusammen mit der Fang in die schützenden Arme des daraufhin galant lächelnden Schmitz retteten, und während die Freundin vom Glatzkopf sich wie eine Teenagerin im Kino bei einer spannenden Szene an dessen Schulter warf und ihn mit ihrem Augenaufschlag ablenkte, konnte die Fang ungehindert einen bestimmten Akupressurpunkt am Schlüsselbein vom Schmitz erreichen, woraufhin der in eine tiefe Ohnmacht fiel. Ich drehte mich kurz um, um zu sehen, ob der Mike Schwierigkeiten machte, und blickte in das strahlende Gesicht vom Kinnbart, der mir erst seinen Gips, dann einen Daumen nach oben und dann unter den Tisch zeigte. Der Mike hatte sich also doch gewehrt. So stark war der Einfluss des Fürsten auf ihn schon gewesen.

Die Truppen des Feindes waren außer Gefecht gesetzt. Blieb nur noch mein Part: den Alten festsetzen. Ich freute mich schon darauf, ihn wimmern zu hören. Jetzt, wo ich wusste, dass er mich die ganze Zeit an der Nase herumgeführt hatte. Mit ein paar großen Schritten sprang ich auf die Bühne. Er versuchte, sich an mir vorbeizuwinden, doch schon hatte ich ihn gepackt und über die Schulter gehoben. Da kreischte der Fürst grell auf und fing an, wie wild mit den Füßen zu strampeln.

Ein unschönes Schauspiel für die Anwesenden, aber für einige gewiss auch sehr lehrreich. Damit die anderen Senioren, die noch immer unter seinem Bann standen und scharf auf ihre Koffer waren, sich nicht alle gleichzeitig gegen uns erhoben und uns unter sich zermalmten, war der Herr Doktor in dem ganzen Getümmel in die seitlich hinter der Bühne befindliche Garderobe geeilt und hatte die von der Heidi dort plazierte und mehr oder weniger gestimmte Gitarre herbeigeholt. Unterdessen verließ ich mit dem Fürst über der Schulter den Festsaal Richtung Schankraum. In der Tür drehte ich mich noch einmal kurz um und sah, wie der Herr Doktor die Rentner gütig anlächelte, sich ans Mikrophon stellte und damit begann, ihnen in Form eines fröhlichen Gstanzls zu erklären, dass man nicht alles glauben sollte und dass man nur dann ein hohes Alter erreichen wird, wenn man glücklich, lebensfroh und aufrichtig ist. Schon nach wenigen Akkorden sahen die Senioren im Saal nicht nur alle sehr zufrieden aus, sondern sie hatten auch schon fast alle ihre Augenringe verloren.

Der Doktor sang:

Am Abend des Lebens
kann vieles noch sprießen,
drum sollt man sein Leben
grad im Alter genießen.

Ehrenwort

Wäre der Herr Pfarrer nicht zufällig vorbeigekommen und hätte sich zu uns in den Schankraum gesellt, hätten dem Fürst Magnus vermutlich noch mehr Zähne gefehlt. So war es nur einer, den ihm der Action Schorsch mittels eines zufällig herumliegenden Brieföffners entfernt hatte. Der Kinnbart, der Glatzkopf, seine Freundin, die Trudi, die Heidi, die Fang und ich standen um den Fürsten herum, den wir inzwischen an einen der alten Holzstühle gefesselt hatten.

»Wo ist das Zacherl, du Sauhund?«, fragte barsch der Schorsch zum hundertsten Mal.

»Ich weiß nicht, wovon Sie reden!«, rief der Magnus Fürst zum hundertsten Mal. »Wie kommen Sie denn darauf, dass ich es genommen haben könnte? Wildbach Toni! Ich war doch die ganze Zeit bemüht, Ihnen zu helfen, den wahren Täter zu finden …«

Der Thomas kam nun auch endlich hinzu. Noch immer hatte er den Fred im Schwitzkasten. Mit Schrecken stellte ich fest, dass er leichte Augenringe bekommen hatte. Vielleicht lag das ja am langen Körperkontakt mit dem Werbe-Gorilla?

»Ja verreck! Dann hat ers gar nicht!«, sagte der Thomas in wütendem Tonfall.

»Schmarrn!«, rief ich. »Garantiert hat ers! Der Breissner hats mir doch gesagt!«

»Der Breissner?«, fragte der Herr Pfarrer mit hochgezogener Augenbraue. »Wo hast du den denn troffen?«

Jetzt drohten einige schon wieder die Seite zu wechseln. Das war nicht zum Aushalten! Der Fürst war also doch mächtiger, als ich gedacht hatte. In einem spontanen Wutanfall packte ich ihn mit einer Hand am grauen Schopf und wandte mit der anderen Hand den alten Trick von unserem Herrn Lehrer Willumeit an, um die richtige Antwort aus dem Fürsten rauszubekommen! Denn wie unser Herr Lehrer schon immer sagte: »Der Gezwirbelte spricht wahr.« Ich packte also mit der freien Hand die Schläfenhaare vom Fürsten und zwirbelte sie unsanft im Uhrzeigersinn, sodass er erbärmlich aufjaulte. Ich würde schon noch rausbekommen, wo er das Zacherl versteckt hatte.

»Aaaaah! Auaa!«, wimmerte der Wicht. »Bitte hören Sie auf! Ich habe Ihre Fahne nicht gestohlen!!«

Vielleicht funktionierte das Zwirbeln nur bei uns Bergmenschen? Oder war es möglich, dass … Ich konnte den schrecklichen Gedanken nicht zu Ende denken, da holte der Action Schorsch schon aus und schlug dem Fürst zweimal mitten ins Gesicht, sodass er heftig aus der Nase zu bluten anfing.

»Jetzt ist es aber genug!«, riefen die Heidi und der Herr Pfarrer gleichzeitig.

»Red! Wo hast du unser Zacherl versteckt?«, bohrte ich nach.

»Ich … ich hab Ihr Zacherl doch nicht! Wirklich! Bei allem, was mir heilig ist!«

Patsch! hatte ihm der Schorsch eine gesalzene Schelle aufs

rechte Ohr verpasst. Die Trudi klatschte Applaus, hörte aber sofort wieder auf, als die Heidi sie böse anschaute.

»So was hab ich ja noch nie erlebt!«, schrie der Fürst, der inzwischen reichlich derangiert ausschaute. »Ich hole die Polizei! Ihr vermaledeiten Bergtölpel! Ihr zurückgebliebenen Volldeppen!! Ihr reaktionäres Pack!!!«

Der Thomas hatte alle Hände voll zu tun, weitere Nasenstüber gegen den Fürst abzuwenden, wobei er den Fred aus dem Schwitzkasten lassen musste, der daraufhin etwas linkisch dastand und nicht wusste, wie ihm geschah.

»Was stehst da so bled rum und glotzt? Abmarsch, los! Geh und bau scho amal euern Krempel ab!«, fuhr die Heidi den Werbe-Lakaien an, der sich daraufhin schnell verzupfte.

Ich war indes noch immer voll auf den Fürst fixiert.

»Gib jetzt des Zacherl raus!«, zischte ich und beugte mich zum Fürsten runter, um ihm direkt in die eiskalten blauen Augen zu schauen. »Und zwar sofort!«

Da stand plötzlich der Schipfer Päda in der Tür. Er sah völlig verzweifelt aus und schubste mich zur Seite. Seine Augenringe waren inzwischen wieder tiefschwarz.

»Herr Fürst, Sie haben also nichts mit der Sache zu tun?«, fragte er, offensichtlich bemüht, die Situation nicht weiter eskalieren zu lassen. »Geben Sie mir Ihr Ehrenwort darauf?«

»Ja!«, stöhnte der Fürst und hielt sich mit übertrieben schmerzverzerrtem Gesicht die Wange. »Wenn ich es Ihnen doch sage, Herr Bürgermeister. Sie haben den Falschen!«

»Toni! Hast du irgendwelche Fakten, die den Herrn Fürst belasten? Also außer dem Schmarrn vom Berggeist?«, wandte er sich an mich, als sei er der Chef von Interpol.

»Naa, also Fakten hab ich jetzt keine. Aber …«

»Dann möcht ich mich bei Ihnen, Herr Fürst, ausdrücklich für unseren Überfall entschuldigen, weil es sich ja offensichtlich um ein böses Missverständnis handelt.« Sprachs und blickte den Fürst zerknirscht an.

»Hat er schon wieder einen Falschen verdächtigt?«, fragte der Mike, der nun auch dazugekommen war. Er hatte nicht nur dunkle Augenringe, sondern auch noch eine aufgeplatzte Lippe.

Als wäre das Wort vom Magnus Fürst gewichtiger als das meinige! Schön langsam riss mir der Geduldsfaden.

»Jetzt glaubts mir doch! Er hats! Der Breissner hats mir doch gesagt!«, versuchte ich, den Päda zu überzeugen.

»Der Toni sieht schon Gespenster!«, probierte sich der Mike vollkommen unpassenderweise an einem Kalauer.

»Aba ig habe auch -«, begann die Fang mit ihrer Verteidigung, wurde aber vom Mike derbe unterbrochen.

»Der Toni leidet unter Autosuggestion! Erst wollt er den Ferdi in die Pfanne hauen ohne Beweise, und jetzt versucht er unseren guten Geschäftspartner, den lieben Herrn Fürst, in irgendwas mit reinzuziehen.« Der Mike drehte sich bösartig grinsend zu mir um. »Du hast sie doch nimmer alle beinand[176], Toni! Kannst doch ned rumlaufen und alle verdächtigen mit deinem Geister-Schmarrn.«

Des hatte gesessen. Der Mike, Sohn meines besten Freundes und langjähriger Kumpane, hatte sich nun endgültig auf die Seite von einem Zuagroastn gestellt.

»Nix für ungut, Herr Fürst, bitte entschuldigens die Unannehmlichkeiten«, biederte sich der Schipfer Päda mit zittern-

176 Du bist doch verrückt

der Stimme beim Fürsten an. »Wir sehen uns morgen früh in meinem Büro, um den Vertrag zu unterzeichnen, gell?«

Er kniete sich neben den Fürsten und löste dessen Fesseln.

»Also, ich halt mich vorerst aus der Geschichte raus«, sagte der Herr Pfarrer. »Weil ich bin mir inzwischen auch nicht mehr sicher, was jetzt stimmt und was nicht.«

Meine drei Touristen schauten sich fragend an, die Heidi knetete unsicher ihre Hände, die Trudi wusste auch nicht, was sie jetzt glauben sollte, und der Action Schorsch schaute mich fragend an. Nur die Fang lächelte mir aufmunternd zu. Das beruhigte mich ein wenig.

Da erhob sich der Fürst, und der Schipfer Päda bekundete erneut seine Bestürzung über das Ereignis, während ihm der Mike einen feuchten Lappen reichte, den sich der Fürst gegen sein Ohr presste. Er wandte sich zum Päda und lächelte kalt.

»Keine Ursache, Herr Bürgermeister. Idioten gibt es wohl überall, selbst in Ihrem Wahlkreis. Aber von denen lassen wir uns nicht unser schönes Geschäft vermiesen, oder?«

»Nein, nein, lieber Herr Fürst, auf keinen Fall!«, sagte der Päda schnell, dem die Situation offenbar furchtbar peinlich war. »Bitte entschuldigen Sie. Bei uns in den Bergen haben die Menschen ein aufbrausendes Temperament, und die Leute sind zurzeit sehr aufgebracht wegen dem Zacherl. Aber es wird nicht wieder vorkommen, das verspreche ich Ihnen. Zum Glück hat sich ja noch alles geklärt.«

Bei diesem Satz sah mich der Päda böse an.

»Toni, du entschuldigst dich jetzt beim Herrn Fürst. Sofort!«, sagte er.

»Einen Dreck werd ich tun!«, sagte ich kaltschnäuzig zum

Päda. »Der Typ is a ganz a mieser Betrüger. Des merk ich mit jeder Faser meines Körpers. Und ich werds beweisen!«

Dann drehte ich mich um und verließ den Schankraum. Während ich hinausging, spürte ich viele böse Blicke in meinem Rücken, hörte aber auch eine kleine Schar Füße, die mir folgten. Wenigstens auf meine Touristen war Verlass.

Draußen standen die Rentner. Vermutlich waren sie verwundert, dass keiner das Geld für die hübsch glitzernden Koffer abkassiert hatte. Jeder von ihnen war erschöpft und hungrig und freute sich auf den versprochenen 6 kg schweren Kirchweih-Schlemmerkorb, der auf ihren Sitzen auf sie wartete und der mit den feinsten Spezialitäten gefüllt sein sollte. (Wie ich später von einem älteren Ehepaar, denen es bei uns gut gefallen hatte und die einige Wochen später nochmals zu uns kamen, erfahren sollte, würden die Senioren von den vier Gorillas und seinen Kollegen allerdings erst am Ende ihrer Fahrt pro Person nur eine weiße Plastiktüte überreicht bekommen, in der sich 1 Dose Mandarinen, 1 Tetrapak Traubensaft, eine Dose Ölsardinen, eine Packung Spaghetti sowie eine Packung Cracker befanden. Gewicht: etwa 1,3 kg.)

Timo und seine drei etwas kläglich dreinschauenden Kollegen begannen gerade damit, die Leute wieder in ihre Reisebusse zu verfrachten, die dort vermutlich alle sofort in einen tiefen Schlaf fielen und davon träumten, hundertjährig um einen diamantenbesetzten Brunnen herumzutanzen, in dem alle Mineralien und Spurenelemente der Welt vereint waren.

Ich aber war am Boden zerstört. Mein Plan war komplett nach hinten losgegangen. Ich hatte mich vor allen blamiert, und der Päda war gewillter denn je, dem Fürst die Baugenehmigung zu erteilen. Der Herr Pfarrer hatte sich aus der Affäre gezogen, der Mike war ein feiger Überläufer geworden, der Schorsch hatte sich verzupft, und wo das Tinerl war, wusste ich auch nicht. Ich wusste nur, dass sie im Moment stinksauer auf mich war. Außerdem hielt mich wahrscheinlich schon das halbe Dorf für übergeschnappt.

Ich stand da und blickte voller Trauer auf die inzwischen leeren Straßen unseres Ortes, auf überquellende Mülleimer, auf windschiefe Dächer und Haussegen, auf die Kirche, die einen Anstrich mehr als nötig hatte. Ich wusste beim besten Willen nicht mehr weiter. Noch nie hatte sich mein Herz so schwer angefühlt.

»Wildbach Toni. Da darfst jetzt nig aufgeben«, hörte ich da die Fang.

»Genau«, sagte hinter mir der Kinnbart.

»Wie konnten die anderen nur dem Übeltäter Glauben schenken und nicht dir?«, fragte da die Freundin vom Glatzkopf.

»Ich blick auch nicht mehr durch«, sagte ich traurig und drehte mich zu meinen Touristen um.

»Ja, und was machen wir nun?«, fragte der Glatzkopf. »Wer könnte uns denn jetzt weiterhelfen?«

»Wer uns weiterhelfen könnte? Keiner kann uns jetzt noch helfen. Alle sind gegen mich und so dermaßen schlecht drauf und gereizt. Außer vielleicht …«, sagte ich schon etwas weniger traurig, weil mir gerade wieder eine gute Idee gekommen war.

Der Shanti! Mein treuer Freund! Nur der konnte uns jetzt noch helfen.

Barrieren

Ich rannte zusammen mit meinen Touristen zum Stand vom Shanti. Mein alter Freund war nirgends zu sehen. Ich schaute genauer nach, und da entdeckte ich ihn unterhalb seines Büdchens in eine Decke eingerollt. Er hatte seinen Schlafturban auf und trug Pantoffeln.

»Shanti! Shanti! Bitte wach auf!«, rief ich verzweifelt.

»Äh, wie bitte, äh…«, sagte mein Freund, den ich vermutlich gerade mitten in der Einschlafphase geweckt hatte.

»Wir müssen Kriegsrat halten. Es ist alles komplett aus den Fugen geraten!«, rief ich, und Shanti merkte sofort die Brisanz in meiner Stimme. »Des mit dem Breissner war ein Supereinfall und hat wunderbar hingehauen, bloß ist danach alles schiefgegangen, und jetzt glaubt mir koana mehr! Also fast koana«, verbesserte ich mich und nickte meinen neuen Gefährten kameradschaftlich zu.

Der Shanti stand herzensgut lächelnd auf, begrüßte mich und meine vier Touristen, ging mit seinem angenehm geschmeidigen Gang zu einem kleinen Elektroherd und kochte uns allen einen Tee, während ich ihm kurz die Lage erklärte. Er hörte mir aufmerksam zu, dann fasste er die Situation präzise zusammen.

»Der Breissner also sagt, die Fürst ist die Ubeltäter. Aber die Fürst hat abgestritten, so nun alle Menschen vom Dorf glauben ihm und sehen dich als Lügner.«

»Genau so ist es«, sagte ich traurig.

»Eine schwierige Lage. Aber nicht aussichtslos. Ich muss noch einmal kurz konzentrieren. Bitte entschuldige mich for einige Minuten.«

Shanti schloss die Augen und meditierte. Ab und zu zuckte er kurz, verzog das Gesicht und schüttelte den Kopf, als habe er etwas unangenehm Schmeckendes gegessen. Dann sackte er zusammen. Ich erschrak. Und der Freundin vom Glatzkopf entfuhr ein leises »O nein!«.

»Shanti! Shanti! Ist alles in Ordnung?«, fragte ich, als er sich auch nach zwei Minuten noch nicht wieder regte.

Doch er gab noch immer kein Lebenszeichen von sich. Der Mund war leicht geöffnet, die Augen halb geschlossen. Ich fühlte seinen Puls – nichts. Ich befürchtete das Schlimmste und zog sofort mein Mobiltelefon heraus, um den Herrn Doktor anzurufen. Gerade als ich die elendig lange Nummer fertig gewählt hatte, durchfuhr Shanti ein weiteres Zucken, und er kam wieder zu sich. Ich drückte erleichtert auf das rote Hörersymbol.

»Da bin ich wieder«, sagte er lächelnd. »Leider ich habe nix rausbekommen. Aber als ich meinen Körper habe verlassen und meine Geist durch die Dorf schweifen ließ auf die Suche nach Hinweis, habe ich gespürt starke feinstoffliche Turbulenzen im Astralkörper von Hof von Traubeck Bauer. Ich habe versucht, zurückzuverfolgen diese Turbulenzen zu ihre Ursprung, doch mein Geist traf auf starke magische Barriere. Es war ein bissel schmerzhaft auch. Wie laufen mit Kopf vor

Wand! Das ist sehr merkwürdig, so etwas habe ich noch nie gespürt in diese Dorf. Und Quelle davon ist sehr, sehr böse.«

»Also wenns nicht die ganz normale Bösartigkeit vom Traubeck ist, dann sind daran sicherlich die Werbefritzen schuld. Und der Fürst wohnt ja auch da.«

»Bitte erzähl mir etwas von diese Fürst. Vielleicht ich kann etwas finden heraus.«

»Nun ja, er hat sich als netter alter Mann ausgegeben und an meiner Bergtour teilgenommen. Und dann war er aber gar kein netter alter Mann mehr, sondern ein hinterfotziger Betrüger, der den Rentnern das Geld aus der Tasche zieht.«

Shanti schloss die Augen und lauschte andächtig.

»Der Alte, also der Fürst, hat mir während der Tour von Anfang an zahlreiche Fragen gestellt. Und besonders hat ihn das Zacherl interessiert. Also eigentlich wollte er mich aushorchen, der Sauhund.«

»War die Fürst schon einmal da gewesen?«

»Nein, den hab ich hier garantiert gestern das erste Mal gesehen. Aber vielleicht hat er den Päda schon früher einmal besucht. Oder den Mike. Das weiß ich nicht.«

»Gut. Dann bitte erzähle weiter von die Fürst.«

»Also das mit dem Zacherl und den Leuten, die hier alle durchdrehen, ist ja jetzt schon seit einem Jahr so. So wie es halt in der Legende vom Zacherl-Fluch beschrieben ist. Aber in den letzten Tagen ist mir dann noch aufgefallen, dass besonders streitlustige oder geldgierige Menschen extreme graue Schatten unter den Augen hatten. Dieses Phänomen hat eigentlich erst so richtig angefangen, seit der Fürst mit seinen Werbern im Ort war. Ich glaub ja schön langsam, dass die Schatten unter den Augen ein Zeichen für eine Art Krankheit sind. Die Leute verhalten sich dann nämlich wie … die schlimmsten Stadtmenschen.« Das Letzte hatte ich dem Shanti zugeflüstert, um meine Touristen nicht zu beleidigen.

»Moment, bitte, Toni. Diese Zeichen ist eine ziemlich wichtige Hinweis! Ich kenne diese Symptom von verschiedene spirituelle Praktiken aus meine Heimat. Diese Art Augenringe deutet hin auf negative Beeinflussung durch schamanische Zauber. In fast allen Fällen wird eine bestimmte magische Objekt benutzt. Die Augenringe erscheinen deshalb, weil böse Mensch, der eine Zauber ausführt, Energie aus seine Opfer saugt und sie schwächt und zwingt, sich ihm zu unterwerfen.«

»Denkst du, dieses magische Objekt könnte das Zacherl sein?«

»Es ist sehr gut möglich. Dann er könnte mithilfe von die Zacherl die gute Kraft verwenden for böse Vorhaben.«

Schon beim Gedanken an den Fürst zitterte ich vor Wut. Und freute mich schon ein bisserl, ihn nachher noch amal so richtig zamfallen zu lassen.[177]

Der Shanti überlegte erneut. Unterdessen begannen meine drei Seminarteilnehmer, die von ihm ausgehängte Ware wohlwollend zu begutachten. Die Fang stellte sich neben mich, legte wieder ihre kleine Hand in meine und lächelte mich ermutigend an.

»Und der Fürst hat gemacht alle mürrisch und streitlustig, for die eigene Vorteil. Er hat genutzt gute Kraft von Zacherl zu beschwören böse Kraft. Wie Magnet und Gegenpol. Vermutlich er hat sich verschworen dunkle Mächte.«

»Wahnsinn«, sagte ich und bekreuzigte mich schnell. »Damit

[177] zu verprügeln

liegt die Sache klar auf der Hand! Der Fürst ist mit dem Teufel im Bunde! Wenn er nicht sogar selbst …«

Ich bekreuzigte mich erneut.

»Das sicherlich war Barriere, ich habe gespürt vorhin. Er hat die Zacherl und benutzt sie for schlechte Einfluss und böse Zauber.«

»Und wo könnte das Zacherl jetzt sein?«

»Hmmm. Er muss die Zacherl immer haben bei sich, weil er braucht Kontakt von seine Haut mit Stoff von die Zacherl. Zacherl ist dort, wo Fürst ist.«

»Heißt das, er hat das Zacherl die ganze Zeit dabeigehabt? Auch gerade, als wir ihn gezwirbelt haben!«

»Gewirbelt?«

»Ja, äh, als wir ihn in der Mangel hatten, mein ich.«

»Ach so. Ja, er muss Stoff von die Zacherl immer an seine Haut haben, sonst bleibt die Kraft in die Zacherl und kommt nicht heraus.«

»Dann nix wie los! Bevor er noch weiteres Unheil anrichtet. Der sitzt bestimmt noch beim Schlemmerwirt und lässt sich vom Bürgermeister den Bauch pinseln.«

»Aber Toni, ig glaube nicht, dass du kannst dem Fürst einfach so die Kleidung vom Leib reißen«, wandte die Fang ein.

Und da hatte sie Recht. Mir glaubte ja keiner mehr.

»Dann brauch ma halt noch ein paar Beweise. Mir müssen schleunigst zum Traubeck und nachschaun! Hoffentlich find ma da irgendwas Stichhaltiges! Danke, Shanti! Bis nachher! Ehre!«

»Habe die Ehre, Wildbach Toni.«

Ich strahlte meine vier Mitstreiter an, die zunächst etwas

verwundert dreingeblickt hatten, sich von mir und meiner unbändigen Euphorie aber schnell anstecken ließen.

»Auf geht's, zum Traubeckhof. Dem Hort allen Übels!!«

Wir eilten direkt los. Unterwegs wurde mir dann aber doch etwas mulmig zumute, weil ja offenbar hier schwarze Magie mit im Spiel war, und damit ist nicht zu scherzen. Ich fasste mir an meine wundertätige Medaille mit der Heiligen Mutter Maria darauf, die ich immer an einem silbernen Kettchen um den Hals hängen habe, die selbstverständlich vom Herrn Pfarrer geweiht worden war und die mir schon in vielen brenzligen Situationen Schutz geboten hatte.

Der Traubeckhof lag in völliger Dunkelheit, als ich mit meinen vier Gefährten dort ankam, wie ein schwarzer Schatten, nebelverhangen. Man hörte Eulen gurren und Fledermäuse flattern. Unheimlich wars. Wie in einem alten Vampirfilm. Wir schlichen uns an. Ein Zweig knackte. Ich erschrak kurz. (Aber wirklich nur kurz.) Jetzt waren wir vor der Eingangstür. Wir klopften. Niemand öffnete. Ich drückte die Klinke hinunter, die Tür war nicht verschlossen. Drinnen war es stockdunkel und muxmäuschenstill.

»Ihr beide bleibts hier und warnts uns, wenn was Verdächtiges ist, gell?«, sagte ich zum Glatzkopf und seiner Freundin.

»Machen wa. Keine Sorge, Toni. Wenn was ist, pfeif ich laut durch die Finger«, sagte der Glatzkopf.

»Des machst. Dann bis nachher.«

Der Kinnbart, die Fang und ich traten ein, und ich machte das Licht an.

»Schauen wir amal in die Wirtsstube«, schlug ich flüsternd vor.

Auch hier knipste ich das Licht an. Da gab der Kinnbart einen kleinen Schreckensschrei von sich: Der Traubeck Bauer saß mit tiefschwarzen Augenringen an einem der Tische. Vor ihm stand ein schales Bier. Weil beim Traubeck Bauern gibts von Haus aus nur ein schales Bier. Außerdem standen da noch zahlreiche leere Seidl[178]. Er saß wohl schon geraume Zeit da und soff.

»Guten Abend, Traubeck«, sagte ich scheinheilig.

»Guten Abend, Wildbach Toni. Wie geht's, wie steht's?«, sagte der Traubeck Bauer in müdem, aber freundlichem Tonfall. Offenbar war er inzwischen übergeschnappt, der Depp.

»Gut geht's.«

»Was führts ehs[179] im Schild? Sunst verirrts enk doch auch nitt zu mir[180]«, sagte er. »Mei Sohn hat mir scho gsagt, dass du gestern scho amal da warst.«

»Ja, des stimmt, ich war gestern schon amal da.«

»Gibts schon einen Schnee draußen?«

»Naa, da ist es noch ein bisserl früh in dieser Jahreszeit, oder?«

»Aber ein Eis hat es doch, oder?«

Anscheinend war er vollkommen balla-balla. Und zudem von seinem miesen Bier schon stark angetrunken.

»Er isch a bisserl verwirrt, der Traubeck Bauer«, sagte ich und zwinkerte dem Kinnbart und der Fang zu.

»Wann kommtn die Kutschn?«, fragte der Traubeck Bauer. »Mir müssen ins Feld naus, und ich hab die Kutschn schon vor drei Monat bstellt.«

[178] Biergläser

[179] ihr

[180] Sonst kommt ihr mich doch ach nie besuchen.

»Des woaß i jetzt a ned. Aber mir müssen weiter, Traubeck«, sagte ich.

»Wie alt werd ich?«, fragte mich der Traubeck Bauer. »Werd ich hundert?«

Wir verließen den Gastraum, und ich schaltete das Licht wieder aus.

»Der Kutscher kann was erleben, weil ich nämlich nur siebenundneunzig werd!«, sagte der Traubeck Bauer aus der Dunkelheit heraus.

»Wir sollten uns lieber beeilen. Wir müssen so schnell wie möglich das Zimmer vom Fürst finden und dann nichts wie zum Schlemmerwirt«, gemahnte ich zur Eile.

Ich ging hinter den morschen Empfangsschalter und öffnete die oberste Schublade. Meine Güte, herrschte dort ein Chaos! Zettel, Kugelschreiber, Bonbons, Handcremes, Textmarker, Feuerzeuge, Kieselsteine und Schlüssel lagen völlig wirr durcheinander. Ich öffnete die zweite Schublade. Da lag das Objekt meiner Begierde: das Reservierungsbuch. Ich schlug es auf und blätterte zum aktuellen Datum. Da stand es auch schon: Fürst, Zimmer 9, Einzelzimmer. Außerdem stand dort: TV Club Europe, Zimmer 10 und 11, Doppelzimmer. Die Gorillas waren also dort untergebracht. Ich drehte meinen Kopf zum Schlüsselbrett, bei der Nummer 9 dümpelte ein einsamer Haken vor sich hin. Nur die Schlüssel 10 und 11 hingen brav an ihrem Fleck. Generalschlüssel sah ich keinen.

»Auf geht's! Vielleicht kommen wir auch so rein«, sagte ich, und wir joggten die Treppe hinauf.

Im ersten Stock saß der Sohn vom Traubeck Bauern, ebenfalls mit tiefschwarzen Augenschatten, auf einem kleinen Schemel im Dunkel und starrte deppert ins Leere. Wir gingen an ihm vorbei. Er bemerkte uns gar nicht. Da! Zimmer Nummer 9. Ich lauschte gebannt an der Tür, doch drinnen regte sich nix, drum drückte ich vorsichtig die Klinke nach unten. Abgeschlossen. So windig die Geschäfte vom Traubeck waren, so massiv war die alte Bauerntür, die wahrscheinlich ein ehrenwerter Schreinermeister vor vielen Jahren gefertigt hatte, der gar nicht wissen konnte, für welche Grattler[181] er dieses Meisterwerk alpiner Schnitzkunst da angefertigt hatte.

»Wir brauchen den Generalschlüssel. Vom Traubeck«, ärgerte ich mich.

»Wir mussen ihn befreien von seine Fluch. Viellaisch gibt er Schlussel dann freiwillig in unsere Hand. Jetz er scheint zu verwirrt«, schlug die Fang vor.

»Guad! Kinnbart, du bleibst hier und lauschst, ob du von drinnen was hörst. Man weiß ja nie«, sagte ich, und der Kinnbart schaute mich kurz irritiert an. Da fiel mir ein, dass er ja eigentlich gar nicht Kinnbart hieß, sondern dass ich ihn ja nur so genannt hatte … Aber dafür hatte ich jetzt keine Zeit.

Die Fang und ich rannten am Sohn vorbei zurück in die Gaststube. Ich machte das Licht wieder an. Der Traubeck Bauer sang gerade ein Lied.

»Wer zu spät kommt, den bestraft das Leben. Wer zu spät kommt, den erwischt es eben. Lalalalala…«, lallte er.

Die Fang nahm eine Gabel von der Anrichte und ging zum Traubeck Bauern hinüber. Ich wollte schon eingreifen, da lächelte mich die Fang lieb an und begann, mit der Rückseite des Griffes leicht in der Schulterregion des Traubeck Bauern herumzubohren.

[181] entwurzelte Gesellen

»Das is eine Akupressur-Anwendung, mit der man kann versuche, eine Bann zu beheben. Ig habe sie von meine Verwandte in Huáng Shan gelernt. Du wurdest dig gut mit ihnen verstehen, liebe Toni«, sagte die Fang wohlwollend.

Dieses Kompliment freute mich sehr. Ich hoffte nur, es war nicht ironisch gemeint.

Der Traubeck Bauer atmete plötzlich schwer.

»Bitte atmen sie nun dursch die Nase, Herr Traubeck. Konsentrieren Sie sisch auf die Bauchnabelregion. Atmen Sie bitte ruhig weiter. Ganz ruhig.«

Die Fang legte die Gabel jetzt weg und massierte mit kreisenden Bewegungen den Nacken und die Schulterpartie vom Traubeck. Der bekam einen ganz sanften Gesichtsausdruck. Wie ein Kater, den man streichelt. Es hätte mich nicht gewundert, wenn er angefangen hätte zu schnurren. Die Fang redete nun sehr leise weiter.

»Bitte nun ausatmen.«

Der Traubeck Bauer reagierte nicht.

»Können Sie mich hören, Herr Traubeck? Geht es gut?« Die Fang sprach wie zu einem Fremden aus fernen Landen, was lustig wirkte, da ja die Fang die Fremde war und der Traubeck der Einheimische.

Der Traubeck Bauer stockte. Dann sagte er: »Ja.«

»Bitte *atmen* Sie aus!«

»Ja«, sagte der Traubeck Bauer und atmete druckvoll aus, als würde er eine riesige Kerze auspusten.

»Gut. Wissen Sie, wer der Herr Fürst ist?«

»Ja. Der Herr Fürst. Des isch a Gascht von inz.«

»Von inz?«, fragte die Fang erstaunt.

»Er meint *von uns*«, erklärte ich.

»Ach so. Fein«, sagte die Fang. »Wissen Sie aug, was er vorhat?«

»Nein.«

»Er möchte das Grundstück vom Sennwanderhaus kaufe, um dort ein Laden aufzumache, der die gesamte Idylle hier in de Berge serstören wird.«

»Das ist aber nicht recht!«, wurde dem Traubeck Bauern schlagartig klar. »Da müssen wir etwas dagegen unternehmen.«

Ich war selber erstaunt, wie schnell der Traubeck Bauer begriff, und freute mich, dass in ihm trotz aller Kleingeistigkeit doch ein guter und heimatverbundener Kern steckte. Er war auf einmal völlig wach, und auch die Schatten waren fast weg. Der Wahnsinn.

»Wie kann ich helfen?«, fragte der Traubeck voller Tatendrang mit aufgerissenen Augen.

»Ist grad jemand in seinem Zimmer?«, fragte ich.

»Nicht, dass ich wüsste«, antwortete der Traubeck irritiert.

»Gut. Dann sperr des Zimmer von dem Halunken auf!«, schlug ich vor.

»Gern!«, sagte der Traubeck Bauer, holte den Generalschlüssel aus seiner Tasche und eilte davon. Wir hinterher.

Der Sohn saß immer noch da und gaffte an einen nur ihm bekannten Punkt. Wir rannten an ihm vorbei.

»Da drin regt sich nichts«, sagte der Kinnbart.

»Gut. Dann kann uns auch nichts angreifen«, klärte ich den Kinnbart auf, während der Traubeck aufsperrte.

»Danke, Traubeck. Jetzt müss ma nach Beweisen dafür suchen, dass der Fürst das Zacherl genommen hat, um Unglück über das Dorf zu bringen«, erklärte ich.

»So ein Saukerl«, sagte der Traubeck und stellte sich neben die Tür.

Er ließ uns allein suchen, vermutlich, weil er als Wirt nicht beim Durchforsten des Zimmers eines Gastes erwischt werden hätte wollen, was ja durchaus verständlich war.

Die Fang schaute im Schrank nach, ich in den Kommoden, der Kinnbart vorsichtshalber hinter der Tür. Der hatte eine Menge Zeug, der Fürst. Wir fanden unter anderem drei Dosen mit Energy-Drinks, einige CDs von mir unbekannten DJs, ein paar Männermagazine, ein Päckchen mit Spielkarten, ein Buch übers Pendeln, ein anderes über die Führung von Mitarbeitern und eine geschnitzte Rune. Aber nichts, womit wir ihn überführen hätten können. Da! Auf dem Nachtkästchen lag ein Buch über Traditionen und Brauchtümer der Alpenregion, in dem ein Lesezeichen genau zwischen den Seiten lag, in dem unser Zacherl und seine wohltuende Wirkung auf die Dorfgemeinschaft beschrieben war! Das war freilich ein Hinweis, aber keinesfalls ein Beweis.

Ich wollte schon fast aufgeben und es im Schlemmerwirt halt einfach darauf ankommen lassen, als ich, einem Impuls folgend, noch unter dem Kopfkissen vom Fürst nachsah. Und was fand ich dort? Eine mehrseitige, geklammerte Liste mit quasi allen Namen der mir bekannten Einwohner unserer Ortschaft. Fein säuberlich eingetippt in eine Tabelle und ausgedruckt. Handschriftlich waren neben den Leuten vereinzelte Vermerke angebracht, teilweise waren Häkchen daneben, zum Beispiel neben dem Zirngiebl Mike und dem Bürgermeister. Bei dessen Frau war ein durchgestrichenes Fragezeichen und daneben ein rotes Ausrufezeichen. Mein Name war rot umrandet, ebenso wie der vom Schorsch. Neben dem

Tinerl war ein blauer Kringel, der mit einem Rotstift durchkreuzt worden war. Mir war ja eh schon mulmig zumute, jetzt aber lief mir ein eiskalter Schauder über den Rücken. Hinter dieser Liste befand sich ein Bauplan! Neben dem Fast-Food-Restaurant wollte der Fürst doch glatt ein Fitness-Studio und einen Outlet-Store für Trachtenmode errichten. Das sollte genügen. Jetzt hatten wir alles, wonach wir suchten. Diesmal war ich vorbereitet. Wir packten alles in einen offen herumliegenden Aktenkoffer und sausten los.

»Habts was gfunden?«, fragte der Traubeck Bauer, der vor der Tür wartete und nur gelauscht hatte.

»Woll! Nix wie hin zum Schlemmerwirt! Und dank schön«, sagte ich im Vorbeilaufen zum Traubeck Bauern, der verwirrt hinter uns herblickte und »Es machts des scho[182]« sagte.

182 Ihr macht das schon!

Das Duell

Beim Schlemmerwirt waren bereits fast alle Lichter aus. Der Festsaal war leer, die Schwemme und der Schankraum auch. Ich sagte meinen Touristen, sie sollen einen Moment im Schankraum auf mich warten, und lief ins Privatgemach der Zirngiebls, wo die Heidi sich gerade die Augen schminkte.

»Willst noch fort, Heidi?«, fragte ich. »Kirchweih is fei erscht morgen.«

»Du hast uns a saubere Blamage eingebrockt, Toni«, antwortete sie.

»Es hat sich alles aufklärt«, sagte ich. »Wo sinds denn alle?«

»Beim Schipfer Päda. Als Wiedergutmachung wird die Baugenehmigung noch heut Nacht erteilt, damit der Fürst nach all den Unannehmlichkeiten nicht noch an Rückzieher macht. Er hat fest versprochen, dass er nix verändert, weder am Sennwanderhaus noch sonst wo. Und der Pauschwirt kann auch dableiben. Also alles halb so wild.«

»Steht des im Vertrag drin? Des glaubts doch wohl selber nicht!«, erzürnte ich mich. »Los, Heidi, komm mit! Mir müssen schnell rüber zum Bürgermeister, bevor noch ein Unglück passiert!«

»Ach Toni«, sagte abfällig die Heidi. »Du und dein Theater. Machst immer an Stress, und dann kommt nix herum am End! Der Fürst will uns wirklich nix Böses. Gib halt endlich a Ruh.«

»Nein!«, beharrte ich und hielt ihr den Bauplan unter die Nase. »Schau her!«

Sie schaute ihn sich genau an und stieß einen Entsetzensschrei nach dem anderen aus. Dann zeigte ich ihr auch die Liste und die Seiten über unseren Zacherl-Brauch.

»Ja, um Himmels willen!«, rief sie. »Der will uns ja wirklich unsere Gegend kaputt machen! Wo hast denn des her?«

»Aus dem Zimmer vom Fürst beim Traubeckhof«, antwortete ich triumphierend.

»Mei, und beinah wär ich dem auch auf den Leim gangen! Du bist der Beste, Toni! Hab ichs doch gewusst, dass auf dich Verlass ist«, vollzog die Heidi eine elegante Kehrtwende. »Den Fürst faschier ma![183] Auf gehts!«

Ich sammelte meine Touristen ein, und wir rannten zu sechst zu Schipfers, wo sich im geräumigen Büro des Bürgermeisters bereits das halbe Dorf versammelt hatte. Ich blieb wie versteinert an der Türschwelle stehen. So hatte ich mir immer okkulte Rituale vorgestellt. Im Halbdunkel standen sie dicht an dicht gedrängt, und es lag eine düstere, bedrückende Stimmung in der Luft. Auf dem Schreibtisch lagen unterschriftsbereit die Verträge. Alle waren sie da: der Mike, der Thomas, die Zenzi, der Action Schorsch, die Trudi, der Päda, der Pfarrer, der Doktor, der Totengräber, der Ferdi und sogar ein paar angereiste Händler. Und allesamt hatten sie derbe Augenringe.

183 Den Fürst machen wir fertig!

Da entdeckte ich sogar die Ottilie unter den Anwesenden. Sie musste ja in Windeseile hergefahren sein! Aber ich hatte jetzt Wichtigeres zu tun, als mir darüber Gedanken zu machen. Der Päda hielt nämlich gerade eine feierliche Ansprache.

»Wir sind heute hier versammelt, um Herrn Magnus Fürst, unseren neuen Magnat und Wohltäter, feierlich in unsere Dorfgemeinschaft aufzunehmen und mit ihm zusammen die Verträge zu unterzeichnen, die uns in eine bessere Zukunft …«

Ich bedeutete meinen Touristen und der Heidi mit einem kurzen, ruckartigen Nicken, dass es jetzt höchste Zeit war, dem ganzen Spuk ein Ende zu setzen. Wir stürmten hinein, und ich kämpfte mich durch die träge Menschenmasse.

»*Halt!*«, rief ich. »Mir warn in den Privatgemächern vom Fürst, und ich kann beweisen, dass er das Zacherl genommen hat und uns alle damit verhext hat! Außerdem will er das Sennwanderhaus abreißen und dort ein Fast-Food-Restaurant, ein Fitness-Studio *und* ein Trachten-Outlet bauen! Lassts mich halt amal durch!«

»Es stimmt, was der Toni sagt!«, pflichtete die Heidi bei.

»Genau!«, riefen der Glatzkopf, seine Freundin und der Kinnbart gleichzeitig.

»Sie mussen schenken ihm Glauben«, sagte ruhig lächelnd die Fang. »Er hat aug Beweise schon.«

»Genau!«, rief wiederum ich.

Der Päda hielt inne und sah ungehalten von seinen Händen auf, in denen er einen Wust von Zetteln hielt, von denen er anscheinend seine Rede ablas. Das mochte er gar nicht, wenn man ihn während offiziellen Anlässen aus dem Konzept brachte. Aber es half nix.

»Schleichts euch mit euren Verschwörungstheorien!«, sagte

der Zirngiebl Mike. »Mir ham da a feierliche Zeremonie am Laufen!«

»Lassts an Toni ausreden«, ergriff da plötzlich die Schipfer Trudi für mich Partei.

»Wir haben einiges im Zimmer vom feinen Herrn Fürst gefunden«, sagte ich triumphierend und legte den Koffer, in dem sich der Bauplan, die Liste und das Buch über unsere Traditionen befand, auf den Schreibtisch.

Im Raum breitete sich abrupt ungläubiges Gemurmel aus. Nur der Fürst schaute drein, als wäre ich der Leibhaftige.

»Wer sagt denn, dass das alles aus meinem Zimmer ist?«, fragte der unverschämte Kerl. »Ich persönlich sehe diese Dinge zum ersten Mal! Wollen Sie mir schon wieder etwas unterjubeln, Wildbach Toni?«

»Nein. Ganz und gar nicht. Diese guten Leute waren auch dabei«, sagte ich und zeigte auf meine Touristen. »Ich habe also Zeugen …«

»Sie wollen doch wohl hier nicht einen Haufen Ausländer als Zeugen benennen! Die haben Sie doch gekauft!«, versuchte sich der Fürst freizuwinden.

»… schauen wir uns doch einfach amal an, was ich gefunden habe. Beispielsweise diese Baupläne …«

Der Mike, der Päda und all die anderen merkten auf.

»… da kann man sehen, was der Herr Fürst in Wirklichkeit vorhatte! Und das Zacherl hat er gestohlen, damit er uns entzweit und dann tun und lassen kann, was er will. Und: Er hat uns alle verhext. Er hat unser Zacherl genommen und es für eine Art Voodoo-Zauber missbraucht! Könnts ihr euch des vorstelln? Der hat unser Zacherl geschändet!«

Während sich der Päda und der Mike über den Bauplan

beugten, verfinsterte sich ihre Miene sekündlich. Das schien mir der richtige Moment für das Buch mit dem Kapitel über unser Zacherl und die Liste zu sein.

»Und da hat er seine Informationen über unser Zacherl her. Und hier kann ein jeder sehen, wie weit sich ein jeder von euch vom Fürsten schon hat einlullen lassen! Aber des kann man auch an euren Augenringen ablesen! An denen ist der Fürst nämlich auch schuld, mit seinem Voodoo!«

Man konnte die wachsende Spannung im Raum spüren. Doch der Fürst gab nicht auf.

»Lächerlich! Das alles kann er genauso gut gefälscht haben!«, verteidigte sich der Fürst charmant lächelnd. »Außerdem: Was soll denn das Ganze mit dem Voodoo-Zauber! Wer glaubt denn bitte sehr an so einen Humbug?«

»Wie seids ihr denn in das Zimmer vom Fürsten gekommen?«, fragte der Päda, fast schon zu ruhig. Da zog ich meinen Trumpf aus dem Ärmel.

»Der Traubeck war zugegen! Er hat uns netterweise aufgesperrt und kann den Fund auch bezeugen! Er ist da ganz auf unserer Seite.«

Der Päda und der Mike sahen mich überrascht und misstrauisch an. Sie wussten, dass das mit dem Traubeck entweder eine unverschämte Lüge oder ein Wunder war.

»Der Herr Traubeck! Ha! Da binden Sie uns aber einen ordentlichen Bären auf! Ich bezweifle stark, dass der Herr Traubeck irgendetwas gesehen oder getan hat. Der war ja der Erste, den ich … äh, also … von meiner Idee mit dem Fast … also der Renovierung des Sennwanderhauses … äh …«

Nun hatte er sich verplappert. Er hatte nie im Leben damit gerechnet, dass die Fang mit Akupressur den Fluch vom

Traubeck hätte nehmen können. Alle Augen waren nun auf den Fürst gerichtet.

»Und weißt du jetzt auch, wo unser Zacherl abgeblieben ist, Toni?«, fragte der Herr Pfarrer.

»Woll, Hochwürden! Aber des fragens jetzt amal den lieben Herrn Fürst«, sagte ich mit lauter und energischer Stimme, wie ich sie vom Herrn Pfarrer bei seinen Predigten kannte. »Der Fürst hat das Zacherl nämlich immer bei sich. Damit er seinen Voodoo-Zauber ausüben kann.«

Ich ging langsam, wie auf der Pirsch, auf den Fürst zu, der sich gerade zu überlegen schien, ob eine Flucht überhaupt noch möglich war. Mit ernster Miene schlug ich ein Kreuz vor der Brust. Alle im Raum taten es mir gleich.

Als ich beim Fürst angekommen war, versuchte er aufzuspringen, wurde aber sogleich von mehreren hilfreichen Händen zurück in den prächtig dekorierten Holzstuhl gedrückt, der nur Ehrengästen vorbehalten war. Ich beugte mich zu ihm hinunter, griff sein Hemd mit beiden Händen und riss es entzwei. Ratsch! Und tatsächlich! Das Zacherl!

Mit unbandiger Freude sah ich die wohlbekannten und uns alle ans Herz gewachsenen Stickereien. Ein leises »Ahhhh« ging durch den Raum. Der Drecksack hatte sich unseren Dorffrieden vor den Bauch geschnallt. Der Fürst selbst war wie versteinert und starrte nur entgeistert nach unten auf das Zacherl um seinen Rumpf. Ich öffnete den schmalen Ledergurt, mit dem das Zacherl angebunden war, zog es vorsichtig heraus und nahm es behutsam in beide Hände. Es war leicht ramponiert und seltsamerweise steckten einige Nadeln darin. Allerdings so, dass sich der Fürst nicht an ihnen verletzen konnte.

»Wegen böse Zauber«, wusste die Fang sofort die Antwort.

Ich zog die Nadeln nach und nach heraus und achtete darauf, dass dem zerschundenen Zacherl dabei nicht noch mehr Leid widerfuhr.

Als ich endlich die letzte Nadel draußen hatte, war es, als ginge eine Windbö durch den Raum. Die Stimmung war plötzlich wie verwandelt. Alle Dunkelheit und Schwermut schien dahin, die Leute bewegten sich, schienen plötzlich voller Ungeduld und Tatkraft. Und auch die Augenringe verblassten in Rekordgeschwindigkeit.

»Jetzt sind Sie uns aber eine Erklärung schuldig«, sagte der Schipfer Päda und blickte zum Magnus Fürst, der von Sekunde zu Sekunde blasser wurde.

»Ich hab mit der Sache nichts zu tun!«, verteidigte sich quasi mit Händen und Füßen der Fürst Magnus.

»Hörens doch auf. Das Spiel ist aus, Fürst«, erwiderte ich kühl im Ton eines Westernhelden.

Des war ja wohl auch zu offensichtlich. Aus der Nummer würde er nicht mehr rauskommen. Und tatsächlich sah er ein, dass er nicht mehr länger lügen konnte, und knickte ein.

»Gut. Hören Sie mich an«, sagte er ruhig. »Ich muss wohl einiges erklären. Ja: Mein Ziel war die Baugenehmigung für das Grundstück vom Sennwanderhaus! Fürs Erste. Also das mit der Kaffeefahrt im Schlemmerwirt hat ja schon mal gut geklappt, und mir war klar: Diese Gegend hat Potenzial. Und dann wollten wir oben am Berg tatsächlich ein Fast-Food-Restaurant nach amerikanischem Vorbild eröffnen! Nicht allen schmeckt Ihre Landler-Jause, wissen Sie? Und das Fitness-Studio. Das fehlt hier noch, weil wenn die Aktivurlauber erst mal in ihre Wochenend-Appartements einziehen, haben sie ja nicht selten einen Trainigsplan von zuhause, den sie … Also … Also mir war … mir war klar, dass ich niemals eine solche Genehmigung bekommen würde. Da hörte ich zufällig von jenem Brauch und dass hier alle etwas abergläubisch seien … da habe mich dann eben ein bisschen informiert und mir, na ja … dieses Zacherl, sagen wir mal, ausgeborgt.«

»Gstohln hams des Zacherl!«, sagte der Bürgermeister, dank der herausgezogenen Nadeln von dem bösen Zauber befreit.

»Ja, so kann man es wohl auch sagen.«

»Ein Dieb ist er, der Herr Fürst. So schaugts aus!«, sprach ich Klartext.

»Des derf doch alles ned wahr sei!«, sagte der Schipfer Päda.

»Aber es is ja grad noch gut ausgangen«, beruhigte ich meine Freunde. »Alles wird wieder gut werden.«

»Des war aber wirklich in letzter Sekunde, Toni«, sagte die Heidi.

»Ja, in a paar Minuten hätten wir unterzeichnet«, sprach der Schipfer Päda.

»Ja, Toni, des hast guad gmacht. Und da muss ich mich jetzt auch wirklich bei dir entschuldigen«, sagte der Mike, und wir reichten uns brüderlich die Hände.

»So was, wirklich!«, sagte der Zirngiebl Thomas und legte seinen Arm um die Zenzi, die ihn daraufhin lieb anlächelte.

Der Doktor, der Pfarrer und der Schorsch lächelten mir anerkennend zu. In dem Moment sah ich, wie sich die Blicke vom Ferdi und von der Ottilie trafen, woraufhin sie ihn anlächelte und er sich schnell duckte, der Feigling. Überhaupt spürte man wieder etwas von der hier sonst so typischen Freundlichkeit aufkeimen.

»Jetzt aber heraus mit der Sprache, Herr Fürst. Wie sind

Sie eigentlich an das Zacherl gekommen?«, fragte der Schipfer Päda den Fürst.

»Einer meiner Mitarbeiter hat diese für Sie so kostbare alte Fahne im Trubel der Kirchweihvorbereitungen vergangenes Jahr gestohlen. Dass es jetzt so weit gekommen ist, tut mir aufrichtig leid. Wirklich. Ich werde den Schaden auch wiedergutmachen. Mein Ehrenwort darauf«, sagte der Fürst versöhnlich. «Kann ich jetzt gehen?«

»Nix da, Bürscherl«, sagte ich. »Du bleibst schön hier.«

»Bitte, ich hab es doch schließlich zugegeben. Und alles hat sich aufgeklärt. In Wohlwollen aufgelöst, sozusagen. Wenn Sie wollen«, richtete sich der Fürst nun an die Dorfbewohner, »kann ich Sie auch ... entschädigen, für die emotionalen Leiden, die der zeitweilige Verlust des Zacherls ... also Schmerzensgeld«, sagte der Fürst, musste aber einsehen, dass hier Hopfen und Malz verloren war. »Ach was ... Vergesst es! Ihr könnt mir gar nichts! Wollen wir doch mal sehen, welcher Vorwurf hier vor Gericht überhaupt standhält!«, geiferte plötzlich der Fürst wie das Rumpelstilzchen aus dem Märchen. Seine Augen waren mit einem Mal rot unterlaufen. »Ihr verfluchten Hinterwäldler! Ihr werdet euch sowieso noch wundern, weil die Modernisierung kommt so oder so! Wir werden eure kleine verschissene heile Welt überrollen und für immer plattmachen. Und unter Tonnen aus Beton und Geld begraben! Euer Kosmos ist jetzt schon verloren. Ha! Ihr glaubt, ihr seid besonders schlau, aber: Wer zuletzt lacht, lacht am besten! Wartets nur ab, letztlich werde ich als strahlender Sieger zurückkehren! Und dann kommt ihr angekrochen! Ha!«

Wir schauten ihn ob seiner plötzlich aufflackernden Boshaftigkeit überrascht an. Da sprang er auf, riss mir das Zacherl aus der Hand und rannte unter vehementem Einsatz seiner spitzen, knochigen Ellenbogen damit hinaus ins Freie. Ich natürlich sofort hinterher! Und dahinter der Action Schorsch und alle anderen. Der Alte war schnell wie der Wind. Er rannte, das Zacherl in der Hand, aus dem Dorf hinaus hinüber zu der Steilwand, die gleich hinter dem Haus des Bürgermeisters in die Höhe ragt.

Es war inzwischen tiefste Nacht, und der Mond warf gespenstisches silbernes Licht auf die Szenerie. Ich traute meinen Augen nicht, als ich sah, wie er sich daranmachte, die recht steilen Felsen hinaufzukraxeln. Er hatte sich beim Seminar am Fels ja recht geschickt angestellt, aber diese Steilwand war selbst für geübte Bergsteiger nur schwer zu meistern. Zumindest nicht, wenn man in Eile ist wie der Fürst. Und nur eine Hand frei hat.

»Vergiss es, Fürst!«, rief ich ihm zu, als ich ebenfalls an der Wand ankam, aber erst einmal unten stehen blieb. »Du kommst da nie hoch!«

»Schnauze!«, raunzte er zurück und kletterte beharrlich weiter.

»Ich kletter hinterher und schnapp ihn mir«, sagte der Action Schorsch, als er neben mir eintraf. »So ungeschoren kommt der uns nicht davon!«

»Nein«, tat ich kund. »Er gehört mir. Ich renn die Abkürzung rauf und begrüß ihn, wenn er oben ist. Falls er so weit kommt.«

Dabei blickte ich den Schorsch aus den Augenwinkeln an. Wie Lee van Cleef. Der Schorsch hielt meinem Blick stand.

Er wusste, was gespielt wurde. Hier ging es um mehr als nur um Rache. Hier ging es um Würde, Respekt und Satisfaktion.

Ich wollte gerade lossprinten, als der Fürst mit dem rechten Fuß abrutschte. Ich weiß das deshalb so genau, weil ich als geübter Alpenfex immer genau darauf achte, mit welchem Bein, welcher Hand, ja welchem Finger einer gerade zugange ist. Im Berg muss man nämlich hundertfünfzigprozentig auf der Hut sein, sonst ereilt einen der Absturz. So auch beim Fürst. Er verlor sofort die Kontrolle, rutschte auch mit dem zweiten Bein ab und hing einhändig an der Steilwand. Nun wurde er vom Gewicht seiner Gliedmaßen, die immerhin auch noch von seinen ballonseidenen Halbschuhen und den darin steckenden weißen Socken beschwert wurden, gnadenlos nach unten gezogen. Ich spürte förmlich, wie die Kraft in seiner Hand nachließ. Das Zacherl ließ er trotz alledem nicht los. Verzweifelt versuchte er, mit den Füßen Halt zu finden. Doch es war zu dunkel, und der Fürst zu ungeübt. Außerdem kannte er das Terrain nicht.

Dem Schorsch und mir war klar, dass wir nur noch warten mussten, bis der Berg uns den Übeltäter von selbst rausrückte. Ohne etwas dagegen machen zu können, rutschte der Fürst kurze Zeit später die wenigen Meter dann auch wirklich hinunter und landete unsanft auf dem Allerwertesten. Er stand auf und blickte zu uns rüber. Ich wischte mir mit dem Handrücken über den Mund. Inzwischen hatten sich all jene, die sich beim Päda versammelt hatten, in einigen Metern Entfernung hingestellt, weil sie wussten, dass der Fürst allein mir gehörte. Die Menschenmenge, der silberne Mondschein und die Erhabenheit der Berge verbreiteten knisternde Duellstimmung. Es hätte nur noch gefehlt, dass jemand angefangen hätte, Mundharmonika zu spielen. Aber man hörte nichts außer dem Wind, unserem Atem und dem leisen Aufklatschen der Blutstropfen, die aus den Schnittwunden in den Fingern vom Magnus Fürst heraus auf den Felsboden nieselten. Da stand der Fürst auf, klemmte sich das Zacherl unter seinen Gürtel (mit Harley-Davidson-Schnalle) und fixierte mich mit seinem blutroten Blick. Wir wahrten den Abstand von etwa zwei Metern und bewegten uns langsam im Gegen-Uhrzeigersinn. Das hatte zwar keinen Nutzen, erhöhte aber die Dramatik enorm. Der Fürst hatte beide Hände kampfesbereit vor seinem Gesicht, wie Bruce Lee. So war er ein paar Stunden zuvor auch dem Marder Barnabas gegenübergestanden. Ich sah in seine teuflischen Augen, die jetzt einen kleinen Anflug von Wahnsinn innehatten. Dann zog der Fürst plötzlich das Zacherl unter seinem Gürtel hervor, hielt es sich vor den Mund und begann, leise Beschwörungsformeln zu nuscheln. Es klang wie das Röcheln eines Kettenrauchers nach einem 100-Meter-Sprint, und ich verstand kein Wort. Ich spürte nur, wie auf einmal jeder Kampfesmut aus mir wich und grauenhafte Verzweiflung in mir aufstieg. Der Fürst nuschelte weiter. Ein mir bis dato völlig fremdes Gefühl, dass ich keine Chance gegen den Fürst hätte und er mir übel zusetzen würde, wenn ich mich nicht sofort ergab, wurde immer stärker. Wenn nicht gleich etwas geschah, würde ich vermutlich vor ihm auf die Knie fallen und um Gnade betteln.

In diesem Moment fielen mir zwei Dinge ein. Erstens: der alte Trick von meinem Großpapi, den Gegner durch die Ausführung traditioneller regionaler Tanzschritte zu verwirren und dann überraschend mit gnadenloser Brutalität gezielt zuzuschlagen. Und zweitens: Fürsts Schwäche in der linken Abwehr, die er beim Zweikampf mit dem Barnabas offenbart hatte. Ich atmete also tief durch, schloss meine Augenlider, jauchzte innerlich auf und begann zu einer wunderschönen Musi aus jubilierenden Jodlern, die nur in meinem Kopf zu hören war, einen Schuhplattler zu tanzen. Ich sah, wie der Fürst innehielt und in ungläubiges Staunen versank. Ich machte weiter, wiegte mich innig im Rhythmus meiner imaginären Melodie und schlug sanft mit den Händen auf Oberschenkel und hintere Waden. Die Umstehenden sahen sich sorgenvoll an.

»Jetzt is er endgültig übergeschnappt, der Toni!«, sagte der Päda.

Der Fürst brach in irres Gelächter aus und zeigte mit dem knochigen Zeigefinger seiner linken Hand auf mich. Der entscheidende Moment stand kurz bevor. Ich sah, wie er sich langsam näherte. In seiner rechten Hand tauchte plötzlich ein Nadelkissen auf, aus dem mehrere lange Nadeln ragten. Vermutlich mit dem spitzen Ende nach oben. Angeblich traumverloren tanzte ich weiter. Mit der Hand, in der sich die Nadeln befanden, holte der Fürst zu einem fulminanten Uppercut aus, wobei er seine linke Deckung sträflich vernachlässigte. Ich sah das Kissen heransausen, tauchte im letzten Moment ab, täuschte mit Rechts an, holte dann mit der Linken nach hinten aus und wie in Zeitlupe landete meine zur Faust geballte Linke mit voller Wucht direkt im Gesicht des Bösewichts (während meine Rechte ihm zuwinkte). Er war von meiner Darbietung offenbar so perplex, dass er gar kein Reaktionsvermögen zeigte, nicht einmal reflexartig. Seine Nase gab ein knackendes Geräusch von sich, und das Blut schoss augenblicklich in einem festen Strahl heraus. Er sackte ohnmächtig zusammen.

Dann geschah etwas höchst Seltsames, und noch Jahrzehnte später sollte man sich in der ganzen Gegend daran erinnern. In der regionalen Zeitung des nächsten Tages war zu lesen:

Mutiger Bergführer schlägt Betrüger in die Flucht

Glücksbringer nach Monaten wieder aufgetaucht

Nachdem der regional bekannte Bergführer Toni, auch bekannt als der »Wildbach Toni«, den polizeilich bekannten Betrüger Magnus Fürst des Diebstahls des Zacherls, eines bekannten und lange vermissten Talismans des Heimatdorfes des Wildbach Toni, überführt hatte, kam es in der Dunkelheit der Nacht zu einem Handgemenge, in dessen Verlauf Magnus Fürst die Flucht ergriff und bis dato nicht aufgegriffen werden konnte. Das Zacherl hängt inzwischen wieder auf seinem angestammten Platz – dem Fahnenmast des Marktplatzes. Der zuständige Bürgermeister des Dorfes, wie auch der Wildbach Toni, verzichteten auf eine Anzeige gegen den Flüchtigen. Die Staatsanwaltschaft ermittelt. Der Flüchtige ist ein älterer Herr mit vermutlich zerrissener Kleidung und Wunden an Händen und Gesicht. Hinweise nimmt jede Polizeidienststelle gerne entgegen.

Die Presse leidet, wie in allen Teilen der Erde, auch bei uns manchmal unter einer Wahrheits-Phobie, daher schrieben sie es halt so, wie es die Leute glauben sollten. In Wirklichkeit war es nämlich so:

Der Fürst sackte blutend zu Boden wie ein nasser Sack. Ich

stürzte mich auf ihn, entwand ihm das Zacherl und hielt es triumphierend in den Nachthimmel. Es war vollbracht!

Der Schorsch wollte mir gerade glücklich in die Arme fallen und die Dorfgemeinde zu einem Jubelschrei ansetzen, da tat sich plötzlich, fast so wie weiland beim »Meineidbauern«, unter ungeheurem Getöse die Erde unter dem Fürst auf und verschluckte ihn jählings. Wie mir später berichtet wurde, wollen Umstehende gesehen haben, dass einige dem Dorf wohlgesinnte Berggeister mit hasserfüllten Gesichtern den Fürst unter hämischem Gelächter hinabgezogen hätten. (Mir Übelwollende verbreiten auch das Gerücht, ich hätte nachgetreten, was jedoch Auslegungssache ist.) Das ist aber auch gleich, weil wir mit dem Ergebnis alle zufrieden waren. Auch der Schorsch.

»Der Berg vertragt koan Flax«[184], sagte er.

Gleich darauf schloss sich das kalte Grab über dem Bösewicht, und an der Stelle, wo der Fürst versunken war, wurde ein in schäbige Plastikfolie verpacktes Sortiment Trinkgläser »Opatjia« sichtbar, welches wir als seinen Grabstein und anderen zur Mahnung stehen ließen, und unlängst haben wir sogar ein kleines Hütterl darumgebaut, damit uns die Opatjia-Gläser auch noch recht lange erhalten bleiben. Um Mitternacht entlockt der Wind diesen Gläsern oft unheimliche Geräusche, über deren Ursprung Schundliteraten die übelsten Anekdoten verbreiten. Und noch heute, also viele Jahre nach den unheimlichen Geschehnissen dieser schicksalshaften Nacht, ziehen die Menschen in unserem Dorf den hiesigen Totengräber mit dieser Geschichte auf, wenn er wieder einmal über einen Tag braucht, um ein frisches Grab auszuheben.

[184] Der Berg versteht keinen Schabernack.

»Der Berg damals hat des fei scho schneller geschafft!«, sagen sie dann, was ihn immer sehr verdrießt.

Von Fürsts Schergen haben wir bis heute nichts mehr gehört.

Eintracht

Unser Zacherl hing am nächsten Morgen wieder an seinem Platz, die Harmonie war wieder voll hergestellt, und der Zirngiebl Thomas sagte für die kommenden Tage ein wunderschönes Wetter voraus.

»Feiner Landschinken! Gebratene Hendlschenkel!«, rief der Metzger und strahlte.

»Zum Schinken ein schönes Glas Buttermilch. Oder ein Stück guter Ziegenkäse!«, rief der saarländische Käsehändler und zwinkerte ihm neckisch zu.

»Schöner Kohlrabi! Erntefrisch!«, rief der burgenländische Kohlrabihändler.

Ich stand am Marktplatz und genoss die Harmonie. Aus dem Schlemmerwirt duftete es herrlich nach frischem Schweinebraten, der Pfarrer malte fröhlich pfeifend die weiße Lilie am Pfarrhaus nach, der Bürgermeister und die Trudi schauten sich gerade die Töpferware einer nordtoskanischen Haushaltswaren-Händlerin an, die Fang zeigte dem Doktor auf einer Bank neben dem Stand vom hold lächelnden Shanti ein paar Akupressur-Punkte, und der Action Schorsch kam gerade ins Dorf geschlendert, wie immer ganz cool mit Baseballkappe und Sonnenbrille. Der Kinnbart hatte schon morgens einen vollen Bierkrug in der Hand und schäkerte mit der Tochter des saarländischen Käsehändlers, die keck kichernd ihre Telefonnummer auf seinem Gipsarm verewigte. Der Glatzkopf und seine Freundin schlenderten Hand in Hand über den Marktplatz und grüßten gutgelaunt zu mir herüber. Ich grüßte zurück.

Alle waren vollends glücklich. Nur ich nicht. An mir nagte die Sache mit dem Tinerl. Ich musste ihr endlich das mit der Fang erklären, weil gestern hatte ich das Tinerl nicht mehr erwischt. Sie war nicht bei der verhinderten Unterschrift im Bürgermeisterhaus dabei gewesen und, was mich noch mehr wurmte, auch nicht bei meinem erfolgreichen Duell mit dem Fürsten. Mit mulmigen Gefühlen schlich ich mich deshalb zum Haus von den Eltern vom Tinerl. Die Eltern waren gewiss schon seit dem frühen Morgen in der Kirche und das Tinerl somit allein zuhaus. Ich klopfte an die Tür. Nichts. Ich klingelte. Es schellte. Wieder nichts.

»Jetzt Tinerl, ich muss unbedingt mit dir reden!«, rief ich laut.

Drinnen regte sich etwas.

»Jetzt mach halt auf! Du muasst mi unbedingt ohearn!«, rief ich, fast schon etwas verzweifelt, weil ich jetzt wusste, dass sie da war, aber mich nicht sehen wollte.

Was sollte ich nur tun?

»Bitte! Tinerl!«, sagte ich schließlich ganz erschöpft.

Da öffnete sich die Haustür. Das Tinerl stand da. Im T-Shirt und mit ganz verheulten Augen.

»Das Zacherl ist wieder da, und der Fürst ist weg«, sagte ich zu ihr. »Und vielleicht hörst du mir jetzt amal zu: Mit der Asiatin is nix gelaufen. Ehrenwort!«

Ich ging auf sie zu, blieb aber einen Schritt vor ihr stehen, weil ich nicht wusste, ob sie mir glauben würde oder nicht.

»Wirklich. Ich hab der Fang nur die Höhle mit den Berggeistern gezeigt, und dann haben wir den Breissner befragt, und dann sind wir halt wieder runter, und irgendwie habe ich gar nicht gemerkt, dass die Asiatin sich bei mir untergehakt hat. Verstehst mi? Du bist mir doch viel wichtiger als jede Frau auf der Welt! Des muasst ma glauben!«

Das Tinerl schaute mich mit einer Mischung aus Überraschung und tiefer Liebe an. Ein Blick, den nur schöne Frauen draufhaben. Ich machte den letzten Schritt auf sie zu und schloss sie liebevoll in die Arme. Wir standen eine halbe Ewigkeit so da. Eng umschlungen.

»Mach so was fei nie, nie, niemals wirklich mit mir!«, sagte sie dann.

»Nein, ganz bestimmt nicht, Tinerl«, sagte ich. »Du bist mir viel zu wertvoll dafür.« »Und wennst du unbedingt mit andere Weiber umanandschieben musst, dann nur so, dass ichs nicht mitkrieg.«

»Fest versprochen.«

»Ich mag dich nämlich so wahnsinnig gern, du Saubazi, du elendiger«, sagte sie und schluchzte nochmals auf.

Diesmal war es allerdings ein Schluchzen der Befreiung. Ich nahm ein Papiertaschentuch aus der Hosentasche und tupfte sachte ihre Tränen ab. Dann küsste ich sie sehr sanft und zärtlich.

»Ich mag dich auch so unbandig gern, Tinerl«, sagte ich ganz ruhig.

»Ich war gestern den ganzen Abend nur auf dem Zimmer und wollt mit keinem reden.«

»Hast ned viel versäumt«, log ich.

»Sehen wir uns nachher auf der Kirchweih zum Mittagessen?«, fragte sie.

»Ja, unbedingt. Treffen wir uns nach der Messe um zwölf?«

»Lieber um halb eins.«

»Gut. Halb eins. Unterm Zacherl?«

»Unterm Zacherl«, sagte sie glücklich. »Du Toni, sei ma ned bös, aber ich muss mich a bisserl beeilen, sonst schaff ichs nimmer rechtzeitig in die Kirch.«

»Guad. Dann bis nachher, Tinerl«, sagte ich.

»Bis nachher, Toni«, verabschiedete sich das Tinerl.

Sie ging zurück ins Haus und schloss die Türe. Beseelt und glücklich ging ich davon. Die tiefe Freundschaft und Verbundenheit mit der Fang war schon eine schöne Sache, aber das Tinerl war mir schon am wichtigsten. Und ein paar kleine Geschichten nebenher konnte ich ja immer haben. Hat das Tinerl ja selbst gesagt, es darf halt nur niemand Wind davon bekommen. Am wenigsten das Tinerl. Man muss sich nicht immer gleich festlegen oder heiraten, man kann auch einfach sehr, sehr gut befreundet sein und trotzdem zusammen ins Bett gehen. Vor allem: Woher soll ich denn jetzt wissen, ob des beim Tinerl und mir so bleibt? Eine gesunde Liebschaft ist doch das einzig Wahre.

Als ich im Schlemmerwirt ankam, sah ich die Fang mit gepackten Koffern vorm Schlemmerwirt dastehen. Sie war abreisefertig. Offenbar hatte sie aber nicht nur auf ihr Taxi, sondern auch auf mich gewartet.

»Toni, wie schön, dass ich dich noch sehe!«, sagte sie ehrlich erfreut.

»Ja, liebe Fang, verlässt du uns schon? Die Kirchweih hat doch noch gar nicht richtig angefangen! Magst nicht noch ein bisserl bleiben?«

»Nein, liebe Toni, ig habe ainen lange Heimweg und muss morgen fruh wieder in Heidelberg sein. Tut mir laid«, sagte die Fang etwas traurig.

»Ja, schade.«

»Wie viel Geld mögdes du eigentlich für deine Tour, liebe Wildbach Toni?«

»Fang, du glaubst doch jetzt nicht allen Ernstes, dass ich auch nur einen Cent von dir nehme, oder? Du hast mir nicht nur wertvolle Dinge über des Feng Shui erzählt, über die ich sicherlich noch oft nachdenken werde, du hast mir auch dabei geholfen, meine Heimat zu retten.«

Von hinten brummte es. Das Taxi kam.

»Griaßdi!«, sagte ich zum Fahrer, nachdem er ausgestiegen war. »Die Dame is dein Fahrgast. Aber es dauert noch an kurzen Moment.«

»Koa Problem«, sagte der Fahrer, stieg wieder ein und stellte die Uhr an.

»Ich hab noch was für dich, Fang. Da geh her, damit die Mutter Gottes immer ein Auge auf dich hat, kriegst du jetzt des, gell? Und damit dir nix passieren kann, liebe Fang!«, sagte ich und legte ihr mein Ketterl mit der wundertätigen Medaille um den Hals.

»O vielen Dank, das ist sehr lieb von dir, Toni. Was ig dir sum Abschied noch wollte sagen«, sagte die Fang lieb und sah mir tief in die Augen. »Alles hat Ordnung und Harmonie in unsere Kosmos. Und Ordnung und Harmonie ist heilig. Wenn du das nie vergisst, wirst du ein glückliches Leben führen.«

»Des hast schön gsagt«, entgegnete ich wie aus der Pistole geschossen. »Und weißt du, was mich am glücklichsten macht?«

»Nein, bitte sag es mir«, antwortete die Fang nett.

»Weißt du, bei uns heißt es: Am Anfang schuf GOTT Himmel und Erde. Dann das Licht, den Tag und die Nacht, das Trockene, die Pflanzen, die Tiere, die Menschen. Und schließlich die Berge. Als krönenden Abschluss sozusagen. Weil GOTT hat sich wahrscheinlich gesagt, jetzt habe ich so eine schöne Erde erschaffen mit lauter großartigen Geschöpfen, da braucht es doch etwas, von wo aus man das Ganze gut betrachten kann. Das stell ich mir jedenfalls immer so vor, wenn ich vor meiner Hütte hock und ins Tal schau«, sagte ich. »Da sitz ich dann da und kann die ganze Welt sehen. Und des ist so wunderschön. Des glaubst du gar nicht. Da bin ich richtig glücklich.«

»Das ist eine schöne Bild, dass du gezaubert hast, Toni. Du fühlst dig sehr wohl in diese Welt, oder? Es macht glucklig, hier su leben«, sagte die Fang ganz verträumt.

»Richtig«, gestand ich ihr jetzt doch ein wenig verlegen. Und dann sagte ich noch einmal »Jo«, weil da etwas in Fangs Augen war, was mich befürchten ließ, sie würde gleich weinen oder bei mir bleiben wollen oder beides.

»Liebe Toni, es war sehr schön und romantisch mit dia«, sprach die Fang die erlösenden Abschiedsworte. (Denn so gerne ich die Fang mochte, so dringend musste ich jetzt in die Kirche, weil die heilige Messe jeden Moment anfangen würde, und die durfte ich auf keinen Fall verpassen.) »Aber ich glaube, du gehörst in diese Welt und ich in meine. Auch wenn diese Welten sich auf eine Art sehr ähneln, habe ich nichts in deiner verloren und du nichts in meiner. Aber ich behalte dig in guta Erinnarung, Toni.«

»Es ist sehr schade, dass du gehen musst«, sagte ich sentimental und nahm sie zum Abschied in den Arm.

»Habe die Ehre, lieber Toni«, sagte die Fang zum Abschied.

»Habe die Ehre, liebe Fang.«

Sie stieg ins Taxi und fuhr davon.

Die Kirchweihmesse war ein Riesenerfolg! Der Pfarrer hielt eine Predigt, die es in sich hatte, und wir waren alle sehr bewegt und erfüllt von seinen Worten und guter Dinge wegen des gnadenbringenden Segens. Als er fertig war und grad zur Abnahme der heiligen Beichte gehen wollte, hielt ich ihn kurz zurück.

»Bitte entschuldigens, Hochwürden, aber ich soll Ihnen einen schönen Gruß vom Breissner ausrichten.«

»Ah, vom Breissner, wo hast denn den eigentlich troffen?«

»Im Berg drinnen.«

»Aha.«

»Ja, schon. Und er hat uns massiv geholfen, dem Bösewicht das Handwerk zu legen.«

»Ganz guad. Dank schön. Sag ihm doch nächstes Mal an schönen Gruß zurück.«

»Gern! Allerdings ist da noch etwas, worum er Sie bitten möcht, Hochwürden.«

»Ja, was denn?«

»Er sagt, die Geister im Berg seien doch eigentlich harmlos und lieb, und er würd sich so wünschen, dass man sie nicht immer vertreibt, sondern einfach in Ruhe existieren lässt.«

»Ja, des kommt immer auf die Streiche an, die sie spielen.

Wenn die verzeihlich sind, mach ich nix. Aber du weißt ja: Wehe, wenn sie losgelassen …«

»Stimmt. Aber wissens, Hochwürden, der Breissner hat mir ja, wia gsagt, verraten, wer des Zacherl gstohlen hat.«

»Das war wirklich sehr anständig vom Breissner. Ich werd ihn amal eine Zeitlang verschonen mit Bannsprüchen.«

»Das ist wahnsinnig lieb von Ihnen, Hochwürden.«

»Aber freilich doch. Man ist doch kein Unmensch. So, jetzt muss ich in den Beichtstuhl, es warten bereits ein Haufen Leut.«

»In Ordnung. Danke. Bis später!«

»Bis später!«, sagte der Herr Pfarrer und ging davon.

Ich trat aus der Kirche hinaus und hörte ein kurzes »Toni! Da gehst her!« in einiger Entfernung rechts von mir. Ich drehte mich um, da stand der Totengräber-Kurti und der Ferdi am Stand von der Ottilie, und alle drei winkten mich zu sich.

»Toni! Komm amal her da!«, rief der Ferdi ungewohnt forsch, aber lächelnd.

»I komm ja scho. Was gibts denn?«, fragte ich und blickte erst zur Otti und dann zum Ferdi. »Samma wieda guad[185], oder was?«

»Wega meiner«[186], sagte der Ferdi. »Hau ma a Ei drüber. Aber du sollst wissen, dass ich schon bös sauer auf dich war. Und ich wollt dich heute bei der Kirchweih eigentlich niederschlagen. Oder zamschießen[187]. Oder etwas Ähnliches«, sagte er, wohl um vor der Otti als ein echter Mann dazustehen.

185 Vertragen wir uns wieder

186 »Von mir aus«

187 erschießen

Ich sagte nichts. Ein Blick zur Otti reichte, um zu sehen, dass sie das wusste.

»Ja, ich weiß«, sagte ich, »und du hattest auch allen Grund, sauer zu sein. Es hat mich im Nachhinein auch arg gereut, dass ich euch so dazwischengefunkt habe, letztes Jahr. Des war einfach nicht in Ordnung. Aber du hast dir auch wirklich Zeit gelassen, des konnt ich einfach nicht ahnen, dass du da so dahinter bist … also hinter der Otti … quasi … Aber jetzt habts ihr euch ja gefunden. Und alle sind glücklich.«

»Passt scho, Schwamm drüber. Alles in Ordnung. Toni, du bist halt letztlich doch ein feiner Kerl«, sagte er gönnerhaft und strahlte seine Herzdame an, die geneigt zurücklächelte.

»Sie hat mir gestern Nacht gestanden, dass sie sich eh schon das ganze Jahr auf unsere Kirchweih gefreut hat, um mich wiederzusehen und uns endlich eine Chance zu geben, gell?«, sagte er stolz und nahm die Hand von der Otti.

»Genau, alles in Butter«, lachte die Otti. »Und zum Glück hat der Ferdi ein Doppelzimmer beim Traubeck, weil mein Standplatz hier am Markt war zwar noch frei, aber im Schlemmerwirt war seit Monaten alles ausgebucht. Und weil ich meinen Wohnwagen im Salzkammergut lassen musste, weil der einen Platten hatte, wäre ich jetzt beinahe obdachlos gewesen.«

Das lief doch wie geschmiert. Ich fragte auch lieber nicht nach, ob der Wohnwagen wirklich einen Platten hatte.

»Ja, da hast ja noch amal Glück ghabt, Otti. Und du obendrein, Ferdi, gell?«

»Scho«, sagten der Ferdi, die Otti und der Totengräber gleichzeitig.

»Da habts Recht. Mei, jetz muss ich scho zugeben, dass ich

recht erleichtert bin, dass mir koana mehr zwida[188] ist«, sagte ich und war wirklich froh, dass das geklappt hatte. Was ein kleiner Anruf manchmal alles bewirken kann …

Alles war nun wieder beim Alten, erst traf ich mich um halb eins mit dem Tinerl unter unserem fröhlich im Wind wehenden Zacherl und war danach sehr harmonisch mittagessen mit ihr, dann schlenderte ich geruhsam über den Marktplatz, plauderte amal mit dem lieben Shanti, amal mit dem Herrn Bürgermeister und der Trudi, amal mit dem Mike und der Heidi, dann gab ich dem Glatzkopf und seiner Freundin noch ein paar Tipps in Partnerschaftlichkeit, trank ein kleines Bierchen mit dem Schorsch, aß ein Stück Bergkäse bei dem saarländischen Käsehändler, der sich den Kinnbart durchaus als Schwiegersohn vorstellen konnte, ging gegen Abend langsam zu meiner Hütte und ließ die ereignisreichen Tage mit einem gemütlichen Glas Rotwein ausklingen, wobei ein milder Herbstwind die leisen Klänge vom Gitarrenspiel des Bergdoktors zu mir herauftrug.

Der Friede war wiederhergestellt, meine Welt war wieder in Ordnung.

Und eines war mir klarer denn je: Nur wenn man sich an die Regeln hält, ist der Berg euer Freund!

[188] böse

Der aufmerksame Leser wird sich erinnern, dass ich zu Beginn des Seminars eine kleine Broschüre ausgeteilt habe, in der ich Interessantes und Nützliches anbiete. Bitte lest sie aufmerksam durch, auch ihr werdet davon profitieren.

Herausforderung Berg

und was ich dabei für mich mitnehmen kann

Zehn Regeln zum Glücklichsein

Neben den Zehn Geboten aus der Bibel, an die wir uns eh alle halten müssen, hab ich im Lauf der Jahre mit Herrn Dr. Woinoff, einem Stammgast hier heroben, bei unzähligen Wanderungen und tiefgehenden Gesprächen insgesamt zehn essentielle Regeln erarbeitet, durch die man sein ganzes Leben lang glücklich sein wird, solang man gesund bleibt und einen guten Appetit hat.

1. Ihr müssts tatkräftig sein.
Anmerkung: Hauts auf den Tisch! Versetzts Berge, ganz egal! Auch wenns nur ein Achttausender ist!

2. Ihr müssts euch aufs Wesentliche konzentrieren.
Anmerkung: Fangts bei euch selber an.

3. Ihr müssts wirklichkeitsnah sein.
Anmerkung: Das eine oder andere Luftschloss ist freilich immer drin.

4. Ihr müssts spirituell und GOTTesfürchtig sein.
Anmerkung: Dazu habe ich nix anzumerken.

5. Ihr müssts regelmäßig unter die Leute gehen.
Anmerkung: Und sei es nur auf eine halbe Bier zum Schlemmerwirt.

6. Ihr müssts das Leben bejahen und schlechte Gedanken vermeiden.
Anmerkung: Wenns amal ein Stückerl runterfallts, einfach weiterkraxeln.

7. Ihr müssts stark und gefaßt mit Tragödien und Unglück umgehen.
Anmerkung: Immer schön lässig bleiben, Gram, Furcht und Sorgen nützen nix.

8. Ihr müssts eine Freude an der Arbeit haben.
Anmerkung: Aufstehen, etwas erledigen, sich über das Resultat freuen, wieder hinlegen.

9. Ihr müssts ehrlich und authentisch gegenüber euren Vertrauten sein.
Anmerkung: Die andern könnts ruhig anschwindeln, wie sie es brauchen, aber in den eigenen Reihen immer bei der Wahrheit bleiben!

10. Ihr müssts, so oft es geht, an der frischen Luft umherspazieren. Am besten in den Bergen.
Anmerkung: Vielleicht treffts ja irgendwo mich?

Gedanken zur Kleidung

Wenn Touristen in unseren Regionen gut ankommen und zudem den Naturgewalten der Bergwelt trotzen möchten, haben sie unbedingt einige Regeln zu beachten:

Regel Nummer 1:
Wichtig ist, dass man auch in den Bergen gut ausschaut. Besonders die hohen Feiertage wie Ostern, Pfingsten, Maria Himmelfahrt oder die diversen Volksfest- und Heimattage, wo man traditionell Gelegenheit hat, sich näher kennzulernen, setzen eine gewisse äußerliche Erscheinung voraus.

Regel Nummer 2:
Der Tourist sollte nie, bevor er seinen Urlaub in den Bergen antritt, sich in einem Modehaus seiner Heimatstadt einkleiden lassen. Leichtgläubig könnte er Opfer von Modeberatern werden, die sich günstige Textilwaren aus Fernost zugelegt haben, oder dem Trend von Heimatfilmen folgen oder die Restbestände aus der Faschings- bzw. Karnevalszeit an den Mann bringen wollen oder einfach nur einen fürchterlichen Geschmack haben. Merke: Packts in euren Koffer nur das Notwendigste, die wirklich wichtigen und geschmackvollen Stücke kaufts in den Bergen ein. Zum einen könnts da nix

falsch machen, zum andern wollen unsere Händler ja auch etwas verdienen.

Regel Nummer 3:
Bringt euch nie in Gefahr durch hochhackige Schuhe oder Turnschuhe, Miniröckchen (die ihr aber gern mitnehmen und beim geselligen Beisammensein tragen dürfts), nicht atmungsaktive Plastikbekleidung oder andere schweißproduzierende Textilien und achtet auf eure Frisuren! Das gilt besonders für die Damen und für besonders modebewusste Herren: Vorsicht bei Rottönungen! Man weiß nie, wie die Tiere darauf reagieren! Laßt euch lieber andere Haarfarben einfallen, die in der Bergregion vorkommen. Moosgrün zum Beispiel oder von mir aus ein zartes Rosa, das die Felsen widerspiegeln, wenn die Sonne untergeht.

Was nicht heisst, dass man sich nicht schön machen soll. Es ist freilich hübscher und aufregender, wenn eine Frau in einem adretten schwarzen Kleid und einer schmuckvollen Kette daherkommt, als wenn sie sich in einen alten Kartoffelsack hüllt. Wenn man reizvoll aussieht, darf man das ruhig auch unterstreichen und zeigen. Das gilt auch für Männer. Ein kerniger Bursche kann kurze Lederhosen oder ein offenes Hemd tragen. Allerdings sollte man mit Goashaxen[189] und unbehaarter Hendlbrust[190] schon ein bisserl drauf achten, was man anzieht. Es sollt schon zu dem passen, wie man ausschaut.

189 Storchenbeine
190 Hühnerbrust

Was trage ich als Mann?

Zur Lederhose: Es gibt Bundlederne und Kurze. Die einfachen bestehen aus Schweinsleder, das allerdings schnell verhärtet, schwer zu pflegen und daher nicht zu empfehlen ist. Solche hat der Traubeck Bauer immer an, und sein Sohn Rudi muss sie dann auftragen[191]. Bessere sind aus Rindsleder, noch bessere aus Hirsch, die allerbesten aus Gams. Lederhosen haben einen Latz, der vom Mann zur Verrichtung der Notdurft (oder aus einem ganz anderen Grund) schnell geöffnet werden kann. Wenn es pressiert, können Frauen den Latz an der Hose des Mannes ebenfalls schnell öffnen. Die Knöpfvorrichtung ist daher so konstruiert, dass man sowohl von oben als auch von vorn rasch Zugriff darauf hat. An der, von oben gesehen, rechten Seite jeder Lederhose befindet sich ein Messertascherl, in das man sein Jagdmesser steckt. Nur Volldeppen parken darin ihr Mobiltelefon! Dann gibt es den Hosenträger, der in Brusthöhe von einem Querriegel stabil gehalten wird. Verzierungen und Stickereien sind abhängig von der Herkunft der Hose. Alte Hosen sind schöner als neue, weil sie erst eingetragen die richtige Passform haben. Zur Lederhose trägt man ein Hemd mit Hirschknöpfen, entweder einfarbig oder kariert. Außerdem zieht man am besten Haferlschuhe an. Ich selbst bevorzuge weiße oder hellbeige Socken, die werden aber nicht glatt nach oben gezogen, sondern lässig nach unten zusammengekruschtelt.

[191] abnutzen

In Lederhosen muss man wild und frech aussehen, dann hat mans richtig gemacht. Wichtig ist, dass man urig rüberkommt. Die Haare nicht scheiteln, sondern lieber etwas zerstrubbeln, die oberen Hemdsknöpfe geöffnet, dann steht einem Rendezvouz nichts im Wege.

Man pflegt die Hosen, indem man sie so aufhängt, dass sie gut Luft haben und immer amal mit einem qualitativ hochwertigen breiten Klebeband behandelt werden können, das man vorsichtig aufklebt und dann schnell in einem Zug wieder abzieht. Damit lassen sich Fusseln und Fettflecken gut entfernen. Waschen kann man die Lederhose auch, was aber ein sehr aufwändiges Verfahren darstellt. Man hängt die Hose auf und wäscht sie mit den Händen und einer Bürschte in ausreichend lauwarmer Lauge, in die viel Schmierseife gegeben wird. Man wiederholt das Ganze einige Male und spült dann mit frischem Wasser nach, in das erneut Schmierseife gegeben wird. Benutzt man genügend Schmierseife, verliert die Hose nichts von dem für sie notwendigen Fett. Anschließend drückt man das restliche Wasser vorsichtig aus, ohne das Leder zu quetschen, und legt die Hose zum Trocknen auf ein Handtuch. Bitte keinesfalls in die Sonne oder in einen beheizten Raum, da sie sonst spröde wird. Bei jedem Waschvorgang verliert die Hose etwas von ihrer natürlichen Farbe, das sollte man vorher bedenken. Das Trocknen der Hose dauert eine knappe Woche, man sollte sie einmal am Tag in alle möglichen Positionen drehen und wenden und hierbei auch die Hosentaschen herausstülpen. Wenn die Hose nach dem Trocknen arg steif ist, kann man sie mit vorsichtigen Griffen wieder weichkneten. Nachher fettet man die Hose mit einem Lederöl ein, das man am besten mit einem Malerpinsel dünn aufstreicht. Dann hängt man sie auf. Auch hier muss die Hose eine knappe Woche so verharren, dann hat man aber wieder eine große Freude an ihr. Man kann übrigens, wenn man wenig Zeit hat oder nicht geschickt im Waschen ist, auch eine Geiß[192] herbeiholen. Die leckt dann die ganze Hose sauber, weil sie denkt, es sei besonders hochwertiges, mineralstoffreiches Salz darin. Manchmal behält sie auch Recht, manchmal jedoch nicht. Auf alle Fälle ist die Hose danach garantiert gründlich gereinigt.

Was trage ich als Frau?

Frauen tragen bestenfalls Dirndln, am liebsten schlicht, ordentlich geschnürt, ob kurz oder lang, historisch oder modern, alles ist erlaubt, was hübsch und nicht vulgär ausschaut. Zum Dirndl trägt man Stiefel oder Mädchenschuhe. Man schnürt das Mieder meist von unten nach oben, aber nicht zu eng, weil es soll ja schön aussehen und nicht die Luft abdrücken. Das können die Städterinnen in ihren sog. Clubs machen, wo man sich gegenseitig gern auspeitscht. Die Schürze wird vorne gebunden. Befindet sich die Schleife rechts, ist das Mädchen vergeben. Ist die Schleife links, kann man sich an sie heranmachen. Ist die Schleife in der Mitte, ist sie entweder zu allem bereit, noch Jungfrau oder bereit zum Vergebensein. Oder sie hat keine Ahnung. Dirndl lässt man am besten in der Wäscherei reinigen, das erspart Arbeit, und das Resultat ist großartig. Ist keine Wäscherei in der Nähe, kann man mit Fliederbuschen auf die Dirndln einwirken, davon werden sie zwar kaum sauber, duften anschlie-

[192] Ziege

ßend aber wunderbar. Unter dem Dirndl trägt man einen Unterrock und ein blütenweißes Unterhoserl. Es gibt im Leben kaum eine schönere Sache, als einem schönen Maderl das Dirndl auszuziehen. Des könnts mir glauben.

Zu Männern und Frauen im Allgemeinen

In meinen Seminaren hab ich einige Paare erlebt, Verheiratete, Unverheiratete, Fremdgeher oder Anhänger der Lehren Platons, bei dem angeblich nix gelaufen sein soll. Hierbei konnte ich einige interessante Phänomene beobachten, manches wurde mir auch detailgetreu berichtet, und meine Gedanken hierzu würd ich gern für euch feschthalten.

Beispiel: Ein Mann redet mit einer Frau. Er glaubt, dass sie zuhört und dass sie des, was er sagt, akustisch und inhaltlich versteht. Er rechnet daher mit einer entsprechenden Reaktion. Er weiß allerdings nicht, dass sie sehr oft nur beiläufig zuhört oder versucht, »zwischen den Zeilen« etwas herauszulesen oder gar nur gefühlsmässig den Worten einen Sinn abringt. In vielen Fällen hat sie sich von dem Gesagten nur allenfalls 40 % gemerkt, der Rescht ist ihrer Phantasie entsprungen. Daher ist ihre Reaktion vermutlich absolut konträr zu dem, was er gsagt hat, sodass er womöglich in Erklärungsnot gerät und sein Gesagtes verteidigen zu müssen glaubt. Dies führt wiederum ihrerseits dazu, ihn als unentspannt, möglicherweise aggressiv oder ihr nicht wohlgesonnen zu bezeichnen. Prompt steigert sich die Lautstärke, Unsachliches schleicht sich ein, Missverständnisse enden in einem Chaos.

Anderes Beispiel: Eine Frau geht mit ihren Freundinnen weg. Sie vergisst dabei vollständig ihren Lebenspartner, gibt Gas und hat einen Riesenabend! Seine Anrufe werden nicht entgegengenommen. Irgendwann ruft sie ihn volltrunken an, hat eine tiefere Stimme als sonst und fordert ihn auf, sie abzuholen. Ihre Art ist ungewohnt forsch. Er ischt zwar leicht verärgert, versteht ihre Situation aber und holt sie ab. Derselbe Mann geht mit seinen Freunden weg. Er vergisst die ersten zwei Stunden, daheim anzurufen, worauf sie die Initiative ergreift und ihn auch sofort erreicht, weil er ans Handy geht und ihr erzählen möchte, wie lustig und schön der Abend isch. Sie fällt ihm ins Wort und quatscht ihm die Ohren voll. Nach dem dritten Anruf innerhalb kurzer Zeit verspricht er sein baldiges Nachhausekommen, verabschiedet sich kurz darauf und gilt für einige Zeit bei seinen Kumpels als Weichei. Wenige Wochen später trennt sich seine Freundin von ihm. Begründung: Er sei so a Weichei gworden.

Hatte Goethe ähnliche Probleme? Oder Clint Eastwood? Oder Belmondo?

So jedenfalls gehts bei Pärchen aus der Stadt zu.

Und in den Bergen? Wie in allen Regionen der Erde haben auch die Frauen in den Bergen eine wichtige Position. Nach außen wirkt es freilich so, als hätten die Männer das Sagen, hinter den Kulissen sieht es aber sehr häufig anders aus. Weil wenn der Mann sich zu sehr aufführt, läuft halt irgendwann nix mehr im Schlafgemach, wobei sich diese Weiber dann auch noch schuldig machen, den biederen armen

Ehemann dergestalt zum Fremdgehen gezwungen zu haben. Das sind die Waffen mancher Frauen. Daher halt ich mich lieber an kurze Liebesaffären, das ist für alle Beteiligten das Angenehmste und artet nicht in Stress aus. Ich pflege übrigens Beziehungen zu Touristinnen u n d zu Bergfrauen.

Bergfrauen sind anders als Stadtfrauen. Sie sind bodenständiger und weniger kompliziert. Bei Bergfrauen gibt es zwei Antworten, »Ja« oder »Nein«. Bei Stadtfrauen gibt es hundert Antworten. Zum Beispiel, »ich weiß nicht«, »irgendwie schon«, »irgendwie nicht«, »irgendwie total bescheuert«, »vielleicht« usw. Bergfrauen verführt man, indem man ihnen einfach etwas Liebes sagt, mit ihnen tanzt und dann sehr anschmiegsam zu ihnen ist. Stadtfrauen verführt man, indem man sie vor vollendete Tatsachen stellt und keine Auswahlvarianten bietet. Touristinnen suchen außerdem immer das Abenteuer, und ich stelle mich gern auf die Bedürfnisse meiner Gäste ein. Ein kerniger Bergbursch, der Ursprünglichkeit und Herzenswärme ausstrahlt, ist ein gerngesehener Bettgefährte. Außerdem sind wir Bergbuben recht unverbindlich und leben viel im Augenblick, was den Frauen Freude bereitet, da sie dann nur diese Momente genießen und sich völlig fallenlassen können.

In meinen Seminaren kommen mir die Leute teilweis auch mit Hirngespinsten wie Emanzipation und Gleichberechtigung! Gleichberechtigung, so ein Schmarrn, jeder hat seine Stärken und Schwächen, man muss sich gegenseitig ergänzen und soll nicht so tun, als ob alle Menschen gleich wären. Manche werfen mir vor, sexistisch zu sein oder ein Macho. Ich gebe diesen Leuten Recht, ich bin beides. Aber in meinem innersten Kern bin ich liebevoll, gerecht und im Reinen mit mir und der Welt. Und darauf kommt es an, davon bin ich überzeugt. Und ich habe viel Spaß an der Liebe und verteile diese großzügig und mit vollen Händen, sei es nun die geistige oder die körperliche Liebe. Da kann man im Gegenzug, finde ich, ruhig amal ein bisserl sexistisch daherreden, das schadet gar nicht. Das sind jetzt nur ein paar Grundregeln, die man beachten sollte, damit es läuft mit dem anderen Geschlecht. Für die, die das von selber nicht draufhaben, biet ich, wie gesagt, diverse Kurse an. Und wenn amal mehr Frauen als Männer da sein sollten, spring ich gern ein.

Zu Tieren im Allgemeinen

Mein Rat vorab: Mischt euch in den Bergen nicht in Tierangelegenheiten (aber auch nicht in tierische Angelegenheiten) ein!

Der Umgang mit Tieren ist bei uns in den Bergen völlig natürlich, nicht dass mir hier wieder irgendwelche Weltverbesserer daherkommen. Zum Beispiel war amal einer von einer Tierschutzorganisation aus der Schweiz da, der beobachtet hat, wie ich auf dem Hof vom Schlemmerwirt einem Schneehuhn das Handwerk legte, weil es die anderen Hühner total durcheinandergebracht hat mit seinem mühsamen Geflatter und Gefuchtel. Schneehühner, das wissen die wenigsten, können auch für Menschen gefährlich werden, weil sie einen sehr spitzen Schnabel und messerscharfe Krallen besitzen. Ich bin also hin und hab das Viech bei den Füßen gepackt und ein bisserl geschüttelt, um es zur Räson zu bringen. Da ist der Tierschützer auf mich zugestürzt und hat geplärrt: »Das muss zur Anzeige gebracht werden, wie Sie hier die Tiere misshandeln! Das ist ein Riesenskandal!« Ich hab vor Schreck das Huhn losgelassen, und es ist pfeilschnell auf den Tierschützer los und in seinem Gesicht herumgeflattert. Der arme Mann ist sofort zu Boden gegangen und hat laut um Hilfe geschrien. Mir war klar, dass das Vieh drauf und dran war, ihm in die Augen oder in seine Weichteile zu picken, also musste ich rasch handeln. Mit einem Satz bin ich über ihn drüber, hab den gefiederten Kameraden gepackt und dem Huhn den Hals umgedreht. Ich hab dann zum Zirngiebl Thomas, der inzwischen herbeigeeilt war, gerufen: »Sag deiner Frau gleich, sie solls rupfen und in den Ofen geben, dann haben wir ein schönes Vorspeiserl.« Der Tierschützer hat sich im Nachhinein bei mir bedankt, weil ich ihm das Leben gerettet hätte. Von dem Huhn wollte er allerdings nichts kosten.

Zum Klima

Das Klima ist ein wichtiges Thema, ganz besonders hier bei uns in der Natur. Im Gegensatz zur natürlichen Schneeschmelze gibt es seit hundertfünfzig Jahren das Phänomen der sogenannten Gletscherschmelze. Das bedeutet, dass die Berge rapide schmelzen, was aus verschiedenen Gründen bedenklich ist. Es gibt nur zwei Methoden, der Gletscherschmelze entgegenzuwirken: zum einen, indem sich viele Menschen gleichzeitig sehr nah an den Berg hinmudeln[193], sodass sich durch Körperkontakt und die natürlichen Temperaturen der Haut der Fels leicht erwärmt. Nun müssten sich alle Leute im gleichen Moment stoßartig vom Berg lösen, sodass er durch den plötzlichen Wärmeentzug wieder abkühlt. Durch diesen kneippkur-ähnlichen Effekt würde die vermaledeite Gletscherschmelze augenblicklich gestoppt werden. Aber das zu organisieren ist mir zu viel, das sollen andere übernehmen. Die zweite Methode stammt von dem Handlungsreisenden, dem Inder Shanti, mit dem ich seit Jahren gut befreundet bin. Er sagt, man müsse lediglich durch ausdauernden Geschlechtsverkehr genügend Kondition erlangen, um dann beim Aufstieg auf den Berg weniger schwitzen zu müssen. Hierdurch

193 ankuscheln

würde er sich weniger erhitzen. Wichtig ist laut Shanti die folgende Vorbereitung auf den Liebesakt: Die Frau legt sich bequem auf den Rücken, und der Mann streicht mit der rechten Hand einundachtzig Mal im Uhrzeigersinn kreisend über die Bauchnabelregion der Frau. Währenddessen ruft er dreiundachtzig Mal das Wort »Fruchtbarkeit« aus. Diese Methode führt zu einem sehr harmonischen Akt und dient zudem der ganzheitlichen Selbstheilung.

Zum Widerstand

Wir Bergvölker sind Widerständler. Anarchisten. Waxade[194]. Wahnsinnige. Nicht erst seit Andreas Hofer, dem Kneissl Hias oder dem Wildschütz Jennerwein! Wir lassen uns nichts gefallen, was uns nicht in den Kram passt. Erst recht kein Fast-Food-Restaurant. Denen würde das Lachen rasch vergehen. Denn: Ist die Zeit reif, wird rebelliert. Da sind wir standfest, halten zusammen und sind gewissermaßen eine Naturgewalt. Wir stehen für das, was wir gut finden, und wenden uns ab von dem, was wir nicht mögen. Zum Beispiel Leute, die hier die Stimmung versauen. Aber das sind ja zum Glück nicht viele.

Ebenso wenig erwünscht sind junge Menschen, die für irgendwelche Technoveranstaltungen die Hütten umdekorieren wollen, oder langhaarige Hippies, die in der freien Natur ihrem Drogenkonsum frönen. Diese Leute müssen sich manchmal übergeben, sprich: Sie kotzen ihre Rauschmittel auf die Weiden. An diesen Stellen wachsen dann riesige, ungenießbare Pilze. Außerdem passiert es, dass sie versehentlich im Drogenfieber geschlechtlich mit den Murmeltieren verkehren. Murmeltiere sind sehr triebgesteuert und sondern beim Akt das in

[194] Wilde

aller Welt heißbegehrte Murmeltierfett ab. Damit können die Rauschgiftsüchtigen natürlich nichts anfangen und lassen das gute Fett einfach herumliegen, wo es in der Sonne ranzig wird. Richtig wäre stattdessen, den Murmeltieren aus Tannenholz eine Hütte zu bauen mit kleinen Blumenkästen am Fenster, einem Balkon und einer Zither in der Stube. Die Murmeltiere können zwar nicht darauf spielen, mögen aber den Anblick von Zithern.

Sommerfrischler, Schaulustige und Sonnenfreunde stürmen jährlich zu Tausenden die Bergregionen. Die meisten sind lieb, benehmen sich gut und drehen nicht jeden Cent um, sondern freuen sich über einen schönen Aufenthalt bei uns, den sie sich gern auch etwas kosten lassen. Leider gibt es wie überall auch hier schwarze Schafe, die ihren Müll liegen lassen, die Zeche prellen oder schlechte Stimmung verbreiten. Die werden von mir und meinen Leuten dann behutsam, aber mit Nachdruck von ihrer Abreise überzeugt. Der Herr Doktor muss selten gerufen werden.

Dann gibt es auch immer wieder zahlungskräftige Investoren, die versuchen, die Bergwelt zu erobern, was ihnen aber nicht gelingt, da wir neben den bereits genannten Attributen eben eines in besonderem Ausmaß sind: stur. Da kann kommen, wer will, da sind wir härter als Granit.

Werbung allerdings machen wir natürlich gerne, zum einen, weil wir freilich von unserer Gegend mehr als überzeugt sind, zum anderen, weil wir uns über jeden Besucher freuen, der mit redlichen Absichten zu uns kommt. Daher sind Fernsehteams sehr willkommen, ebenso Zeitungsreporter und Prominente, die für weiteren Zulauf sorgen. Spielfilmproduzenten gibt es auch. Bei diesen Herrschaften, ebenso den Heimatfilmern, muss man allerdings aufpassen, dass sie nichts zerstören, beschädigen oder die Almen zertrampeln. Ansonsten ist es ein nettes Völkchen, das gute Zeche macht und lustige Storys zum Besten gibt. Vor einigen Jahren wurden auch etwas frivolere Filme gedreht, das hat viel Spaß gemacht, weil die Hotels voll mit drallen Schauspielerinnen waren, zu denen wir uns nach Drehschluss auf die Kammern schleichen konnten. Leider ist diese Phase vorbei, aber wer weiß, jede Modewelle erlebt ja eines Tages ihr Comeback. Die Regisseure waren sehr schräge Vögel, einer rannte immer mit einer um den Hals gehängten Stoppuhr herum und sagte, wenn er in die Wirtsstube vom Schlemmerwirt trat: »Hallo, ihr Lieben!« Der Herr Bürgermeister konnte ihn phantastisch imitieren.

Manchmal kamen auch Reporter, die Originaltöne von uns Einheimischen haben wollten. Wir haben uns dann den Spaß gemacht, völlig unverständliche Sätze zu lallen und uns aufzuführen wie die kaputtesten Hornochsen der Welt. Der Action Schorsch ist bei solch einer Gelegenheit amal aufgestanden, auf den Kameramann zugestolpert und hat genuschelt: »Zeig mir amal deinen Aufnahmeapparat. Ich kenn mich gut aus mit technischem Gerät.«

Dann ist er dem Kameramann um den Hals gefallen und hat gesagt:

»Du bist so wunderbar. Du bist so wunderbar.«

Die sind natürlich rasch abgedampft, und wir haben noch Tränen gelacht an dem Abend. Wir freuen uns wirklich über fast jeden Besucher. An die Regeln müssen sie sich halt halten.

Man muss dazu sagen, dass wir Bergmenschen uns in den Städten auch nicht immer einwandfrei zurechtfinden. Neulich war ich amal zum Einkaufen in einer nahegelegenen größeren Ortschaft, wo es eine sogenannte Disco hat. Da hat es geblinkt und geblitzt, und die Musik war zehnmal lauter als eine Kirchenglocke, die bei uns übrigens der Herr Hochwürden eigenhändig läutet. Es waren viele sehr ansprechende junge Damen da und eher farblose Herren, sodass ich eine gewisse Chance vermutete und daher auf ein paar Getränke dort blieb. Die angebotene Palette an Cocktails sagte mir nichts, ich bestellte irgendetwas Unaussprechliches, was aber sehr gut schmeckte. Völlig strukturlos tanzten die Leute da durch den Raum, und sie spielten, glaube ich, die ganze Zeit über dasselbe Lied, was ich jetzt schon ein bisserl einfallslos fand. Dann bin ich zu zwei Hasen rüber und hab ihnen angeboten, auf meine Kosten ein Getränk zu sich zu nehmen. Sofort kam ein junger Mann daher und brüllte mir ins Ohr, ich solle hier nicht die jungen Mädchen ansprechen und lieber in ein Stehlokal gehen, da würde ich besser hineinpassen. Ich habe ihm natürlich sofort eine gesalzene Schelle verpasst, dass er gleich hingeflogen ist und ich hinaus. In solchen Etablissements zählt nicht mehr die Ehre, sondern nur der Umsatz. Ein solcher Drecksverein! Kein Wunder, dass die Leute in den Metropolen alle deppert werden. Bei uns könnte so etwas niemals funktionieren. So eine Disco würde bei uns höchstens vierzehn Tage überstehen, dann wäre der Schuppen niedergebrannt.

Ein Leitspruch meines Vaters hierzu:

Genießt im Berg das Leben pur,
wir nennen es Verjüngungskur!

Rezepte

Die Rezepte sind im Originalküchenton verfasst, weil beim Kochen bricht bei mir meine Ursprach durch. Kochts es schön nach, na wirds euch gut schmecken! Die für das Kochen erforderlichen Gerätschaften (Pfannen, scharfe Messer im Messerblock, Gewürze, Zutaten, etc.) können über mich günstig erworben werden. Ich habe zudem ausgezeichnete Kontakte zu einem befreundeten Küchenprofi.

Enziannocken

Mir braucha:
1 schönes großes Hühnerei
100 g Hartweizengrieß
a bisserl a Salz
2 Liter Brühe
a schöns Stückerl Butter
(in etwa so groß wiara halbe Mandarine und zimmerwarm)
a bisserl an griebnen Muskat
an Enzianschnaps

Rührts des Ei mit dem Butter, bis es cremig isch. Da gebts a Salz und an Muskat rein und an kleinen Schuss Enzian. Na rührts langsam den Grieß dazua, bis a handfeste Masse entsteht. Da draus stechts dann direkt im Anschluss die Nockerl mit am kleinen Löffel ausse. Die Nockerl schmeißts jetz ind kochende Brühe und lasstsas a knappe halbe Stund vor sich hin köcheln. Verzehrt werden die Enziannocken samt Brühe aus einer Suppenschüssel.

Himbeergeistbowle

Mir braucha:
1 Dose Pferscha (Pfirsiche)
5 Kiwi (nicht zu verwechseln mit dem alpenländischen Wort für »Kübel« --> »Kiwi«)
1 Liter Pferschasaft (Pfirsichnektar)
1 Liter Himbeergeist
1 Liter Mangosaft
1 Flasche Hurenkracherl (Qualitätsschaumwein)

Am Tag vor dem Verzehr die Pferscha zamschnein und mitsamt dem Saft aus der Dosn mit dem Himbeergeist vermischn und an Tag koitstelln. Hernach vorm Saufen den Saft und des Hurenkracherl eine – fertig!

Landler-Brotzeit

Mir braucha:
Ois, was ma gern zum Brot essn mecht

Einfach nach Luscht und Laune Speck, Wurscht, Kas und Brot herrichten und mit am kräftigen Merlot servieren. Man kann aus Radieserln so lustige Mäuse machen und aus Hälften von hartgekochten Eiern »gefüllte Eier mit Majonnaise«. Das schaut guad aus und schmeckt einem jeden. Zu der Landlerbrotzeit reicht man Brezn oder Schwarzbrot oder Zwiebelbrot oder Natursauerteigbrot oder alles zam. In bestimmten Regionen sagt man »Landler-Jause« oder »Landler-Veschper«.

Waldlerschmarrn

nach am Rezept vom Schlemmerwirt

Mir braucha:
an abghangenen Speck, so was 200 Gramm
1 Kilo zartes Gämsenfleisch
(wenn ned vorhanden, a anderes Viech)
6 Schalotten
2 Karotten
1 halben Sellerie
1 Stange Lauch
an Petersil
a Knoblauchzehe
a guade Handvoll getrocknete Zwetschgen

an Thymian, 2 Lorbeerbladl, a paar Wacholderbeeren, 2 Nelken
Pfeffer und Salz
a Vierterl Rotwein und 100 ml guadn Rotweinessig
a Vierterl Wildfond
a Handvoll Zucker und a Handvoll Tomatenmark
100 ml Schlagobers
a Johannisbeermarmelade
a Kilo Kartoffeln, ungschält

Zerscht putzts die Kartoffeln. Na würfelts an Speck, bratsn schön bei voller Hitz in der Pfanne mit am Pflanzenöl an, na gebts des in feine Scheiben gschnittne Fleisch dazu und lassts as anschwitzen, damit sich die Poren von dem Viech schließen. Nachad hackts die Schalotten, des Gmias, an Thymian und den andern Schmarrn, die Zwetschgen und den Knoblauch klein und gebts es aa nei ind Pfanna. Des lassts na a bisserl röschtn. Na löschts des Ganze mit dem Rotwein, dem Fond und dem Essig und drahts d Hitzn a bisserl nunter, deckts des Ganze mit am Deckel zua und lasstsas oanahoib Stund schmoren. A halbe Stund vorm Essen setzts die Kartoffeln auf. Danach rührts Zucker, Tomatenmark und Schlagobers in den Waldlerschmarrn nei und würzts schee mit Salz und Pfeffer, dass rund schmeckt. Zam mit de Kartoffeln servieren.

Bergcreme

(nach am Rezept von meiner Frau Mama)

Mir braucha:
½ Liter Schlagobers (Sahne)
½ Liter Muich
10 Blatt Gelatine
150 g Zucker
1 Vanillenschote
4 Eigelb
100 g frische Heidelbeeren
4 Blatt frische Minze
a bisserl a Soiz

Mir nehma des Eigelb und schlang es mim Zucker zu am Fam (Schaum). Die Gelatinebladln eiwoacha. Nachad schneima die Vanillenschotn auf und kratzen den Inhalt ausse. Etza koch mas mit dem Soiz und der Muich auf und nehma d Schotn wieder ausse. Etza kipp mas in den Eigelb-Zucker-Fam nei und rühren wia gstört um. Na press ma d Gelatine ausse und gems aa dazua. Des Ganze passier ma durch a Sieb. Na stell mas 2 Stund koit, dann schlag man Obers steif und hem ihm unter die Masse eine. Dann gemas in vier Schalen und stellns 7 Stund koit. Nacha stürz mas auf Teller, verteilen gerecht die Heidelbeeren und geben obenauf je ein Blatt der frischen Minze. Des probierts. Da werds wahnsinnig.

Bergschoklad-Tortn

Mir braucha:
250 g Butter
250 g Zucker
12 Eidotter und 12 Eiweiß
100 g griemne Mandln
1 Essleffi Kakaopuiva
200 g Mehl
1 Packerl Backpulver
1 Packerl Vanillinzucker
2 Stamperl Kirschschnaps
400 g Bergschoklad (zur Not: Blockschoklad)
500 g Kirschmarmelad
Semmibresl

Backofen auf 170° vorheizn. Mir machen den Butter warm, sodass er zerfließt. Dann rühr ma den Zucker und die 12 Eidotter in die Butter eine. Nachad mach ma 200 g von der guadn Bergschoklad im Wasserbad warm und rührens dazua, wanns woach worn is.

Etza die Mandeln, des Kakaopuiva, des Mehl und des Backpuiva eine, ois mim Besn zamrührn, bis a scheene Masse is. Glei danach des Eiweiß schlong und unterhem.

A runde Form eifettn und Semmibresi nauf, die ma im Anschluss abklopfa. Dann den Teig ind Form und a knappe Stund ins Rohr. Mit einer Stricknadel überprüf ma, ob der Kuacha fertig is. Stichst nei, und es is no Teig an der Nadl, lasstas no a bisserl drin. Is koa Teig mehr dran, is fertig.

Ausm Rohr naus und abkühlen lassen. Dann im ganzen Durchmesser der Länge nach in drei Teile schneiden. Die beiden unteren Teile dick mit Kirschmarmalad beschmiern, wieder zamleng. Restliche Schoklad warmmacha und obenherum glasieren. Servieren mit Schlagobers.

Guten Appetit!

Nachtrag

Ich habe seit meiner Begegnung mit der Fang viel über Feng Shui und asiatische Philosophien gelesen und mich mit meinem indischen Freund Shanti darüber unterhalten.

»Der Wind zerstreut die Tropfen des Wassers, während der Mensch Ablenkung und Trost im Errichten von Bauwerken und Brunnen sucht«, sagte er einmal.

Das habe ich nicht genau verstanden, aber es waren schöne Worte, und darum habe ich sie mir gemerkt.

Das durch die asiatischen Bücher und die mündliche Lehre meines Freundes Shanti übermittelte Wissen habe ich gespeichert und integriere es bei Bedarf in meine Führungen. Die Touristen lieben das. Manche von ihnen haben bereits etwas von diesen Dingen kapiert, nur fehlt es ihnen oft an Praxis, und dann stoßen sie schnell an ihre Grenzen.

Beim Schlemmerwirt werden entsprechende Kurse zu annehmbaren Preisen (bereits ab 120,- €) angeboten. Da gibt es nicht so eine Abzocke wie z. B. beim Sortiment vom Magnus Fürst. Als Konfuzius von einem seiner Schüler gefragt wurde, was einen edlen Menschen ausmache, antwortete er: »Er predigt nur das, was er zuvor schon selbst in die Tat umgesetzt hat.« Das ist genau das, woran ich mich halte. Weil der Konfuzius war sicher alles Mögliche, aber ganz bestimmt war er kein

Depp. Weil er nach Auskünften von Fachkundigen der meistzitierte chinesische Philosoph ist. So wie der Traubeck Bauer der Meistzitierte bei der Polizei ist.

Ich zeige meinen Kursteilnehmern, Seilschaften oder sonstigen Teilnehmern an meinen Bergexkursionen jetzt gerne, dass jeder Berg eine Vielzahl von Facetten besitzt, die den aufmerksamen Wanderer vieles lehren: die sanft geschwungenen Wanderpfade zum Beispiel, die uns Vertrauen beibringen, indem sie einen, folgt man ihnen nur lange genug, fast immer da hinführen, wo man hinwill. Oder die Steilwand, die uns Bergmenschen Beharrlichkeit und Mut abverlangt, aber uns auch klarmachen kann, dass es im Leben auch Wege gibt, wo es einfach amal nicht weitergeht. Schließlich die Gipfel, die durch die weite Sicht und Nähe zum Firmament metaphysische Geborgenheit, aber gar nicht selten auch Erleuchtung spenden. Jeder Mensch braucht und bekommt etwas anderes vom Berg. Menschen zum Beispiel, die unter Weltschmerz leiden, werden durch die Urkraft des Gipfels oft augenblicklich von ihrer Not befreit. Menschen mit Nervenleiden erfahren durch Berühren des Gipfels Linderung. Seekrankheit kann durch liebevolles Küssen und Herzen des Gipfels geheilt werden.

Früher konnte ich diese Weisheit, die uns der Berg lehrt, noch nicht so in Worte fassen. Ich konnte sie nur spüren. Das war ein Problem, weil mir die Touristen ja andauernd Fragen stellen, wie zum Beispiel: »Warum habe ich nach ein paar Tagen in den Bergen plötzlich überhaupt keine Angst mehr, mich durch Zug oder falsche Kleidung zu erkälten?« oder »Wodurch kann ich plötzlich wieder völlig unbeschwert durch die Nase atmen?«

Oftmals konnte ich ihre Fragen dann nur mit einem »Jo mei, des is halt so« beantworten. Und da wurdens dann oft störrisch oder überheblich und fühlten sich gleich wieder so schlecht wie vorher. Das war natürlich ungut fürs Geschäft.

Doch dann traf ich die Fang und habe durch sie neue Dinge gelernt und meinen Horizont gewaltig erweitert. Denn sie brachte mir das Feng Shui des Berges bei. Nebenbei gesagt, schlafe ich seit meiner Begegnung mit der Fang mit dem Kopf nach Norden.

Ich habe nach wie vor telefonischen Kontakt zu ihr und würde mich auch sehr freuen, sie wieder einmal zu treffen. Neulich wollte ich sie etwas über eine asiatische Teesorte, die ein Gast beim Schlemmerwirt verlangte, fragen und rief daher auf ihrem Mobiltelefon an. Leider hatte sie das Gerät ausgeschaltet, also wählte ich eine Festnetznummer, von der aus sie mich einmal angerufen hatte. Sie war nach zweimal Klingeln am Apparat.

»Bambus Express, guten Tag!«

»Hallo Fang, der Toni isch am Apparat!«

»Iste Ihre erste Bestellung?«

»Naa, der Toni isch da! Woaßt scho! Der To-ni!«

»Ihre Telefonnummer bitta?«

»Verstehsch du mich nicht?«

»Tut mir leid, ich habe nischs verstannen. Ihre Bestellung bitta?!«

»Der Wildbach Toni! Mit die Berggeischter!«

»Ach Toni! Entschuldige, ich habe gerade nicht richtig hingehört!«

»Macht nix. Stör ich grad?«

»Nein, du störst doch nie! Hahaha!«

»Hahaha! Ich hab a Frag an dich!«

»Ja bitta?«

»Mir suchen an Tee.«

»Anti?«

»Naa, *an Tee.* Woasst scho, des Heißgetränk. Chai!«

»Tee, ja. Versteh ig schon.«

»Und zwar der heißt *Finest Golden Lung Ching Gunpowder.* Kennst du die Sorte?«

»Naaain. Kenn ig leida nicht.«

»Wer könnt ma denn da weiterhelfen? Weil a Gast fragt danach.«

»Hmmm. Kann ich nix sagen ehrlich.«

»Schad.«

»Tut mir wirkli laid.«

»Na ja, macht ja nix.«

»Gut. Schada. Hätta gern geholfen.«

»Egal. Dann nehmen wir halt einen anderen Tee. Mate oder so was.«

»Mate is ain sehr bekömmliche Tee.«

»Arbeitst du da in am Lokal?«

»Ja, so ungefäa.«

»Warum ungefähr? Isch da a Massagesalon angeschlossen?«

»*Toni!* Was hast du for Vorstellungen von mia?«

»Hahaha!«

»Hahaha!«

»Also dann, bis boid, Fang! Mir hörn uns wieder!«

»Ja, ig freu misch imma üba einen Anruf von dia!«

»Gern! Machs guat!«

»Du aug!«
»Serwas!«
»Schüss.«
Klick.

Von Herzen kommende Danksagung ergeht an:

Friedrich Ani
Alexander Binder
Richard Ernst
Leo Fischer
Bert Fizz
Dirk Geisler
Florian Glässing
Conny Glogger
Ruth Gondosch
Viktor Gondosch
Christel Gondosch-Wolff
Teresa Habereder
Michi Haker
Stefan Hansen
Till Hofmann
Juliane Hundt
Dr. Franziska Jäger
Julia Jahn
Frank Jakobs
Sven Kemmler
Martin Klöpfer
Hermann Koch

Jaromir Konecny
Franz Kotteder
Hans-Peter Krohn
Enno Krohne
Moritz Krohne
Marie-Terese Lind
Thomas Mann
Axel Munz
Gerald Pienkowski
Lisa Purzer
Georg Reuchlein
Michi Sailer
Stéphane Sarton
Mike Schönherr
Joachim Schröder
Michi Schwarzmaier
Julia Stolz
Rolf Sudendorf
Agnes Thi-Mai
Vroni von Quast
Richard Westermaier
Stefan Wimmer
Ralf Wöbbecke
Stefan Woinoff
Andreas Wolff
Horst Wolff
Lieselotte Wolff
Steffi York